黑夜过去，晨光熹微

# 愿暖一人心

YuanNuan
YiRenXin

迟暮 著

## 图书在版编目(CIP)数据

愿暖一人心 /迟暮著. —石家庄：花山文艺出版社，2018.1（2021.4重印）

ISBN 978-7-80755-894-1

Ⅰ.①愿… Ⅱ.①迟… Ⅲ.①长篇小说－中国－当代 Ⅳ.①I247.5

中国版本图书馆CIP数据核字(2017)第299572号

| 书　　名： | 愿暖一人心 |
|---|---|
| 著　　者： | 迟　暮 |
| 统筹策划： | 张采鑫 |
| 责任编辑： | 于怀新 |
| 特约编辑： | 伍　利 |
| 美术编辑： | 胡彤亮 |
| 责任校对： | 齐　欣 |
| 封面设计： | 颜小曼 |
| 内文设计： | cain酱 |
| 封面绘制： | 扎小扎 |
| 出版发行： | 花山文艺出版社（邮政编码：050061） |
| | （河北省石家庄市友谊北大街330号） |
| 销售热线： | 0311-88643221/29/35/26 |
| 传　　真： | 0311-88643225 |
| 印　　刷： | 北京时尚印佳彩色印刷有限公司 |
| 经　　销： | 新华书店 |
| 开　　本： | 889×1194　1/32 |
| 印　　张： | 9 |
| 字　　数： | 212千字 |
| 版　　次： | 2018年2月第1版 |
| | 2021年4月第2次印刷 |
| 书　　号： | ISBN 978-7-80755-894-1 |
| 定　　价： | 42.80元 |

（版权所有　翻印必究·印装有误　负责调换）

# 目录

/001/ 楔子

/007/ 第一章
输给时间的记忆

/032/ 第二章
卖火柴的小女孩儿

/064/ 第三章
遇见却不能预见

/098/ 第四章
天鹅湖和黑魔法

目录

/133/ 第五章
没有开灯的夜晚

/169/ 第六章
另一座有光的城

/201/ 第七章
水晶森林的歌谣

/240/ 第八章
打破黑暗的光芒

/270/ 尾声
是幸福的味道吗

# 楔子
·Yuan Nuan Yi Ren Xin·

看着机场越聚越多的记者和粉丝,米柯眉头皱得可以夹死苍蝇,然而他也只能干着急。

明明一切部署得十分严密,但还是不知道究竟是哪里泄露了萧珩搭乘这班航班回国的消息,现在接机处几乎已被媒体和粉丝围得水泄不通,偏偏飞机还晚点了,这让应付惯了媒体的大经纪人米柯十分头疼,场面完全不受控制啊!

"米大经纪人都已经在这里了,看来萧珩过不了多久就要到了吧?"

说话的是柳川"标杆娱乐"的娱记吴森。他在业界的评价并不算好,因为他总是一次又一次地刷新明星负面新闻的下限。不过面对这种问题,米柯是一律不会回答的,但是对方好像并不打算就此打住,吴森接着说道:"不过我怎么听说,萧珩这次是携了女伴回国,难道不日就会公布恋情吗?"

吴森的声音不大不小,正好可以让周围的人听见,记者都是嗅觉灵敏的生物,更别说娱记了,吴森这句话就像是丢到水里的炸弹,炸开了花。

不多时，米柯就已经被团团包围无法脱身了。米柯不禁在心里暗骂，真是怕什么来什么，萧珩现在正处于事业巅峰，这个时候要是出什么岔子，自己定会被老板打下十八层地狱。

"来了来了，航班已经降落了，萧珩很快就会出来了！"

不知道是谁高喊了一句，原本围着米柯的人群又集体围向了接机处，各种设备都已经架好，就等着拍萧珩和女伴一起出现的照片。这下可以写的点真的太多了，想到可以拿着这些爆点拍在主编桌子上要求涨工资，真是心里乐开了花。

相比记者和粉丝的沸腾，米柯现在的心情是大雪转大暴雪。

并没有让大家久等，很快接机处就出现了所有人都期待的身影，媒体粉丝一拥而上，所幸米柯安排了足够多的安保人员，场面暂时还是控制住了。不过这些都阻挡不住娱记们的满心欢愉！明天的头条不用愁了，萧珩果然是偕女伴回国的！

"萧珩萧珩，请问你这次是携女友回国吗？"

"萧珩，请问你们打算什么时候对外公布关系呢？"

"已经做好结婚的打算了吗？"

"你女朋友是圈里的人吗？"

"是为了力捧女友所以公布关系吗？"

"萧珩！我们爱你！"

"萧珩！看这里！"

一时之间，闪光灯不停地闪烁着，气氛好不热闹。

米柯的内心几乎是崩溃的！这两尊大神居然连个墨镜都没有戴，直接把高清无码的正脸暴露在了闪光灯下！之前在脑海里准备的一万个解

释真是统统无效了。米柯心想,还是先速带这两尊大神离开这个是非之地吧!

"大家不用着急,这些问题我都会给大家答复,但是现在希望大家可以先让其他的旅客出站。"

露出招牌式笑容的萧珩不疾不徐地说出这句话,米柯顿时感受到了五雷轰顶的滋味!以萧珩的经验,他应该知道,剧情不是这么发展的啊,他这个时候明明就应该说一句"很抱歉,这些问题稍后会由公司给出答复",然后光速离开啊!

现场因为萧珩的一句话变得安静,瞥见不远处面色灰白灰白的米柯,萧珩微笑着眨了眨右眼。米柯不安的心反倒因为萧珩的这个动作安定了下来,都这样了还能如此淡定,以米柯对萧珩的了解来看,这应该是故意的!

虽然人群暂时是安静了,可是大家手里的相机都没有闲着,所有人都一直不停地抓拍着萧珩和他身边的女伴,只见萧珩的女伴笑得大方得体,甚至还十分配合地给出正脸。

"非常感谢各位对萧珩的关注,但是萧珩和家妹并不是恋人关系。"

一道清朗的男声从人群外传来,很快人群便自动辟出了一条通道。记者们哗然,是的,没有错,迎面走来的正是前几天刚刚宣布集团上市的翊铭国际的总裁宋翊铭。这下新闻爆大了!

"我向大家介绍一下,这位是我的妹妹,翊铭国际新任宣传总监宋熹微。这次她和萧珩一同回国是因为两个人刚刚谈好合同,萧珩即将成为翊铭国际上市后的第一位代言人。"

如果说刚才吴森的话是深海炸弹,那么此刻宋翊铭的话就是洲际导弹，米柯看着众人头顶升起的蘑菇云心下佩服！这才是炒八卦的正确打开方式，三两下不仅介绍了宋熹微，还顺便捧了萧珩，更重要的是，在这种非正式场合宣布这么正式的事情，等于卖给了记者们很大的一个人情。一石三鸟，高，米柯就这样向宋总裁献上了自己的膝盖。

"翊铭国际改日会召开新闻发布会，为大家做进一步解答，希望接下来大家可以把关注点放在翊铭国际和萧珩的合作上，也希望大家继续支持萧珩支持翊铭国际，谢谢。"

从开始到现在一言不发的宋熹微第一次开了口，面对镜头的微笑煞是迷人。众人也是出奇地配合，纷纷放行，而一干记者早已经以百米冲刺的速度赶回报社写稿子了。

"啧啧啧，宋翊铭不愧是商界大咖，一周之内让翊铭国际连上头条，这下翊铭国际的股票看来是要收获上市后第一个高峰了。"

米柯自打上车开始就对着萧珩毫不掩饰地表达着他对宋翊铭的敬佩之情。

"我觉得你或许可以问问宋翊铭还需不需要一个公关部主管，你可以的，去吧！米柯。"

"哎哟，小珩珩你怎么舍得离开我这个死而后已的经纪人呢。不过话说回来，我们认识阿微没有五年也有四年零十一个月了，我怎么从来不知道她是宋翊铭的妹妹。"

"还有你不知道的呢，比如说，翊铭和阿微的父亲，是宋怀唐。"

萧珩看向米柯，和他同时"嗷"了起来。米柯的反应他一点儿也不惊讶，因为在飞机上宋熹微和盘托出的时候，萧珩也是这个反应。

"阿微藏得真深，这种家世居然去纽约的咖啡馆当服务员，还瞒过

了我星星一般具有洞察力的眼睛……"

那一边,宋翊铭的商务车内。

宋熹微抱着宋翊铭一早给自己准备好的抱枕舒舒服服地靠着,很久不见的兄妹二人一时无话,只记得彼此的小习惯,比如宋翊铭尴尬的时候,总是像现在这样假装很专注地看着哪里,但是手指总是会不自然地握成拳头。

不想让气氛维持在这种尴尬的境地,宋熹微清了清嗓子,想了想自己以前的样子,笑着对宋翊铭说道:"哥哥,柳苏姐姐还好吗?"

当听到宋熹微叫"哥"的那一瞬间,宋翊铭的表情有片刻的失神。八年没有听到最疼爱的妹妹这么叫过自己了,他甚至以为再也听不到。

好像用了很久,宋翊铭才找回自己的声音。他有些不自然地揉了揉宋熹微的脑袋,眼中满是和当年一样的浓浓的宠溺。

"苏苏一早就知道你要回来,兴奋了好几天,现在在家里给你弄好吃的呢。"

"嗯,我很久没有吃到柳苏姐姐做的点心了。"

宋熹微扭头看向窗外,柳川变化极大,城市进程从不会为谁而停下,八年早就足够让这座城市改头换面,足够把宋熹微的故乡变成让她陌生的地方。可是看着宋翊铭,宋熹微又觉这八年好像不存在一样,哥哥还是那么帅气,眉眼间不变的是天之骄子的骄傲和气度,举手投足也依旧优雅从容。

好像什么都没有变,可是明明在八年前,他们的人生都曾荆棘密布。

"小微,明天消息见报之后,可能会有很多人来打扰你。"

反复思虑了很久，宋翊铭还是开口说了出来，他知道现在不应该拿这些去干扰刚回国容易触景生情的宋熹微，可是他也不想熹微毫无防备地直面和过去有关的一切。

"嗯，没关系。反正，就算他们不来找我，我也会去找他们的啊，总要有个了断。"

宋熹微稍稍垂下眼睑，咖啡色的双眸中积蓄着许多不知名的情绪。八年了呢，宋熹微还记得八年前自己灰溜溜逃出国的样子，茫然，无措，感觉被全世界丢弃。离开，只不过是换一个地方难过而已。而现在，她这样高调地回国，也只不过是想告诉自己，被全世界抛弃过又怎样，她已经不是象牙塔里任人摆弄的洋娃娃了，她是宋熹微，一个再不会轻易被欺负的宋熹微。

她下意识地摸摸空荡荡的脖子，这才意识到原本片刻不离的东西在很早以前就被她丢弃，无奈苦笑，他还好吗？

# 第一章
## 输给时间的记忆
·Yuan Nuan Yi Ren Xin·

回国第二天,宋熹微就一头扎进了翊铭国际的工作中。昨天的新闻让翊铭国际的股价迎来了上市的第一个高峰,不抓住这个时机好好拓展一下不是宋熹微的风格。不过出乎她意料的是,她和宋翊铭所想到会来打扰的人,居然一个都没有出现,宋熹微乐得清闲,又觉得有些失望没劲。

"宋总监,可否赏脸共进晚餐?"

突兀的声音在安静的办公室响起,宋熹微一抬头,萧珩倚在门框上嘚瑟地朝自己抛了一个小眼神。

"怎么,这么高调地跑来找我,想拉我和你一起上头条?"边说着,宋熹微开始收拾自己的东西。

"不然,我还能怎么找你?"萧珩无奈地耸肩。

宋熹微这才想起来自己回国以后还没有办国内的电话卡,准确地说是,连手机都一并留在了美利坚。宋熹微略带尴尬地看了一眼萧珩,傻笑。

"喏,米柯给你都办好了,你要不然高薪聘用他吧,我怎么觉得他已经是你的助理了。"

宋熹微笑着接过手机一看，果然全部都是按照自己的喜好，机型、颜色，连桌面壁纸都是自己喜欢的主题。嗯，宋熹微心想，萧珩的提议其实也是很不错的，米柯同学一直都是他们两个毫无怨言的压榨对象。

"走吧大小姐，米柯在餐厅等我们，给你准备了接风宴。"

一出办公室的门，萧珩就戴上了帽子和墨镜。宋熹微看着萧珩全副武装，憋笑憋得浑身发抖，原来萧大模特也不是天不怕地不怕嘛。

米柯定的餐厅是一家私房菜馆，风格带着几分苏州园林的味道，亭台水榭不仅可以很好地保护顾客的隐私，还可以让顾客在吃饭的同时有一种特别的视觉享受。读高中的时候，每周宋怀唐都会带他们全家在这种私房菜馆一起用餐，点上宋翊铭和宋熹微最喜欢的几道菜，其乐融融。

好像时间过去很久很久了，那个时候自己最爱吃的菜是什么来着？宋熹微努力地回忆，想不起来了，可能人在幸福的时候吃什么都是爱的。宋熹微失笑，对啊，有喜欢吃的菜，那是幸福的时候。

还不等萧珩拉回处于回忆状态的宋熹微，前方就隐隐走来了两个身影。这下宋熹微再也没有心思回想过去了，她定了定心神，脸上恢复了平常淡然自若的样子，但是内心的汹涌起伏只有宋熹微自己知道。

"姐姐？前几天看报道我还不相信，原来你真的已经回来了。"

邹夏静没有一点儿变化，无懈可击，吃惊的表情就好像真的是姐妹久未谋面的惊讶。但是宋熹微知道，真正的姐妹是，我回来了却没有告诉你，你会责怪我，而不是笑着告诉我你有多吃惊。

"阿微，这是你妹妹？"萧珩眼角带着淡淡的笑。邹夏静的表情可以瞒过很多人，但是瞒不过天天面对摄影机的萧珩。

"我爸爸的继女,邹夏静。"

宋熹微的语气很轻,说话的时候却全程都在盯着邹夏静身边的那个男人。那男人眉峰凌厉,鼻梁高挺,漆黑的瞳孔中藏着怎么都解读不了的信息,他像一块精密又冰冷的石英表,完全找不到曾经温暖如阳的模样。是啊,八年那么长,他怎么可能还和从前一样。

从刚才到现在,他的表情没有任何变化,没有什么故人重逢的诧异或者喜悦,也没有一丝一毫的愧疚。可是当宋熹微轻描淡写地说完后,他皱起了好看的眉头。

"微微。"赵晨光的语气里有几分愠怒,毕竟正常男人都不会容忍别人这么介绍自己的女朋友。

"赵晨光,好久不见。没想到现在的你变得那么无趣。"宋熹微笑得有些不怀好意,审视的眼神让赵晨光感到前所未有的陌生,"我们还有约,先行一步。"也不给赵晨光开口的机会,她和萧珩已经错身而过。

宋熹微一直很喜欢细高跟敲击地板的声音,清脆悦耳,就好像告诉她,她是多么骄傲地从赵晨光身边走过。

"姐姐,爸爸和妈妈也在这边,你等会儿要不要过来和我们一起用餐?"邹夏静声音不大,但萧珩明显感觉到身边的人浑身一僵。宋熹微没有回头,也没有答复,优雅而高傲地继续向前走。

"灰姑娘和她的恶毒妹妹?"

萧珩挑眉,他认识宋熹微五年,他了解宋熹微在美国的一切。但是回国之后,他发现宋熹微好像变成了一个他完全不认识的人,或者说,他完全不了解宋熹微在柳川的一切。

宋熹微刚想好要怎么开口,就看到米柯早已等候在包间门口。

"大小姐和大明星,你们再不来我就要饿到啃指甲了。"

都说金牌经纪人一定是成熟稳重值得信赖的,可是米柯绝对是例外。即使把他丢进太上老君的丹炉重新炼化,估计他还是洗脱不了一身的纨绔。不过他绝对优秀,或许他和萧珩两个人的成功除了各自的优秀之外,还有性格独一无二的合拍吧。

也亏得米柯的乱入,使得话题成功转移。几个人闲扯了一阵,正式开吃!

邹夏静一早就知道宋熹微回国了,她是做好了心理准备的,突然遇见并没有给她太大的冲击。回来了又怎么样?邹夏静心中嗤笑,八年前被灰溜溜赶出国的宋熹微,八年后又能在这座城市安逸多久呢?

走在邹夏静身边的赵晨光却恍惚不已,他今天才刚刚回国,还没来得及关注前几天的新闻。见到八年米完全没有消息的宋熹微,他只能维持表面的平静,他不知道自己还有什么立场去和她说话。那一声"微微",赵晨光叫得百感交集。而宋熹微带来的陌生感,却让赵晨光以往平和的内心波澜大起。她回来了,她的身边已经站着别人了,可是他连难过的立场都没有。是什么,让他们最后变成这样?

雅间里,宋怀唐和李梅媛早已经到了,推开门的前一刻,邹夏静挽上了在看到宋熹微那一刻赵晨光松开的手。邹夏静看着赵晨光的侧颜,十八岁到二十七岁,他们一起走过了九年,赵晨光早就从当初的少年蜕变成一个成熟的男人,一切都在改变,不变的是赵晨光一直陪在自己身边。邹夏静心想,这个男人只能属于她。

"宋爸爸,妈。我和晨光来了。"邹夏静换上平常最讨喜的笑容,

像一个乖乖女和长辈问候。

宋怀唐微微点头，走到座位前坐定后问道："晨光刚刚回国吧？"

"是的，伯父。两个小时前刚到。"

赵晨光彬彬有礼的样子让李梅媛更加喜欢这个准女婿，看向自己女儿的目光不禁也带上了几分赞许。

"你刚回来，不知道有没有关注最近的新闻，翊铭的公司上市了，小微也回来了。我这一双儿女啊，我想知道他们的近况还要通过报纸媒体。晨光，伯父想请你帮一个忙，你能不能让他们两个一起回来吃一顿饭？"

宋怀唐的语调似乎有些自嘲，而后又带着一些无奈的请求。外界把他评价成商界大亨，即使是离婚，他也是被声援的一方。在所有不知情的人眼中，宋怀唐的一双儿女完美地继承了他的商业头脑，独立开拓着他们的商业帝国。但是他们不知道的是，他已经很多年，没有一家人一起吃过一顿饭了，他也已经很多很多年，没有见过自己的女儿了。有时候，宋怀唐还是免不了后悔，要是知道女儿会消失在自己的视线里整整八年，他绝对不会把她送上那班出国的飞机。

因为宋怀唐的这几句话，席间几个人都各怀心思，这一顿家宴没有了以往的热闹，邹夏静也没了承欢膝下的兴致。她本能地排斥着宋翊铭和宋熹微，好像只要他们一回到宋家，她就会失去宋怀唐所有的关心，而她私心里不知道想了多少次，如果她是宋怀唐唯一的女儿，那该有多好，那样她得到眼前所有的一切都变得名正言顺，而不用像一个抢到糖果的小孩儿那样，担心着自己的糖果随时会回到原来主人的手里。

"宋爸爸，刚刚我和晨光过来的时候，看到姐姐了，不过姐姐好像在和那个叫萧珩的模特约会，匆匆走了。"邹夏静一番话说得十分真诚。

一想到宋怀唐对宋熹微满心的牵挂，她就恨不得直接告诉他，宋熹微才不像你挂念着她一样挂念着你，人家正忙着和别人约会呢！

"小微和那个明星在交往吗？也不知道那个明星的底细怎么样，这孩子也是，怎么也得让家里人帮着把把关，多少年轻人巴巴地想当咱们宋家的女婿呢，小微年轻，就怕她分不清楚人家男孩子是不是真心爱她。"

李梅嫒这一番话说得不露痕迹，但是眼底的精明却怎么也掩盖不住，不过这些话宋怀唐听进去多少就不得而知了。至于整场家宴都在讨论着的女主角，现在已经在另一个包间里喝得热火朝天了。

"米柯！你站起来，我们再战五百回合！"

宋熹微早就在酒精的作用下变得满脸通红，红扑扑的脸配上微嗔的表情，十分孩子气。萧珩笑看宋熹微喝醉的娇态，赏心悦目之余还不忘继续煽风点火一把。

"说，你喝是不喝！"再倒满一杯酒，宋熹微叉着腰看着米柯，女王气势全开，米柯同学只能默默仰头又是一杯烈酒下肚。这下宋熹微满足了，她傻呵呵地笑着，又给米柯倒上了一杯。

"阿微，你这样不对！你还没喝呢！"米柯后知后觉地发现自己好像被坑了。

"对呀，我说让你喝酒，又没说我们干杯。小柯柯，你乖，多喝点儿不用给自己省钱哈。"

熟悉的宋熹微式欠揍语调让萧珩失神了片刻，从准备回国的那段时间开始，宋熹微就不像宋熹微了，她很少露出招牌的孩子气笑容，也很少和他们打打闹闹。还是喝醉了的宋熹微可爱啊，萧珩心里这么想着。看来刚刚遇上的那两个人，对熹微影响很大，萧珩似乎更加想要知道，

曾经在柳川的那个宋熹微，她的故事了。

对于总监助理苏琪小姐来说，在她刚刚上任的这一周多时间里，她的顶头上司好像拥有皮卡丘的十万伏特，不管什么时候都充满干劲，一头扎进工作里，感觉不到疲劳。偏偏这么厉害的女人又拥有和能力不相上下的外貌，明明可以靠脸吃饭却偏偏选择靠才华，还那么出色，这就是为什么茶水间的女人聊到宋总监，永远用的是羡慕的语气吧。

不过，苏琪发现，今天的宋总监似乎一直在走神，开会走错会议室，签字签错文件，甚至差点儿走进男卫生间。

"苏琪，你把我下午的行程全部后移，这几天我不在公司。"

还在揣测上司究竟怎么了的苏琪，被宋熹微的一句话召回了神，果然有事，不然工作狂宋总监怎么会抛下最近都满满的行程！

但是显然，宋熹微不打算向苏琪解释她要去干什么，事实上，她交代完这句话后，就走出了办公室。

会在翊铭国际的停车场碰到赵晨光，完全出乎宋熹微的意料，宋翊铭和宋熹微本能地避开所有和李梅媛、邹夏静有牵扯的人和事，所以即使是曾经一起穿开裆裤长大的赵晨光，也因为变成邹夏静的男朋友之后，被宋翊铭下意识地回避着。

显然，赵晨光早就感受到了这两兄妹对自己的刻意疏远，可宋熹微客气又疏离的笑容还是让赵晨光心里很不是滋味。

"微微，好久不见。"赵晨光说得有些小心翼翼。

"我们前几天刚见过的。"宋熹微浅浅笑道，像面对一个陌生人一样。

赵晨光心中突然有些酸涩。

但是很快,赵晨光掩饰了眼角的落寞,继而开口:"伯父说,想让你和翊铭有空回家吃顿饭。"

宋熹微拉开车门的手一顿,带着几分讽刺地回道:"回家?哪里是我家?"说罢,她坐进车里绝尘而去。

异国他乡的磨砺,让宋熹微不再是那个会轻易落泪的小女生。可是尽管她可以很好地掩饰自己的表情,却怎么都不能平复自己的心情。不过不重要了,反正是今天,只是今天,宋熹微允许自己不戴着那副叫"我很好"的面具。

车子一路从市中心开到郊区,然后上了高速。海城离柳川有六个小时的车程,当车子开到海城公墓的时候,已经是落日西斜。在公墓管理员的一路引导下,宋熹微才找到那座荒草萋萋的合葬墓。

墓碑上的照片早已泛黄,所幸还能看清楚照片上人的模样。宋熹微把一大束开得正灿烂的向日葵放在墓前,然后重重地磕了三个头。

夕阳把宋熹微的影子拉得很长很长,风吹得树叶哗哗作响。宋熹微记得墓碑上这张照片,其实不是两个人的合照,而是全家福,只不过照片被裁剪了,另外的那一部分也不知道去了哪里,就像被裁剪掉的那个小小孩童,走丢了很久很久。

"我很想你们……"

宋熹微抱着墓碑大哭,好像她积攒了多年的情绪终于找到了一个宣泄的窗口。空白了二十二年的情感只变成这五个字,宋熹微一遍又一遍地重复着,任由眼泪肆意在脸上蔓延。

等到夕阳掉进了地平线,繁星密布天空的时候,宋熹微终于流干了

眼泪，停止哭泣。为了这一次见面，她等了足足八年，用八年的时间让自己羽翼丰满，变得足够强大。

宋熹微永远忘不了当她到达英国的公寓里，看到那个不怀好意的文件袋时的无助，那种被抛弃一次又一次的无助。可她又很庆幸，如果不是那个文件袋，或许自己永远都只是迷路的孩子，找不到家人和归属。

"爸爸，妈妈，是不是因为我没来看过你们，所以你们一次都不到我的梦里来？对不起，我一直找不到你们，现在我找到了，原谅我好不好？"

宋熹微大哭过后，又在墓碑前喃喃自语了很久，等到她终于准备离开墓园的时候，已经快到晚上九点。

公墓管理员在墓园工作了二十多年，这是他第一次见到有人给北坡那座合葬墓扫墓，那对夫妻是车祸去世的，去世的时候尚且年轻，他还以为他们并没有子女，今天看来，那个看起来被悲伤厚厚包裹着的年轻女孩儿，也许就是他们的女儿吧，只是，为什么隔了这么多年才来呢？

宋熹微支付完拖欠了二十二年的墓地管理费，又预交了十年，她知道，爸爸妈妈生前最不喜欢拖欠，所以他们活得自由自在。现在，他们也可以在另一个世界，活得自由自在了吧。

带着疲惫，宋熹微打开了北城区时光大道165号的大门。

二十二年前，这里还是全新的大楼，现在已经成了老旧建筑。回国前，宋熹微就买回了这套房子，不过房子已经空了很久没有住过人了。这个小区曾位于城市中心地段，窗外最不缺的就是车水马龙。所以当初爸爸妈妈带着她搬入这个陌生的环境的时候，对新家心存抗拒的她几乎立马就爱上了这个地方，因为新家的对面，是一个很大很大的公园，春天开着大片大片的郁金香,她常和爸爸妈妈一起去看花。不过现在,北城区已经是老城区了,它的地位逐渐被南城区取代,小区的住户慢慢都成了上了年纪、喜欢安静的老人。

　　此时,宋熹微站在房门口,看着这个曾经的家。她不知道自己心中究竟是什么滋味,很开心回到这里,又很厌恶这里。听说上一任的房主买下这套房子以后临时被派遣出国,房子就一直闲置,直到宋熹微委托好友陶梦凡联系购买的时候,房主才想起来自己还有这么一套不动产。那时候,陶梦凡在越洋电话里夸张地表达了房主的惊讶,宋熹微想,大概这就是有钱人的一贯做派吧。

　　不过,房子里还是保留了大部分原本属于她父母的东西,当然都不是什么值钱的物件。按照代理人发给宋熹微的资料,当初李梅媛把她丢掉之后,几乎是立刻就卖掉了这套房子,房子里但凡值点儿钱的物件也统统被李梅媛变卖了。

　　其实,宋熹微以前不叫宋熹微,从出生开始,她就有一个饱含爱意的名字,叫邹慕音。她的爸爸叫邹定邦,妈妈叫徐婉音,所以邹慕音是邹定邦爱慕徐婉音的意思。

　　在宋熹微有些模糊的记忆里,爸爸妈妈非常恩爱,妈妈喜欢弹钢琴和舞蹈,喜欢早起去小区门口的花店买一束最鲜艳的向日葵放在向阳的窗台上,然后哼着卡农的曲调,为她和爸爸做早餐。

　　而爸爸呢,他最喜欢做的事情,就是举着相机,给她和妈妈拍照。在他们家还没搬来海城的时候,妈妈在以前的家附近办了一个钢琴舞蹈班,很多人来找妈妈学钢琴、学舞蹈。那时候家里经常会有出版社的叔叔来,找爸爸帮忙拍照。不过后来爸爸妈妈突然告诉她要搬家,于是就

搬到了远在南方海滨城市的海城。

搬到海城以后，生活变得更加惬意起来，妈妈说她更喜欢海城的阳光，干净，温暖。爸爸也更喜欢海城，海城是爸爸的故乡，现在海城还有了他最爱的人。她也更喜欢海城，海城有很大很大的公园，很美很美的花，还有湛蓝的大海，每次都用调皮的浪花，打湿她的脚丫。

那个时候，她最期待的是不用学钢琴学舞蹈的周日，慵懒地睡到太阳爬上小小的公主床，和同样睡懒觉刚起的爸爸一起刷牙比谁刷出的白泡泡多，每次她快输了的时候就瘪瘪嘴，然后妈妈就会变成正义的化身，克扣爸爸早晨的溏心蛋，爸爸就和她一起耍赖，一起瘪嘴，把妈妈逗得大笑不止，直说自己养了两个孩子。一家人抱在一起，笑成一团。

可能这种快乐连上帝都嫉妒吧，于是，他选择了一个阳光晴好的日子，永远夺走了这样的幸福。

那一天白云特别柔软，像棉花糖，在水洗过的蓝幕上优哉游哉地飘来飘去。春风吹着慕音的公主裙，雪白的纱裙轻轻摇曳。那一天公园的郁金香开满了花圃，各色的鲜花争奇斗艳，她学着妈妈的样子去轻嗅花朵，爸爸拍下一张又一张照片。四周都是集体出游的家庭，欢声笑语飞扬在公园的每一个角落。

妈妈正摆放着野餐食物，爸爸帮她绑着风筝的线。突然，妈妈抬头叫了叫她："宝宝，过来一下。"

她蹦蹦跳跳地跑向妈妈，只见妈妈指着公园长椅上独自坐着的小男孩儿说："我们邀请那个小哥哥一起来野餐好吗？"

当然好啊，她一直很羡慕幼儿园的琳琳，因为琳琳有一个哥哥，每天陪她玩，给她吃好吃的糖果，帮她打败欺负她的小男生。所以，慕音也一直很希望，有个哥哥陪她玩儿啊。

小男孩儿独自坐在长椅上，身边一个人也没有。他垂着头，手上捏着一朵还剩两片花瓣的小野花，其他花瓣散了一地，他却还在揪花瓣，远远地只听他喃喃道："爸爸妈妈会陪我，爸爸妈妈不会陪我。"

察觉到她靠近，小男孩儿赶忙闭上了嘴巴，只看着手上光秃秃的花杆子，面上是难以掩饰的失落。

"我们一起放风筝好吗？

"我妈妈做的小饼干可好吃了！

"你怎么不理我……

"你理我一下呀！

"我想和你一起玩儿……"

不管她怎么邀请，这个独自坐着的小男生都一声不吭，慕音想，难道他不能说话吗？慕音从小就被爸爸说脸皮厚，所以她拽着小男生的手就跑。

虽然小男生被慕音被动地拉着跑，可是小男生清秀的脸上却带着柔和的笑，大概没有人会拒绝这一份满是善意的邀请吧。那天下午，他们在草地上尽情玩耍，和爸爸一起把风筝放得很高很高，吃着妈妈精心烘焙了一个上午的饼干，看着高高的蓝蓝天空。

充满欢笑的下午好像被按了快进键，哪怕真的很不舍，还是到了要回家的时候。邹慕音皱着眉揪着衣角舍不得和小伙伴说再见，小男生一改高冷，也有些依依不舍。徐婉音看着宝贝女儿难得露出这种小情愫，不禁笑出了声。

邹定邦蹲下，摸了摸女儿的丸子头："这样，我们和小哥哥约好，

下个周末再来公园野炊好吗？"

"到时候小哥哥不认识我了怎么办？"想到这里，邹慕音的包子脸鼓了起来。

"我不会忘记你的，下周我在公园等你！"小男生的脸上满是坚定。这下连邹定邦都开始笑这两个小豆丁，笑着笑着不免有些担忧，以后女儿长大了，会不会像这样轻易就被别人家的儿子拐走。

目送小男生被家人接走之后，邹定邦抱着邹慕音，和徐婉音一起往家里小区门口走去。离下班高峰期还有一会儿，时光大道的车辆尚且不多。

"倒计时，3、2、1。爸爸爸爸，绿灯了绿灯了！"

邹慕音搂着爸爸的脖子雀跃地叫道，一眨眼她就忘记了和小朋友分别的难过。

邹定邦用胡子蹭了蹭邹慕音的小脸蛋，朗声道："回家！"

欢快的笑声洒满了整条时光大道，路人无不看向他们，真是幸福的一家人。

但就在这个时候，尖锐的喇叭声传来，一辆失控的轿车直直撞向走在斑马线上的一家三口。邹定邦下意识地把女儿往路边推去，但再也来不及推开身边的妻子。路人只听到了巨大的撞击声，两个人影被高高抛起，又重重落下。接住邹慕音的路人还来不及捂上孩子的眼睛，大片大片的鲜红刺入邹慕音的眼睛里，幼小的她还没意识到发生了什么，却看到爸爸妈妈都变成了吓人的样子，一时间，她的世界，鲜血，铺天盖地……

在一身冷汗中惊醒，宋熹微挣扎着坐了起来。可能是太累了吧，她居然在沙发上坐着就睡了过去。没有开灯，城市的灯光从落地窗渗入客厅。

她循着光源走去，时光大道两侧黄色的路灯看不到头，也看不到尾。宋熹微一眼就看到了那条斑马线，曾经被鲜血染红又重新被刷白的斑马线。

那个噩梦好像通过黑暗钻了出来，吓得宋熹微浑身发抖。是啊，这根本不是梦，这是二十二年前，真实发生过的一幕。车祸刚发生的那段时间，她经常做这个梦，每次都是浑身冷汗地惊醒，瑟瑟发抖，像是一只刚刚躲过捕捉的小兽。后来，她也偶尔做过这个梦，她尝试只去想那些幸福的事情，但是一闭上眼睛，就是铺天盖地的血红。

用冷水洗了把脸，宋熹微稍稍平静了一些以后，她掏出手机打了个电话。

"喂……"电话那头的声音懒懒的。

宋熹微这才意识到，现在是凌晨三点，稍加思索，她还是继续说道："大凡，帮我找一家装修公司吧，我想重新装修一下上次买的那套房子。"

陶梦凡在电话里无意识地应了一句："嗯。"久久之后突然大叫一声，"宋熹微！大半夜的你给我打电话就为了装修！你的美利坚是大白天，我的祖国还是黄金睡眠时间好吗！"

陶梦凡式咆哮从电话那头传来，宋熹微小声地说道："大凡，我是不是忘了说，我回国了……"

在陶梦凡一连串的语言轰炸中结束了通话，宋熹微长长地呼出一口气。此刻的她睡意全无，开始收拾房子，想要找出那些残存的证明一家三口曾经幸福过的证据。

但实在是没有剩下什么东西，除了一些照片以外，也就只有一些与钢琴摄影有关的书籍，不过在宋熹微的眼中，这些曾经承载她整个童年所有美好记忆的照片，才是最珍贵的。

等到天际露出了鱼肚白，宋熹微才堪堪整理出一箱子的东西。关上家门，好像也关上了回忆的大门，把脆弱的宋熹微和邹慕音统统关在了门里。二十八岁的宋熹微，迎着朝阳，带着已逝父母给予的勇气，一步一步向室外的阳光走去。

最终，宋熹微和宋翊铭还是没有回宋家吃饭，倒不是两个人刻意无视宋怀唐的关爱，而是宋熹微从海城回到柳川的下午就病倒了。高烧来势汹汹，持续烧到40度。

她原本白皙的脸颊因为高烧变得通红，往日色泽鲜艳的嘴唇也因为高烧泛白起了皮。

宋翊铭一下班就陪在妹妹的病房里，就像小时候一样，妹妹身体不好，时常生病，每到换季的时候免不了感冒发烧。她想出去，可总被拘在室内，天性贪玩的宋翊铭只有在这个时候才不爱出门，就躲在家里陪着生病的妹妹。

病房轻开了一条缝，一道窈窕的身影轻轻走了进来，柳苏一头栗色秀发，发尾烫着大卷，温柔中透着些许干练，尽管是素面朝天，但姣好的面容还是令人眼前一亮，一双清澈的眸子透着光亮，正映入宋翊铭眼中。

看到宋翊铭看着她，她温柔一笑，小巧精致的五官更显柔和。紧接着，她把手里的两个保温壶放了下来，小声说道："我给你带了点儿点心，你先吃点，汤等小微醒了再让她喝。"

宋翊铭接下点心，目光温柔地锁定着柳苏在病房里忙来忙去的身影。幸好此时熹微还在熟睡，不然指不定又是一通调侃。

被一直看着的当事人对宋翊铭的目光并未察觉，她现在的心思都放在了病床上这个正生着病的准小姑子身上。

白皙纤长的手指轻轻贴在宋熹微的额头上，察觉到那烫手的温度，柳苏抿着唇，眉头轻皱，澄净的眸子里写满了担忧，她用棉签蘸着开水一遍遍润着宋熹微的嘴唇。前来探望的萧珩和米柯看着病床上的姑娘，往日清冷的面容透着病态，分外惹人心疼。

米大经纪人摸了摸宋熹微的额头："啧啧啧，这孩子再烧下去得烧傻了。"

宋总裁意味深长地看了米柯一眼，后者默默将和总裁对上的目光移开，忘了阿微现在有哥哥宠着，不能随意欺负了啊，总裁大人的粗胳膊粗腿儿他可扳不动。

等宋熹微醒来的时候，就看见不算大的病房里挤了四个人，她心中一动，涌上一股暖意。她看了看略显困顿的几人，缓缓开口："我都多大了，发个热还四个人守着，你们快回去吧。"

看到宋熹微醒来，大家都围在了病床前，左一句"头晕不晕"，右一句"渴不渴"，这一句"想吃什么"，那一句"要拿什么"，本就晕乎乎的病人纤手一挥，把四个关心则乱的人赶出了病房。

看着姑娘病中还有力气赶人，几个人算是把担心收回了肚子里。病房安静下来以后，熹微抱着被子一角，嘴角扬起一个满足的微笑，翻了个身又沉沉睡去。

等宋熹微再醒来的时候，已经是晚上了，房间里一片漆黑，只有昏暗的小夜灯亮在床头。不知道什么时候，护士已经撤掉了输液的针管，宋熹微只觉得自己浑身黏黏的，想必是出了一场大汗，嗓子也渴得不行。

她正打算起身倒水喝，就有一杯水递到了面前。突然冒出来的一只

手让宋熹微吓得往后一退，刚输过液的手背直接打到病床的栏杆上，痛得她一声惊呼。

手的主人似乎没想到宋熹微会有这么大的反应，他微不可察地轻叹一声，打开一盏灯。

灯光下，赵晨光一脸抱歉，说道："听说你生病了，过来看看你，没想到把你吓着了。"

宋熹微看清来人以后显得有些尴尬，想解释一下又发现自己完全不知道要说什么，索性什么都不说，接过赵晨光手里的水杯就是一通豪饮，温水入喉，有一种五脏六腑都苏醒的快感。

重逢后，这是第一次没有被她疏离相待，赵晨光有一瞬间的失神，回神之后原本绷着的五官也柔和了起来。等到宋熹微喝完，他语气比之前轻松许多："还要不要？"

宋熹微摇摇头，转而问道："你不会是刚下班吧？"

她喝完水整个人都舒服起来，也就有多余的心力去环顾周围，赵晨光西装革履，公文包就搁在不远处。

赵晨光找了最近的一把椅子坐下，笑道："刚刚从公司出来。"

宋熹微换了一个舒服一点儿的姿势，几乎是下意识地说道："你吃饭没？"

赵晨光摇了摇头："你想吃什么？我一起去买回来。"

宋熹微呆愣了一下，赶忙拦住赵晨光："不用去买，叫外卖吧。"

等待外卖的时候，两个人几乎无话，赵晨光看着宋熹微拿着手机不知道在干什么，自己也坐到病房的沙发前打开电脑处理起还没有处理完的文件。一时之间，病房安静得只能听到键盘声和两个人的呼吸声。

"对不起。"

拿着手机的手顿了顿,片刻的失神过后,宋熹微重新打起精神。

"为什么要说对不起?晨光,你走吧,这是我和她们的事情,无论如何都要有一个结果的。所以,你大可不必和我道歉。但,如果你是以邹夏静男朋友的身份来和我道歉,那我们从此就站在了对立的两面。"

"微微,你要知道,即使不是夏静,也有可能会有其他人,成为你的继妹。"

宋熹微嘲讽地笑了笑:"赵晨光,你没有变,还是那么喜欢当知心哥哥。但是你有没有想过,我已经变了,不再是那个所有心事都会告诉你的宋熹微了?你真的确定,你还可以和我说这些吗?"

良久的沉默以后,赵晨光动动嘴角,终究没有再说话,静静离开了病房。

他离开后不久,外卖就送到了,可宋熹微早就没有了吃东西的心情,她知道她的话应该会让赵晨光很伤心,因为她自己的心早就痛得无法呼吸。

她扭头看着窗外冷冷清清的月亮,看似平静的双眸里藏着一汪悲伤的深海。有时候,宋熹微也会问自己,究竟喜欢赵晨光哪一点,八年过去了,依旧没有放下,哪怕他的身边站着自己最讨厌的人,却对他一点儿都恨不起来。她那么努力地向赵晨光放出狠话,第一个刺痛的却是自己。

月色清冷,心绪苍凉。这是她回来之后第一次这么平静地思考她和赵晨光之间的种种,到最后她自己也恍惚了,因为她突然想起,她和他之间,从来不曾说过喜欢,所有的情绪不过只是她的覆水难收。这才是真相。

病去如抽丝，宋熹微没想到一个小小的感冒竟然让自己在病房荒废了五六天的大好光阴。从那晚以后，赵晨光再没有来过，宋熹微鲜少再想起他。原来一直以为他将会是她漫长人生里难以跨过的一段记忆，却没想到会以那么简单的方式慢慢在脑海里淡化，宋熹微想，她可能快要将赵晨光放下了。

可能是因为心态陡然改变，随之变化的还有宋熹微的心情。准嫂嫂柳苏说，这段时间的宋熹微相比之前柔和了不知多少，竟然再也找不到原先孤冷的样子。萧珩说，这是宋熹微回国以来，真正开心的模样。

陶梦凡杀到宋熹微办公室的时候，宋熹微刚刚开完一个多小时的视频会议。翊铭国际刚刚上市，根基没有完全稳定，如何更好地宣传企业文化，为新产品造势，每一步都不容出错，宋熹微知道，宋翊铭闯出这片天地付出了太多，所以她不允许自己出现任何失误。

"宋熹微，你还知道回来啊！！！"

陶梦凡的大声嚷嚷拉回了沉思中的宋熹微，宋熹微向门口一脸无辜又无奈的助理苏琪投去一个"没事"的眼神，然后热情地拥抱了面前正打算讨伐她的陶梦凡。一别多年，挚友的拥抱依然温暖如初，真好。

"你个小没良心的，回来了也不告诉我！"陶梦凡作势就要拍宋熹微的头。

"这不是以为新闻报纸都在报道，咱们陶女侠早已洞察一切了吗？"

宋熹微讨饶一笑，一口大白牙都带上了谄媚。陶梦凡心想，高中时代那个宋熹微回来了啊，没有眼泪和脆弱，好像一直都无忧无虑地笑啊笑啊。

"看什么新闻,姐姐刚从布达拉宫回来。要不是怕哪天遇到危险无法联系警察叔叔,我连手机都不打算带去,哪里来的心思去看新闻。"

打开了话匣子,陶女侠开始满脸豪气地讲述西藏之行,转移话题这种技能,宋熹微虽然好久不用,但是对付陶梦凡还是绰绰有余的。等到交谈地点从宋熹微的办公室变到商场顶楼的旋转餐厅时,陶梦凡才堪堪说完她西藏之旅的故事。大学毕业后,陶梦凡就成了背包客,别人说她不务正业,她总是一笑而过。旅行于她,就是去到陌生的地方找回熟悉的自己,何况因此她收获了太多难得的情谊。不忘初心的生活,才是她一直追求的。

依照八年前的老习惯,陶梦凡点了一份丁骨牛排,外加一大份水果沙拉,用她的话说,光吃肉不啃骨头又没有水果相配,那得多无趣啊。

午饭吃得非常愉快,两个姑娘起身时都不约而同地感觉到——撑!

陶梦凡摸了摸自己圆滚滚的肚子,说:"进入下一个行程,Let's go!"

这是她们的老习惯,从高中开始,在外面就餐后,都要去附近的商场逛一逛,美其名曰:饭后散步,有助消化。这分明是陶梦凡为自己吃饱喝足想血拼找的一个借口。

宋熹微回来之后,几乎不逛街,或者说,这是她在美国养成的习惯。那个时候她很缺钱,与其看着琳琅满目的商品爱而不得,她宁愿选择不看。

闺密一起逛街购物,是很有乐趣的。陶梦凡恶搞自黑,宋熹微毒舌点评。没有多年的感情积累,鲜少能培养出这种默契。

显然,陶梦凡是一个不知道累是什么的生物,在宋熹微已经选择窝在沙发上休息的时候,陶梦凡还拉着导购姑娘不停地选衣试穿。

百无聊赖的宋熹微只好四处打量,眸光一转,却看见前面相携而来的一对佳偶。其实她一直不想承认,邹夏静和赵晨光看起来真的挺合适的,算得上才子佳人,要是佳人能表里如一的话,就更好了。

"姐姐,好巧,你也在这里。"邹夏静甜甜的声音一出,立刻就引来周围的目光。

宋熹微坐直身体,得体一笑:"确实很巧。"

"听说这家新出的几款裙子不错,晨光带我来看看。"

看似无害的笑容,可眼睛里分明带着不怀好意的挑衅。从试衣间出来的陶梦凡刚想替宋熹微反击,就听见宋熹微开口道:"她们家的衣服很不错,不过不太适合你,都太阳光了。"

言语之中并没有泄露任何情绪,好像宋熹微真的只是在给出一个中肯的建议。

邹夏静显然听出了宋熹微话里的讽刺,她捏紧手包,反唇相讥:"合适不合适,穿上才知道。不是也有人说过我和晨光不合适,可我们还是在一起了这么久,不是吗?"

说完,她紧盯着赵晨光,试图从他脸上获得认同。可他却像是兀自思考着什么,看似没有聚焦的目光其实都洒在了宋熹微身上。

"那你们很幸运。"宋熹微笑得真诚。

赵晨光淡淡的表情终于起了一些波澜,仿佛有些不耐烦。

"确实不适合,走吧。"赵晨光看着宋熹微,对邹夏静说道。

看着佳偶离去的背影,宋熹微只是笑,可能是灯光太过耀眼,她刚刚竟然觉得赵晨光眼中有几分深情。

"放下了?"陶梦凡提着裙角问道。

"嗯。"

声音不大,但还是传到了没有走远的赵晨光的耳中,没有人看到,赵晨光的身影因为这一个字,有一瞬间的停顿。

作为刚刚上市的企业,翊铭国际一直饱受媒体和行业的关注,虽然一时之间翊铭国际的知名度到达顶峰,但与此同时,整个行政大楼也陷入了不死不休的加班模式。作为一家主打国际高端品牌的企业,怎么确保新产品能够快速打入市场,抢占市场份额,成为了宋熹微这个宣传总监首先要解决的事情。

在一口气否决了十三个方案之后,整场会议陷入了沉默之中。宣传部一直是整个企业最有活力的地方,这一群平均年龄二十六岁却又能力卓越的年轻人,时时刻刻都呈现出精神饱满的姿态。但是现下,每个人都找不到他们引以为傲的自信,坐在上首的那个女人,明明看起来也不大,却轻而易举将他们虐得体无完肤。

良久的沉默之后,宋熹微开了口:"我知道,在座的各位都是公司创立之初就毅然选择加入的优秀人才,你们的创意来自于你们的年轻和朝气。我也知道,作为一个和你们几乎同龄的人来说,我实在是没有什么可以称之为经验的东西和你们分享。但是,如果在座的各位都是我们的客户,你们会更加接受什么样的宣传手段?或者说原有的一些宣传方式真的还适合我们的产品吗?我希望大家可以抛开你们曾经创造出的佳绩,换一个思路,寻找新的方向。"

会议室外,宋翊铭静静站立在门口,刚刚宋熹微说的话他一字不落全部听到了。看着一身职业装、成熟又自信的妹妹,宋翊铭突然想起了

另一个样子的她。

见到宋熹微那年,他十岁。他还记得,那一天,下了入冬以来柳川的第一场雪。父母外出参加一场慈善晚会,却在回来的时候带回了衣着单薄的她。她一双乌黑的眼睛满是惊恐地看着周围的一切,脸上因为寒冷失去了原本应有的红润。

爸爸告诉宋翊铭,这个小妹妹会暂时住在家里。再后来,爸爸妈妈收养了小妹妹,他们管她叫宋熹微。

但很长的一段时间里,宋翊铭都只叫她纸娃娃。她真的太瘦了,就像绘本里的纸片人,脆弱又苍白,好像一阵风轻轻吹来,就可以把她卷走。

她不爱说话,也从来不笑。更多的时候只知道点头和摇头,宋翊铭很好奇,自己这个妹妹,怎么和别人家的妹妹完全不一样。别人家的妹妹总是穿着好看的公主裙,扎着洋娃娃一样可爱的头发,甜软的声音像是刚做好的棉花糖。而他这个妹妹,虽然也穿起了好看的公主裙,可是每次女佣要给她扎头发的时候,她都极力反抗,甚至曾为了躲避扎头发在衣柜里躲了整整一天。除了不抗拒妈妈的接触外,她几乎不亲近任何人。所以很多时候,宋翊铭想,这小丫头不会是被谁派来和他抢妈妈的吧。

第一次见到这个丫头笑,是在宋翊铭十二岁生日的时候。曾经的纸娃娃在宋家精心抚养之下变成了粉雕玉琢的小公主,只是依旧少言寡语。之前,宋家从来不对外公布孩子们的任何信息,所以一直以来,宋怀唐究竟有几个儿女都不为人所知,而这一次宋家也打算借着为宋翊铭过十二岁生日的契机,把他们介绍给大家。

从来不举办大 Party 的宋家,那一晚热闹非凡。除了平常和宋氏有生意往来的众多企业家之外，也少不了柳川的一些媒体。宋翊铭像彬彬有礼的小王子，和宋怀唐一起迎接客人的到来，宋熹微也被打扮得漂漂亮亮，被妈妈牵着手走下台阶。纸娃娃变成了小公主，一点儿也看不出以前瘦不拉几的样子。从那以后，整个柳川都知道，柳川的地产大咖宋怀唐有一儿一女，不过没有人知道，这个女儿，是领养的。

在男人们都忙着借机寒暄寻求合作，女人们都忙着你来我往互相夸赞的时候，突然响起的钢琴声打破了全场的氛围。宋翊铭往声音的来源看去，只见年仅八岁的宋熹微端端正正地坐在自己刚收到的新钢琴面前，白嫩的小手在黑白分明的琴键上翻飞，一段《梦中的婚礼》就这样从她的指尖缓缓流出。而她那往日没有任何表情的小脸上，居然挂着浅浅的笑容。原来纸娃娃笑起来那样好看，两个梨涡里好像灌了蜜一样。

就是那样的宋熹微，让全场都为之赞叹不已。所有人都在夸宋家的小女儿，可是宋翊铭一点儿都不气她抢走了自己主角的风头，他的心里满满都是原来我妹妹这么厉害的骄傲感。

"哥，你站在门口发什么呆？"宋熹微在宋翊铭眼前晃了晃手，唤回了宋翊铭的思绪。

看着眼前矮自己大半个头的妹妹，宋翊铭下意识地把手放到宋熹微的头顶，用力地揉了揉。

"我都长这么大了，你怎么还用小时候这一招。"

宋熹微不满地撇了撇嘴角，她分明看见路过的员工都在偷笑。好歹这是在公司，哥哥就不能给自己留一点儿面子嘛！

看着宋熹微露出难得见到的表情，宋翊铭不禁失笑道："你都长这

么大了,怎么还是改不掉披头散发的毛病。"

宋熹微随手撩了撩耳边的头发,不屑道:"这明明是一种知性美啊,哥哥,管太多容易老的。"

"妹妹,太随意嫁不出去的。"

宋总裁欠揍地抛下一句话,慢悠悠地朝办公室走去,留下宋熹微愣在原地微微失神。这种兄妹相处的方式好怀念啊。八年来,她从不敢奢望还可以和宋翊铭这样开玩笑,甚至在她想到宋翊铭的时候,耳边总是回响着宋翊铭的那一句话,"我真的很后悔,为什么当初不阻止爸爸妈妈把你带回来"。

下班后,宋熹微想逛一逛柳川,记忆中的柳川早就不是现在这个样子,原以为自己会有些感伤,却意料之外地开始享受走在陌生街道的轻松。可是这种轻松并没有持续很久。拐过街角,猝不及防地看到那条破烂的小巷子时,宋熹微顿时克制不住,周身冰凉。

周围的景物好像时光回溯一般,宋熹微看到了二十二年前的模样。阴沉的下雪天,破旧的小巷口,来往的行人和车,卖烤饼的老人,骂骂咧咧的家庭主妇,还有衣着单薄、瑟瑟发抖着蹲在巷子口的,被遗忘的小女孩儿。

如果时间能回到二十二年前,宋熹微很想跑上去给那个小女孩儿一个拥抱,在初雪天冻得已经麻木的她曾经那么用力地拥抱住自己,却始终感觉不到任何温度。

## 第二章
### 卖火柴的小女孩儿
·Yuan Nuan Yi Ren Xin·

在父母出事之前,还叫邹慕音的宋熹微,真的不知道什么叫人间疾苦,更想象不到有一天她会失去父母的保护,变成街边卖火柴的小女孩儿。不,不对,她还不如卖火柴的小女孩儿,她连一根取暖的火柴都没有。

宋熹微还记得,发生车祸的那天,她被路人抱在怀里捂着眼睛。耳边,有惊呼声,有救护车的声音,有人啼嘘,有人感慨。路人在耳边安慰她,不怕,不怕,不怕。直到交警到来,他们轻声问:"小朋友,除了爸爸妈妈,家里还有什么人吗?"

没有人告诉她究竟发生了什么,她怯怯地开口:"叔叔。"

然后,他们把她抱进警车,给她一瓶牛奶和一块面包,却再没有人来和她说话。可是,爸爸妈妈呢?不是说好一起回家的吗?他们去哪里了?为什么被白色的布裹起来?为什么有那么多鲜红的血?为什么他们一动不动?越想越害怕,她就那样在车里大哭,可是所有人都忙着处理惨不忍睹的车祸现场,没有人听见她的哭声,一个都没有。

她从来不曾经历过死亡,她的生活是爸爸妈妈精心营造的天堂,花是香的,天是蓝的,阳光永远那么和煦温暖,爱的人总是微笑地站在看得见的地方。所以六岁的她永远想不到,她第一次面对的死亡,就是至亲永远离开了她。

她最后被带到了警察局,事故判定肇事者承担全部责任,但是肇事者早就逃得无影无踪。

她以为乖乖坐着等待的话,会等到爸爸妈妈来接她,但是没有。直到深夜,终于有人来接她,她仔细地看了好久,才认出眼前这个头发凌乱、好似经历过莫大哀痛的女人,是搬来海城以后,只见过两次面的婶婶。

婶婶从始至终一句话都没说,办完手续就领着她,一前一后地走着。

"婶婶,我们是去找爸爸妈妈吗?"慕音怯怯地开口,婶婶面无表情的沉默实在让她感到有一些害怕。在她的记忆中,这个婶婶是很爱笑的,尤其是面对她们家人的时候。

"婶婶?"慕音好不容易跟上婶婶的大步子,试着去牵婶婶的手,但是却被婶婶甩开了。

终于走到目的地,婶婶随手丢给她一件白色麻布的衣服,声音冰冷得不带一点儿温度:"穿上衣服,送你爸爸妈妈还有你叔叔最后一程。"说完,婶婶再不理会满脸迷茫的邹慕音,径自走开去忙自己的事情了。

等慕音换好衣服走出来的时候,她发现自己站在一个满是黄白菊花的大房间里。大房间里有爸爸妈妈的合照,这张照片她见过的,其实是全家福,她就在爸爸妈妈的中间,可是这张照片好像是被拦腰砍断,竟然把她剪掉了。照片里的颜色也不对,那天妈妈明明穿的是一套粉红色的洋装,脖子上的项链有粉色水晶坠子,可是照片里不论是爸爸还是妈妈,都是黑白的。

她还听见有小孩子的哭声,她好奇地循着哭声前往,发现另一个房间也是黄白菊花,只是照片不一样。但是照片里的人她认得,那是爸爸的弟弟,她的叔叔。正哭着的那个小女孩儿听到脚步声抬起头,竟然是她的堂妹。

"夏静,你怎么哭了呢?"宋熹微掏出自己的花手帕,轻轻给堂妹擦眼泪。

"妈妈说,爸爸死掉了,再也回不来了。姐姐怎么不哭呢?姐姐的爸爸妈妈不是也死掉了吗?"邹夏静的声音带着不解,姐姐难道不难过吗?

"死掉?再也回不来了?我不相信,我要去问婶婶。爸爸妈妈说,他们会永远陪着我啊,怎么会再也回不来了呢?"因为夏静的话,慕音顿时受到了冲击,她急急忙忙地想去找婶婶求证,一转头向后跑,却刚好急急地撞到婶婶身上。

"急急忙忙做什么,怎么一点儿教养都没有?"婶婶低声呵斥,脸上的表情像是霜一样冰冷。

"婶婶,爸爸妈妈回不来了吗?死掉了吗?"邹慕音紧紧地拽着婶婶的衣角,满脸焦急。

"是,死掉了,再也回不来了。"婶婶的话没有一点儿起伏,平平的音调,陈述着一个孩子无法承受的事实。

"我不相信,我要去找他们!"

邹慕音急急地想要跑出去,却被狠狠地拽了回来。婶婶像疯了一样拽着她的头发,把她按着跪在地上大声咆哮:"你给我好好跪着!你已

经是孤儿了,你没有爸爸妈妈也没人宠了!如果不是为了赶去处理你爸爸妈妈的车祸,你叔叔就不会死!你们毁了我的家,我还照顾你已经很对得起你了!你要是再闹,我就把你丢掉!"

从来没有被人大声凶过的邹慕音瞬间安静了下来,她有些不可置信,那么温柔的婶婶居然也会有这么可怕的一面。她很想哭,却一点儿也不敢哭出声,紧紧闭着嘴巴不让喉咙发出一点点声音,眼泪却怎么也止不住,啪嗒啪嗒地掉下来。

她在灵堂里跪了整整一个晚上,然后看着爸爸妈妈的骨灰盒被埋葬进坟墓里。叔叔的墓前聚了很多人,可是爸爸妈妈的墓前除了帮忙安葬的工作人员以外,就只有她。此时的邹慕音一点儿都不知道,从此以后,她将会面对多少她这个年纪无法承受的伤痛。

葬礼结束之后,婶婶带着堂妹一起住进了邹慕音的家。婶婶说她们家的房子是租的,现在要省下租金来养她这个讨债鬼。原本富裕的生活好像一下子拮据了起来,再没有每天早晨定时出现在餐桌上的牛奶和荷包蛋,有的只是妹妹喝剩下的没什么温度的牛奶,或者是冷透了的咬了一半的馒头。再没有钢琴课和舞蹈课,更多的时候邹慕音只能躲在房间的小角落里,看着婶婶带着妹妹出门,看着妹妹回来时满足又开心的样子。

她越来越害怕婶婶,可也越来越依赖婶婶。因为她不知道自己如果没了婶婶会怎么样,会像街边的小乞丐吗?脏兮兮吃不饱也穿不暖?还是像童话里卖火柴的小女孩儿,连一双合脚的拖鞋都没有?所以,她尽可能地乖巧,不吵也不闹。有时候想爸爸妈妈想得狠了,就偷偷躲在婶婶听不到的地方小声地哭。

尽管卑微成这样,她依旧没有从婶婶那里得到好的待遇。婶婶喝醉酒的时候，总会把她关在阳台上。起初她还可以透过透明玻璃看到妹妹正在看的动画片，但后来婶婶会拉上窗帘，她就只能和阳台上的花花草草聊天。最后花花草草也没有了，只有灰扑扑的阳台和乱七八糟的杂物。

这样的生活也不是没有一点点快乐的，幸好还有夏静。夏静会在慕音被关在阳台的时候偷偷把糖藏在阳台给慕音吃，或者是趁着自己妈妈不注意的时候尽量多地剩下牛奶给慕音喝。她还会把偷偷攒下的零花钱分给慕音，两个人一起去买五毛钱的棒棒糖吃。

但渐渐地，夏静也不再给自己剩牛奶、藏糖果了。不知道是不是因为婶婶发现了，那天婶婶把夏静叫去房间里聊了很久很久。等夏静出来的时候，她眼睛通红。慕音焦急地跑上去，却被夏静避开了。

与夏静的冷漠一起到来的，是婶婶更可怕的对待。六岁的慕音还不是很会给自己洗头，不小心把水弄得满地都是，就会被婶婶拽着头发狠狠按进水里。做错了事情，就被要求捧着蜡烛跪在冷冰冰的地板上，滚烫的蜡油烫得慕音几乎要尖叫，但膝盖下冰冷的触感又让慕音觉得蜡油的温暖让人无法舍弃。

不是没有过实在忍不了大哭出声的时候，饿极了的慕音抢了夏静的牛奶，却被夏静狠狠地推倒在地上。夏静比慕音小一岁，但是力气比瘦弱的慕音大很多。把慕音推倒在地，夏静大叫："你为什么什么都要和我抢，如果不是你我的爸爸就不会死掉！妈妈对你那么好你也不知道感恩！我讨厌你，讨债鬼！"

被夏静喊来的婶婶随手拿起东西就狠狠地往慕音身上打去，很疼很疼，比最怕的打针不知道疼了多少，疼得慕音觉得自己的背要裂开了。然后，她一边躲一边大哭，惊动了邻居家的保姆阿姨。阿姨会拦下婶婶，

但是阿姨也会说:"你这个孩子太不懂事了。你婶婶收养你已经很对得起你死去的爸爸妈妈了,你怎么连妹妹的牛奶都要抢。"

可是我饿啊。慕音在心里悄悄地说,她知道这句话不能说,说出去以后一定又会被婶婶责骂。大家都说婶婶是一个很好的女人,对死去的哥哥嫂子留下的孩子那么照顾,而且自己还是寡妇。所以慕音什么话也不敢说,她怕婶婶把自己给丢了。

但是最后,她还是被婶婶给丢了。

有一次慕音发烧,婶婶随便丢了一块脏兮兮的毛巾给她,让她自己沾了冷水捂额头上,然后就忙着去打电话了。迷迷糊糊的时候,慕音听到婶婶对着电话说:"这台钢琴很新,希望可以卖一个好价钱。"

那一瞬间,迷糊的慕音登时一个激灵,她发烧的小脑袋中旋转着一个声音,婶婶要卖掉钢琴!卖掉妈妈最喜欢的、哪怕是大老远搬家也要带过来的钢琴!婶婶又没有钱了吗?她们住进来的这几个月里,婶婶卖掉了妈妈的首饰,爸爸的手表,前几天刚卖掉了爸爸那套很贵的相机,怎么又要来卖钢琴了?慕音抓紧脖子上那条偷偷藏起来的妈妈最爱的项链,下定了决心,一定要留下妈妈的钢琴。哪怕婶婶从来都不允许她弹奏。

几乎是一瞬间,慕音急忙冲出去大喊:"不许卖掉我妈妈的钢琴!"

似乎是没有想到一直以来怯怯的慕音会这么大声说话,婶婶有些错愕,但很快就讽刺地笑道:"不卖掉钢琴,你给我钱来养你啊?你吃吃穿穿不要钱啊?"

"婶婶明明有钱!婶婶已经卖掉那么多东西了!怎么可能没钱!"尽管说得很大声,但是慕音小小的身子还是忍不住发抖。她想自己一定会被婶婶打的,而且一定会被打得很狠,但是她不能怕,怕了,妈妈的钢琴就会被卖掉。

"真是好笑,你知道现在东西多贵吗!养你这么个讨债鬼你还不知道感恩!你都记着呢是吧?我卖了东西你都记在心里呢?"

鲜红的指甲狠狠地戳着慕音的额头,婶婶好看的红唇一张一合,语气满是不屑和冷酷。

"可是这是我的家啊,这些都是爸爸妈妈的,婶婶这么做是不对的!"不知道从哪里来的勇气,慕音说话也不经大脑了。

"你的家啊?那是我们母女凑上来占你的便宜了是吗?是我们要抢你的东西了是吗?"婶婶怒极反笑,把慕音关进了黑漆漆的房间里,"好好在里面待着,你的家?你的家里也是我管着你!你死掉的爸妈顾不上你了!"

房门"砰"的一声被关上,靠着墙壁的慕音抱着膝盖蹲了下来。她从小就怕黑,在小角落里看着眼前黑漆漆的一片,莫名地恐惧。

"姐姐,你在房间里面吗?"夏静在门口小声地叫着。

"我在里面,可是很黑,我害怕。"她有些诧异夏静会在门口,以往自己挨罚夏静都是看着动画片,连头都不转一下。

"那我陪你聊聊天,你不能告诉妈妈。"夏静在门的另一边坐了下来。

"可是,你不是很讨厌我吗?"慕音不敢相信这突然而来的温暖。

"姐姐很可怜,虽然妈妈说你害死了爸爸,但是你应该不是故意的。我再讨厌你,你就更可怜了。"

夏静的话让被关在小黑屋的慕音有了一点点安慰,妹妹不讨厌自己了,这应该是这么久以来最开心的事情了。两姐妹隔着一扇门有一句没一句地聊着,聊着聊着,慕音就这样在黑暗中睡着了。

出乎意料的是，醒来的慕音诧异地发现自己居然躺在曾经属于自己的公主床上，有些慵懒的阳光洒在粉色的床幔上，也洒在她的脸上。

"小音，睡醒啦？婶婶给你做了早餐，快来吃。"

一改往日的冷漠和谩骂，婶婶突然又变成了初见时那个温婉的女人，慕音心想，这是不是一个梦？

"这傻孩子，在发什么呆，快点儿洗漱一下来吃早餐了，吃完婶婶带你出去玩。"婶婶温柔地笑着说，曾经可怕的面容瞬间柔和了起来。慕音拍拍自己的小脑门，有些疼，看来不是梦。是真的啊，婶婶不讨厌自己了，她对自己多么温柔啊！

消瘦的小脸溢满笑容，原本早就不再光彩熠熠的眼睛也变得明亮起来。慕音几乎是飞快地洗漱完毕，又飞快地坐到了餐桌前。夏静坐在自己身边，两个人的面前都是热乎乎的牛奶、吐司和煎得金黄的荷包蛋。这一切和爸爸妈妈在身边的时候一样。突然到来的小幸福让慕音惊讶又开心，牛奶和吐司真美味啊，荷包蛋原来这么好吃。这些原来天天都能吃到的东西此刻好像十分珍贵，慕音甚至舍不得大口咀嚼，就怕吃完以后，再也没有了。

"妈妈，你今天要带我们去哪里玩儿啊？"夏静看向正在厨房忙碌的妈妈，颇有些期待地问道。

"你不是要去学画画吗？妈妈带你去玩儿了很多次，今天就只带姐姐出去玩儿。今天你就跟着隔壁的陈阿姨，好吗？"

"可是……"夏静想说今天明明不用学画画啊，妈妈分明知道的，但是很快就被妈妈打断。

"宝贝，姐姐已经很久没有出去玩儿了，你应该让着她。"虽然妈妈是笑着对自己说的，但是妈妈的眼神却给人一种不可忤逆的感觉。

最后在夏静依依不舍的目光里，婶婶牵着慕音的手走出了家门。从没有想过婶婶会单独带自己出去玩儿，慕音的内心早就雀跃不已。她想，一会儿婶婶会带自己去哪里玩儿呢？是有旋转木马的游乐园，还是有提拉米苏的西点屋？慕音很想问，但是一直忍着。

直到被婶婶牵着手上了火车，慕音终于忍不住问了出来："婶婶，咱们去哪里呀？"

婶婶递过来一支剥好的棒棒糖，温柔地抚摸着慕音的头发说："婶婶带你去一个很好玩儿的地方。你睡一觉，醒来就到了。"

吃着棒棒糖，靠在火车硬邦邦的座椅上，看着自己不久前刚学会的"海城"二字从眼前一晃而过，慕音慢慢陷入了梦境里。她做了一个很美的梦，梦里她长出了和小精灵一样的透明翅膀，轻轻扑腾，就可以飞到云朵的上方。云中藏着一扇金色的大门，她轻轻敲开大门，门里站着许久不见的爸爸妈妈，他们的背后闪着金色的光芒。妈妈很温柔地亲吻着慕音的头发说："宝贝，你要坚强和勇敢。"

慕音是被火车停站时的鸣笛声叫醒的，她转动头，婶婶就在自己的旁边。

"小音，我们到啦。"

婶婶牵着慕音的手走下火车，兜兜转转又上了的士。的士就那样好似漫无目的地开着，直到停在了一个叫小南巷的地方。

慕音打量着周围，这个地方好破旧啊。这里会有什么好玩儿的东西呢？

"小音，你先在这里等一等婶婶。婶婶去给你买点儿吃的，然后我

们就去游乐园。好吗?"

听到婶婶要离开,慕音下意识地抓紧婶婶的衣角:"婶婶,我和你一起去可以吗?这里我害怕。"慕音用眼角瞥了瞥一旁骂骂咧咧的妇人,几乎是乞求地说道。

"不怕,我马上就回来了。你只要等一会儿就好了。"

不等慕音再说什么,婶婶掰开了慕音的手,渐渐消失在了慕音的视野里。站在大街上的慕音不知所措,只好在小巷子口靠墙蹲了下来。婶婶说要在这里乖乖等着她,那自己就乖乖等着吧。

她开始数墙脚的蚂蚁,从一数到一百,婶婶没回来;又从一百数到两百,婶婶还是没回来。不过这个时候身边跑来了几个淘气的小男孩儿,他们揪揪慕音的头发又推推慕音的肩膀,笑咧咧地说:"小南弄的门口蹲了一个小乞丐。"

"我才不是小乞丐!"

慕音推开了小男孩儿的手。她想,这些男孩子真讨厌,等婶婶回来了一定会揍他们。

调皮的男孩们往慕音身上丢小石头,然后笑哄哄地跑了。慕音很生气,婶婶却还没回来。她有些慌了。

这个时候,天上飘起了小雪花,骤降的气温冻得慕音瑟瑟发抖。她紧紧地抱着自己,就怕突然刮来的冷风带走身上本就不多的热度。

她看着身边人来人往,每个人行色匆匆。下雪天太冷了,大家都不愿意在外面多待。嬉闹的小孩子们回家了,骂骂咧咧的妇人也回家了。天渐渐黑了,路灯一盏一盏地亮了起来。婶婶怎么还不回来?慕音越来越害怕,她想和别人说说话,可是人来人往,谁都不曾注意到角落里瘦弱的她。

在泛黄的路灯下,雪花像了大朵大朵的棉絮一般悠悠飘下,时不时有几朵掉进慕音宽宽的衣领里,冷得慕音一个激灵。

"吃吧孩子。"

一直在不远处卖烤饼的老爷爷不知道什么时候递过来一个热乎乎的烤饼,爷爷的胡子很长,像童话里的魔法师。慕音有些犹豫,妈妈说过不能吃陌生人给的东西,可是自己真的很饿很饿了啊。

"谢谢爷爷。"慕音不再犹豫,接下烤饼大口大口地吃了起来。

老爷爷叹了口气。

"孩子啊,听爷爷说,雪下太大了,会冻坏的。你往前面走,那里有一个福利院,他们会收留你的。"

"不,婶婶说一会儿就来接我了。我走了她会找不到的。"慕音着急地说着,虽然婶婶什么时候来,她也没什么把握。

"你婶婶……唉……傻孩子。爷爷要回家了,你要是等不到啊就去爷爷告诉你的地方。爷爷再给你两个饼。"

爷爷又递过来两个饼,然后推着烤饼车颤颤巍巍地走了。

小南巷口的行人也变得稀稀拉拉起来。天越来越冷了,慕音抱紧两个热乎乎的烤饼,在冷风中抖啊抖啊。她突然想起以前爸爸讲的那个叫《卖火柴的小女孩》的故事,小女孩儿没有鞋子,只有一篮子卖不出去的火柴。她点了火柴取暖,然后和奶奶去了天堂。

但是现在慕音知道了,去了天堂就是死了的意思,卖火柴的小女孩儿是在下雪天被冻死在街头的。那么她呢?会不会也被冻死啊?

深陷恐惧的慕音也不知道自己究竟是什么时候睡着的,她听到汽车

声,然后迷迷糊糊地醒来。太冷了,她试着动动手,却发现自己已经被冻僵了。

"你看,我就说这么晚了已经没有烤饼了吧?你不信,偏偏要来买。"男人的声音宠溺又无奈。

"我是真的很想吃啊。呀!怀唐,你看那里是不是蹲着一个小女孩儿?"

车边的男女看见了蹲在角落的慕音,慕音也睁大了眼睛看着他们。男人西装革履,女人穿着优雅的……这是晚礼服,慕音见过,以前妈妈的衣橱里也有,只是妈妈从来不穿。

女人解下自己的披风围在慕音的身上,这突然到来的温度让慕音一震。但是她已经冷得说不出话了,一张开嘴,牙齿就不停地打战。

"快把孩子抱到车上来。"男人催促道,然后一把接过女人手里的慕音。

好温暖啊,迷迷糊糊的慕音扑向温暖的怀抱,却好像感觉到有温热的水珠滴在自己的脸上,她抬头,看见抱着自己的女人居然在哭。

等到慕音终于不再发抖的时候,女人开始问道:"你叫什么名字?"

"邹,慕,音。"慕音冻得发紫的嘴唇一张一合地回答着,却还是有些防备。

"那你的爸爸妈妈呢?"女人又轻轻地问道。

"他们,死掉了,不会回来了。"慕音开始流泪。

女人的眼泪又流了下来,她抱紧慕音,不停地念着:"可怜的孩子。"

"怀唐,我想……"女人征求地看着身边的男人。

"先回家再说吧。"男人摸了摸慕音的头发,温柔地回答着。

"慕音，你愿不愿意，和我们回家？"女人小心翼翼地询问着。

慕音却陷入了沉默，她大概已经意识到，婶婶是像之前说了很多次那样，终于把自己给丢了。她已经没有家了啊，那要不要跟这个阿姨走呢？如果不跟阿姨走，自己会冻死在雪地里的吧？

终于，慕音点了点头，却看见阿姨开心地笑了。这是很开心的事情吗？慕音不解，明明婶婶把自己当成莫大的累赘要丢弃，为什么这个阿姨捡到累赘还这么开心呢？

宋家别墅，灯火辉煌。整齐排列的花草，灯光下色彩斑斓的喷泉，静处一隅的人工湖。像城堡一样美丽的地方，随着车缓缓停下，终于不再是路过后忽闪而逝的景色。但年幼的邹慕音实在是没有力气去参观这个暂时收容她的城堡，她太累了，没有一丝血色的脸在灯光下显得更加惨白。十岁的宋翊铭，见到的就是这样狼狈的宋熹微。

当兴奋地跑来迎接归家父母的小小少年，见到紧紧牵着母亲手的纸娃娃时，黑曜石一样闪烁的眼睛在她身上聚了焦，同时也暴露出满心的好奇和不解。

"翊铭，快过来。"宋怀唐招呼着这个总让自己感到骄傲的儿子。

"爸爸，她是谁？"宋翊铭跑到宋怀唐面前。

"这个小妹妹会暂时住在我们家里。"宋怀唐摸摸宋翊铭的头，而身旁的喻华珊显然不太接受宋怀唐这样的介绍。

邹慕音看着眼前这个像小绅士一样的男孩儿。两个孩子互相打量，被不知道哪里跑来的陌生感包裹着。她就那样呆愣在宋翊铭面前，连一个笑容也挤不出来。

"妈妈，这个小妹妹是纸娃娃吗？不会说话也不会笑。"

宋翊铭假装无所谓地耸了耸肩，想要以此掩饰他的小雀跃。作为地产大亨的儿子，更多时候他被好好保护在这座辉煌的城堡里。父母尽可能地不让他出现在很多人的视野里，这也就意味着，大部分时候他只能一个人独处。对于一个孩子来说，没有玩伴是多么难过的一件事情啊。

想到这里，他偷偷瞄了瞄躲在妈妈身边的纸娃娃，突然觉得家里来了一个小妹妹应该会很不错。

这一晚，宋怀唐的书房里，灯火一夜未灭。向来很有自制力的宋怀唐，抽了满满一盒雪茄。他知道喻华珊心里的想法，她想收养那个小女孩儿。一个不大不小的疙瘩就这样横在宋怀唐的心里，他长叹一口气，原来自己十多年的包容和爱还是没有让妻子彻底忘记过去。

他要怎么做呢？再一次为了爱而妥协吗？

深思中的宋怀唐走进了邹慕音的房间，不出所料，喻华珊果然在这里。他看着喻华珊小心翼翼地抱着邹慕音睡去，手还下意识地轻轻拍打着孩子。最让宋怀唐动容的，是妻子嘴角满足的笑意。这样的喻华珊很少见，但这样的她格外温柔动人。

这一刻，宋怀唐有了决定。他想留住这份温柔，他妥协了。

初到宋家的邹慕音大病了一场，营养不良，免疫力低，又在雪夜里冻了好几个小时，这导致她在病床上度过了整整半个月的时间。但所幸，喻华珊和宋怀唐尽心照顾，让她重获健康。

病好之后，宋怀唐和喻华珊正式收养了邹慕音。那已经是寒冬过后的春天，喻华珊满足地拉着女儿的手，告诉她："宝贝，谢谢你来到我的身边。以后，你就叫宋熹微，天色微明，正是新生。"

就这样,邹慕音变成了宋熹微,告别了寒冬也告别了过去,开始了在宋家的生活。

很奇怪的是,家人发现宋熹微不爱说话,也不爱笑。宋熹微自己也很奇怪,有时候她想说话,张开嘴却发不出任何声音。还有的时候,她想对着养母笑一笑,却觉得脸上好像是被冰冻住了一样,根本不听使唤。最让宋家人担心的是,宋熹微会对外界表现出很明显的抗拒,女佣想为她打理一头散乱的头发,她却尖叫得歇斯底里,挣扎,砸东西,甚至躲起来。

喻华珊和宋怀唐只好带宋熹微去咨询心理医生,医生的诊断结果是之前受到过很严重的刺激,所以有时候会产生过激反应,或者是下意识地封闭自己。得到结论,喻华珊抱着宋熹微,越发心疼这个捡来的女儿。所以,她和宋怀唐尽可能地给予宋熹微更多的关爱和呵护。

连宋翊铭也一样,作为独生子的他从来不知道要怎么去当一个哥哥,可是面对宋熹微,他却非常习惯地去照顾这个妹妹。尽管更多的时候,他带着几分小傲娇,仿佛并不愿意让别人察觉到他对这个妹妹的爱护。宋怀唐和喻华珊看着自己儿子的表现,十分欣慰,但是想到女儿的状况,又很是心疼。

就这样时光匆匆流转了许多年,一整个家庭的关爱和呵护,终于敲开了宋熹微心中的寒冰。在宋家精心的照顾下,她开始开口说话,开始对每个人微笑,开始展现自己的天赋。

"妈,你当年肯定想不到,这个小丫头居然在音乐方面这么有天赋。"

十九岁的宋翊铭搭着母亲的肩膀,和母亲一起看着琴房里独自弹奏的宋熹微。

喻华珊拍拍自己儿子的手:"缘分是很奇妙的东西,妈妈有你们这一对儿女很幸福。"

似乎是不习惯老妈突如其来的煽情,宋翊铭帅气的脸微微有些不自然。等到宋熹微一曲弹完,宋翊铭敲敲琴房的门:"大小姐,你有一个跨国包裹到了。"

听到这话,宋熹微几乎是立刻离开了钢琴凳,雀跃地跑到了宋翊铭面前:"真的?在哪儿呢?"

宋翊铭看着眼前嘻嘻哈哈的妹妹,直接捏上了她白嫩嫩的脸:"你个小丫头,你老哥我每次给你带那么多好东西都没见你这么开心。"

皱着眉头拿开宋翊铭的手,宋熹微撒娇似的抱紧喻华珊:"妈,你看哥哥,老欺负我。"

眼看着老妈又要来主持公道,宋翊铭举手投降:"得得得,我可不敢欺负宋家的宝贝。"

听见哥哥这么说,宋熹微又讨好地挽上了宋翊铭的手臂:"我世界上最帅气的哥哥呀,和你可爱的妹妹一起去拆包裹吧?"

"这还差不多。"宋翊铭捏着宋熹微的鼻子,兄妹俩一起往楼上走去。

看着一双儿女打闹,喻华珊的脸上早就蓄满了笑意。宋怀唐和她很多次都感慨,觉得会在那个雪夜里遇见这个小女孩儿真的是上天给予的恩赐,尽管花费了很多时间去解开宋熹微的心结,但是那些和这个孩子给这个家带来的快乐相比,完全是微不足道的。

漂洋过海而来的大包裹此刻正端端正正地摆在宋熹微的书桌上,这个从遥远的澳大利亚寄来的包裹,正是宋翊铭的发小赵晨光寄来的。

宋熹微拆开包裹,一个咖啡色礼盒端端正正地躺在箱子里,礼盒边上是一封精美的信笺。宋翊铭反复确认了一下，然后有些惊疑地问道："没有我的？这小子过分了啊。"

宋熹微窃笑，和赵晨光小小恶作剧得逞，宋熹微也就不再卖关子，爽快地把大礼盒丢在宋翊铭手上，笑道："这个是给你的，这个才是给我的。"宋熹微扬扬手上的信封。

"我的宝贝妹妹，在这个通信这么发达的二十一世纪，一个跨洋电话就可以随便聊，你们两个这个信件交流的传统，不打算进化一下？不然你们要学古人，从前车马邮件慢，一生只爱一个人？"宋翊铭欠揍地说道。

"怪不得柳苏姐姐总嫌弃你不浪漫。还有，什么只爱一个人，我们很纯洁的好吗？小心我告诉爸爸你怂恿我早恋。"

宋熹微对着宋翊铭做了一个鬼脸，然后顾自读信去了。说起来，她和赵晨光通信，也实在是很巧合的事情。不过通过信笺，她找到了一个难得的知己。毕竟青春期的少女心中都会有一些自己解决不了的心事和秘密，和哥哥说嘛，估计大家都知道了，可是和哥哥的好朋友说嘛，那就连哥哥都知道不了。所以，宋熹微把赵晨光当作是远方可以倾听心事的好友，无所不言。

有时候，宋熹微也会好奇哥哥的这个发小，自己的知己赵晨光，究竟长什么样子。虽然通信了两三年，但是从来没有收到过他的照片，看过的也只是小时候他和哥哥的合照。不过从赵晨光道劲有力的字迹来看，应该也是一个十分帅气的翩翩少年吧。

这个猜测却遭到了宋翊铭的反驳，因为字丑的人都长得帅这个观点在他身上得到了充分的论证。虽然观点有些欠揍，但好像也是事实，宋

熹微无言以对。

"反正暑假我和柳苏要去澳大利亚找赵晨光玩儿,你和我们一起去呗?那小子去了澳洲之后从不拍照,这次若不去,你要见他真的只能等他回国了。"

宋熹微微笑道:"我才不去当电灯泡呢。而且我暑假钢琴考级,考不过的话我痛苦的高中生活会更惨。我拒绝。"

"嗯,你这脑袋瓜子确实只适合弹钢琴,初中物理那么简单的东西居然考得出 40 分。看来你是体会不到聪明人的寂寞了。"

"我亲爱的哥哥,你也不想我和妈妈说,暑假需要你帮我补习的吧?"宋熹微水灵灵的大眼睛扑闪扑闪。

"我可爱的妹妹,哥哥突然想起来上次你过生日被奶油糊一脸的照片,晨光好像没看过吧?"宋翊铭反威胁道。

"嗯……柳苏姐姐书包里的信和巧克力,也不知道她收没收到。"

宋熹微手托着下巴,脸上写着大大的得意。

看着宋熹微无法无天的样子,宋翊铭总是有一种这个妹妹是被我宠得这么可爱的骄傲感。

高中毕业后,十八岁的宋熹微即将踏进大学的校门,二十二岁的宋翊铭却将要开始自己的实习之路。

在宋家生活多年,宋熹微已经出落得亭亭玉立,也开始学着做一个名媛淑女。一起变化的还有哥哥宋翊铭,十九岁时宋翊铭还是一个血气方刚的年轻人,二十二岁的宋翊铭依旧年轻,但是身上却多了几分稳重的影子。宋母说,他这都是和爸爸学的,这叫少年老成。

因为妈妈对哥哥这样的评价，以至于少年老成的宋翊铭走进客厅的时候，正在喝水的宋熹微笑得咳个不停。

"见到哥哥，这么开心？"宋翊铭解了解脖子上的领结，随意地靠在了沙发上。

"嗯，毕竟我哥哥与众不同，少年老成嘛。"

后半句话声音很小，宋翊铭没怎么听清，倒是坐在身边的喻华珊听见了，她笑着点了点宋熹微的额头，然后趁着宝贝儿子还没反应过来，快速地转移着话题。

"晨光他们家，是不是快要回来了？"

"再过几天就回国了吧，听晨光说手续都办好了，公司的场所和房子也都确定了。"宋翊铭说着，顺手拿了一个冬枣。

"他们家也去澳洲好多年了，该回来了。"喻华珊笑着理了理自己的披肩。

宋翊铭咬了一口冬枣接话道："可不是，去了十多年呢。晨光这小子，承受能力也真弱。"

"你自己不也是一个臭小子，好了，都是过去的事情了，晨光回来了也不要再提起了。"喻华珊拍拍宋翊铭的头。

"哎呀，妈，我都多大了。你拍妹妹去，反正她不聪明，指不定你多拍几下脑袋就灵光了。"

"说什么呢，你妹妹还不聪明？不聪明考得上柳川大学啊？"

"就是就是。"宋熹微抱着喻华珊愤愤地说道。

"谁说我家丫头不聪明的？"刚回家的宋怀唐一走过玄关就听到自己的儿女又在斗嘴，身为女儿奴的他立刻打抱不平。

看着自己的老爸也力挺妹妹,宋翊铭只好摊了摊手,无奈地感慨:"生男生女一样好,儿子也是亲生的啊!你们就不要那么偏心了好吧!"

这话一出,一家人笑作一团。在厨房准备晚餐的吴奶奶听到一家人的笑声,自己也笑了起来。她在宋家服务了四十多年,没人比她更了解,这个家因为开朗的宋熹微,增添了多少快乐。

赵晨光一家回国的日子,是柳川八月底的一个大晴天。炎热的天气带着几分焦躁,但更焦躁的是坐在人工湖边摇头晃脑的宋熹微。

没人知道她心里有多么忐忑和兴奋,十四岁开始就一直有书信往来的赵晨光终于要露出真面目了,说不期待,那都是骗宋翊铭的。宋熹微想过很多次,这个远方的知己究竟长什么样子,像哥哥那样帅气又傲娇,还是像道明寺那样腹黑又霸气?

可是当真正见到赵晨光的那一刹那,宋熹微第一感受是——温润如玉。是了是了,能写出一手好字,又可以时时开解复杂少女心事的人,定然会有一个温柔的样子。所以,当帅气俊朗的赵晨光露出整齐的白牙,笑着走向宋熹微的时候,宋熹微觉得他的身后好像真的有万丈光芒,而世界又一片寂静,寂静得宋熹微能听见自己心跳如雷,咚咚咚咚。

"大凡,你说,我这不会是传说中的一见钟情吧?"

宋熹微抱着好友陶梦凡的被子滚了滚,末了甩了甩自己披散开来的长发。

陶梦凡推了推自己的黑框眼镜,略略深思:"我觉得呢,你可能是因为一直和他写信,乍一见到人长得又很帅,难免少女怀春。一见钟情,会不会,稍微夸张了一点儿?"

宋熹微扯过被子包住脑袋，大呼："不知道啊不知道！"

"慢慢来嘛。反正你们两家关系好，就算是真的喜欢，也可以近水楼台先得月。但是，宋熹微，你要是真的再这么折腾我好不容易整理好的床，我一定会揍你！"

威胁不奏效，宋熹微依旧占领并持续破坏着陶梦凡的劳动成果。陶梦凡握了握拳头，投身到和宋熹微的战斗之中。两个女孩儿闹作一团，终于累了，又并肩躺下。

陶梦凡看着头顶上摇摇晃晃的玻璃风铃，开口："不过，如果你真的喜欢他，那就去追啊，说不定浪漫的爱情就这样诞生了。"

宋熹微摇摇头："还是不要了，万一人家不喜欢我多尴尬啊，再说了，你不也说我只是少女怀春吗。"

"哎呀，少女心事，不可说啊。答案只能你自己去找了。不过现在我们应该有一些更重要的事情要做，比如说，明天是不是要军训了？"陶梦凡突然坐起，时间这个东西，她和宋熹微实在是没什么概念。

想到即将开学而自己居然什么准备都没做，宋熹微登时意识到事情的严重性。等她跑回家，却看见赵晨光和宋翊铭正在家里聊天。

宋翊铭看着宋熹微披头散发跑回来，笑着叫道："哟，疯丫头回来啦。"

宋熹微本想反击一下，但看到赵晨光正微笑地看着自己，登时觉得自己脸上烧了一片，几乎是逃一般地跑回了自己房间。

"哈，这个丫头越来越没礼貌了。"宋翊铭摆摆手。

赵晨光却笑意更深："我觉得微微很活泼啊。"

宋翊铭十分嘚瑟地接话："那是，你也不看看是谁宠出来的。"

赵晨光笑着摇摇头，看着快速跑上楼的背影，心想，这个平常笑嘻

嘻的小丫头，究竟因为什么内心会那么软弱呢？

柳川大学是一所历史悠久的名校，校园环境也格外优美。初入校园，宋熹微和陶梦凡就深深爱上了自己的学校，唯一美中不足的是，军训服真的太"丑"了。用陶梦凡的话来说，放眼望去，整个操场都是肥肥的菜青虫啊！

陶梦凡拽着宋熹微往前跑去："我跟你说，听说我们的教官都是帅气的国防生，快点儿，去看看。"

宋熹微笑骂："你个花痴，昨天不是还断定教官一定非常冷酷吗？"

陶梦凡嬉皮笑脸地接话："那才吸引人好不好！简直是禁欲系男神！你是心有所属，哪里体会得到我们这些思春姑娘的心情啊。"

两个人一路欢声笑语，引来不少人回头，后知后觉感到有些丢人的宋熹微默默挡住半边脸，完全没有意识到自己多招摇的陶梦凡仍旧我行我素。

宋熹微就这样捂着半边脸跟随陶梦凡大步向前跑，谁也没想到意外会突然发生。

宋熹微把人给撞了。

确切地说是，宋熹微把骑自行车的人给撞了。

陶梦凡看着宋熹微，眼中写满了敬佩，毕竟，她十九年的人生里，第一次看见走路的人把骑车的人给撞倒的。

带着满脸的尴尬和抱歉，宋熹微扶起了被自己撞倒的女生。女生个子不高，站在身高一米七的宋熹微和陶梦凡面前显得格外娇小。

"对不起，对不起。是我们走路太着急了，你没事吧？"宋熹微连忙道歉。

女生好像是缓了缓才慢慢开口，甜糯糯的声音听得陶梦凡心都酥了："我没事，也是我自己骑车不小心。你们也是新生吗？"

似乎是对这个女生很有好感，陶梦凡立刻接话："是啊是啊，我们都是音乐系的。我叫陶梦凡，她是宋熹微。"

"宋熹微？"女生偏了偏头打量着熹微，末了笑着说，"你们好，我叫邹夏静，也是音乐系的。"

声音不大不小，却让宋熹微瞬间僵硬起来。她看着眼前这个女生，嘴里轻声地呢喃着这个名字，是那个夏静吗？她这样想着，一时之间有些手足无措。

"微微！"

宋熹微听到远处有人在叫自己，这才回过神来。赵晨光从不远处大步跑来，额角挂着几滴小小的汗珠。

"翊铭说你丢三落四，让我给你送防晒霜过来。这些是，你的同学？"赵晨光擦擦额头的汗，看向宋熹微的周围。

"哎，这就是你说的那个？有眼光，很帅啊。"陶梦凡小声在宋熹微耳边嘀咕。

宋熹微仿佛没有听见陶梦凡的窃窃私语，恍惚了一阵才强打着精神向赵晨光介绍："这是陶梦凡，我的好朋友。另外这个……"

"你好，我叫邹夏静，是宋熹微的新同学。"甜糯糯的声音打断宋熹微的话，邹夏静向赵晨光伸出了手。

笑意盎然的赵晨光晃了晃神，他仔细打量着眼前的女孩儿，直到目光落在邹夏静脖子上那条项链的时候，他呆立当场，手上的防晒霜直直

地砸在地上。

"晨光?"

宋熹微伸手在赵晨光眼前晃了晃。赵晨光回过神来,借着蹲下身捡起防晒霜的动作,掩去了眼中的情绪。

赵晨光轻轻拍了拍宋熹微的头,然后说道:"任务完成,我先回去了。很高兴认识你们,微微的同学。"说罢,眼神却若有似无地望向邹夏静。

礼貌地挥过手后,赵晨光原路返回。

陶梦凡紧紧拽着宋熹微的手臂,亢奋地吼道:"天哪宋熹微!好有爱啊!你这是走了什么运!"

相比陶梦凡的兴奋,一直站在旁边的邹夏静就显得淡定很多,她适时地解救下被陶梦凡拽得摇摇晃晃的宋熹微,开口道:"刚刚那个是熹微的男朋友?"

"不是不是。"宋熹微急忙否认,"晨光是我的好朋友。"

邹夏静摇摇手指,语气充满打趣:"很多爱情,都是从好朋友开始的。"

正当宋熹微面对邹夏静不知道怎么接话的时候,集合的哨声为宋熹微解了围。所幸新生军训并不轻松,暂时挡住了"邹夏静"三个字带来的影响。宋熹微大学生活的第一天,在此起彼伏的口令声中,渐渐流逝。

宋熹微记得她刚到宋家,还不能开口说话的那段时间里,喻华珊晚上经常会带她到人工湖畔看星星。宋家种了很多花,所以在或凉或暖的晚风中,鼻尖总能嗅到淡淡的花香。慢慢地,宋熹微越发喜欢在人工湖畔待着,尤其是有心事的时候。

夏季的夜晚,户外是最热闹的,星星格外迷人。宋熹微仰躺在草地上,两只脚泡在湖水里荡来荡去。

不得不承认,她有一点点恐慌。

大多数被遗弃的孩子,都会对遗弃自己的人心怀怨恨。但宋熹微从不,她反而有些感激,尽管她非常害怕被丢下的感觉,可是如果没有那次遗弃,她不可能会遇到这个有爱的家庭。

所以长大以后,她很多次都想着,这样很好,她和姊姊她们就各自活在各自的人生中,再也不要有交集。

但是那个叫邹夏静的女孩儿,究竟是不是她呢?宋熹微打心底里希望,只是同名而已。

宋熹微害怕重逢,或者说,她害怕再见到李梅媛。那个美丽却狠厉的女人,是邹慕音做过最长的噩梦,也是宋熹微不愿回想的过去。

"嗷呜!"

耳边突然响起低沉的声音,受惊的宋熹微整个人往湖中溜去,幸好一只有力的手臂及时拉住了她。等平复了惊吓的心情,她看见宋翊铭在一旁得逞地笑着,还有满脸严肃的赵晨光抿着唇紧紧拉住自己的手臂。

"吓坏我了,赔钱!"反应过来的宋熹微在宋翊铭胳膊上狠拍一下。

"还好意思说,你想什么那么入神?我们来了都没听见。"宋翊铭嘴边叼了一根草,看起来痞气十足。

这下宋熹微不说话了,眼睛盯着宋翊铭,看得宋翊铭心里有些发毛。意识到可能真的吓到了妹妹,他赶忙换上了讨饶的笑容:"哎呀,我最可爱的妹妹,哥哥这不是和你开了一个小玩笑吗?不怕不怕。"

赵晨光把宋熹微稍微往里拉了拉,宋翊铭还在一旁乞求妹妹谅解,丝毫没有注意到,妹妹因为赵晨光的这个小动作,已经没有认真在听他

说什么了。

"别气了,翊铭给你带了榴梿千层,看来一早就做好了赔罪的打算。"

眼见宋熹微一直沉默,赵晨光适时开口。宋熹微心想,幸好今晚没什么月光,不然自己红了的脸要怎么解释才好。之后,赵晨光一路拉着她的手,走回宋家大厅。

当晚,不出意料的,宋熹微失眠了。她举着自己的手腕看了又看,似乎手上还残留着赵晨光手的温度。

失眠的后果,就是第二天挂着两个又大又浓的黑眼圈,怎么遮都遮不住。看到这样的宋熹微,陶梦凡足足笑了五分钟。宋熹微无奈地推了推用来遮黑眼圈的眼镜框,默默忍受暗恋带来的一系列副作用。

"真没出息。"陶梦凡忍不住打趣。

"你再这样,我以后可什么都不告诉你了。"宋熹微戳着陶梦凡的肩膀放话道。

陶梦凡忍住笑摆摆手:"好好好,不说了。你这十八岁才开始的初恋啊,居然还是暗恋,真是白瞎了这张祸国殃民的小脸蛋。"

"……"

"我来了,不好意思啊,你们等了很久吧?"邹夏静小跑过来,喘着气开口道。

没想到陶梦凡还约了邹夏静一起,宋熹微心想这样也好,陶梦凡最会挖八卦,指不定自己还可以从两个人的交流中获得一些自己想要确定的信息。

三个女生走在柳川大学的校园大道上,吸引了格外多的目光。陶梦凡已经习以为常,不具备这种心理素质的话,她还真的不知道要怎么和宋熹微做这么多年朋友。在她看来，宋熹微确实长得很好看，尽管不爱打扮，可秀丽的五官还是很吸睛。

然而，最大的加分项，恐怕还是宋熹微的才华。十六岁就在各种钢琴比赛上拿奖拿到手软，中学时代也算是学生党中的名人了。别人还在为高考拼死拼活奋斗的时候，她就已经被保送柳川大学音乐系。家世好，相貌好，才华好，可姑娘的性子宠辱不惊，既不娇气也不骄傲，更可贵的是特别重感情。所以陶梦凡几乎完全被征服，得友如此，是很幸福的事情。

在邹夏静面前，陶梦凡几乎把宋熹微夸上了天，女主角面色微窘地坐在一边，一身的鸡皮疙瘩。

邹夏静适时地接着陶梦凡的话，既不奉承也不反驳，这种反应令人十分舒服，也不禁让两人对她多了几分好感。

"都在说我们两个，夏静你也说说你啊，喜欢什么讨厌什么。"

邹夏静摇了摇手中的红豆烧仙草，涩然地说道："我实在没什么可说的，故乡在海城，今年刚和我妈到柳川生活。"

听到"海城"二字，宋熹微直接吞下了嘴里的椰果。她几乎是脱口而出："海城哪儿？"

邹夏静有些惊讶宋熹微的反应："熹微知道海城？"

意识到自己刚刚反应有些过度，宋熹微轻咳一声："我听说海城的海很好看。"

"是啊，海城的海真的很好看，海水湛蓝湛蓝的。我家马路对面就是滨海公园，春天开满了郁金香，特别好看。"

宋熹微还想继续问点儿什么，邹夏静却看了看奶茶店的时钟惊呼

"糟糕"。

邹夏静急忙收拾自己的东西,一边说:"我得赶回去给我妈做晚饭了,下次约,先走了啊!"

不等两人接话,邹夏静急急忙忙跑出了奶茶店。

"姑娘,你好像格外好奇这个邹夏静啊。"

看着陶梦凡在眼前放大的脸,宋熹微打着哈哈:"我还好奇你呢,可惜你的一切我都知道啊。"

刚刚听了邹夏静的话,宋熹微若有所思。在她的记忆里,小时候家对面也有一个开满郁金香的公园,可是郁金香在海城并不少见。是或不是,一时之间宋熹微也没把握。

"嘿,别发呆了,你心上人接你来了。"陶梦凡推了推宋熹微的手。

宋熹微转头,赵晨光隔着一面玻璃墙和宋熹微挥手,笑容格外耀眼。她背起包就往外走,步伐不急不缓,但桌子上散落的小东西早就出卖了她,天知道她花了多少力气强迫自己保持镇定。

陶梦凡看着玻璃那头和自己挥手的宋熹微,心想这丫头真像是泡进了蜜罐里,看起来就齁甜齁甜的。

宋熹微和赵晨光慢步走在马路上,柳川正在完善各种公共设施,路两边的人行道都在重新施工,原本宽阔的街道变得拥挤起来。被护在里侧的宋熹微看着车辆不时和赵晨光擦肩而过,脸颊又微微发烫起来。她从不知道被喜欢的人护着的感觉是这么奇妙,好像在云端漫步,一颗心连同整个人都飘了起来。

"很热吗?"赵晨光看向宋熹微,"你怎么整张脸都红通通的。"

"啊?"

神游的宋熹微醒了神，她拍拍自己的脸颊，大呼一口气："热！特别热！重色轻友的宋翊铭，他说好要来接我的。"

一句话让赵晨光笑出了声，他掏出冷藏过的矿泉水拧开递到宋熹微手上："翊铭早点儿把柳苏娶回家，不就多一个人帮你欺负他了吗？"

宋熹微握着矿泉水瓶，喝了一小口道："然后我天天看他们秀恩爱，会被狗粮撑死的。"

赵晨光抬手拍了拍宋熹微的头："那你也秀呀。"

"我没有恩爱可秀啊。"宋熹微耸了耸肩。

"哦？看来你身边的男生审美能力有待加强。"

赵晨光很是可惜地感慨，宋熹微不自然地眨了眨眼睛。赵晨光这是在夸她？

"您过奖了。"

久久才丢出一句话，原本降温了的脸颊再度攀上了两朵红云，赵晨光似乎也看出她有些害羞，心情更加愉悦。他好像突然明白为什么宋翊铭那么喜欢招惹她。

宋熹微以前看偶像剧时，就觉得坐公交车是一件很浪漫的事情，男女主角从始发站坐到终点站，车停停走走，上上下下那么多人，但是他们的眼里却始终只有彼此。

出于私心，她拉着赵晨光坐上了180路公交车，这是她最喜欢的公交车，在一个小时的车程中，有四十分钟沿江开过。坐在傍晚五点半的180路车上，刚好可以在江边看完整场日落。

可惜，生活不是偶像剧。五点半的公交车，拥挤得都不能让人好好喘口气。宋熹微抱紧杆子，还是跟着车摇摇晃晃。显然，赵晨光也好不

到哪里去,她抬头看去,发现他的额头早就渗出了汗珠。

专注看向车外的赵晨光感受到了宋熹微的目光,他好笑地问道:"我脸上有花?"

偷窥被抓现行的宋熹微故作认真地咳嗽了两声,然后,她踮起脚尖在赵晨光的耳边小声说:"我是看到你眼角,有一粒小小的……"

话还没说完,赵晨光就伸手往眼角摸去,等他意识到自己被骗之后,眼前的小骗子早就扭过头,佯装不知情。

"连我都捉弄,白疼你了。"

赵晨光腾出手,大力地揉了揉宋熹微的头发。指尖触碰到柔顺的发丝,手感出奇的好,他忍不住多揉了两下。

正当宋熹微要提出抗议的时候,一个急刹车,没有防备的宋熹微直直地撞向了赵晨光,等她反应过来的时候——"门牙好疼!"

宋翊铭见到他们两个人的时候,一个捂着嘴,一个摸着下巴。他认真地扫视着面前的两个人,自家妹妹脸颊通红,好兄弟的下巴上,还有一个疑似唇印的粉嫩痕迹。

啧,有故事。

果然不负所望。

一回到家,宋翊铭那八卦的目光就盯得宋熹微浑身发毛。

"没有辜负哥哥的一番安排,好样的!"

宋翊铭郑重地拍了拍宋熹微的肩膀。看着他脸上自得的笑意和眼里怎么都藏不住的光,宋熹微呵呵一笑,手指捏上了他的手臂。

"哥哥没有什么要解释的吗?"

宋翊铭拿开手臂上的两根手指,在沙发上找了一个舒服的姿势,长舒一口气:"今天亲赵晨光了吧?"

宋熹微像是触电般从沙发上弹了起来,急忙否认:"才没有!不小心撞的,好吗!"

"这个不小心真是恰到好处,哥哥之前还担心你对这些一窍不通,没想到你比我还上道。"宋翊铭摸着下巴坏笑。

恼羞成怒的宋熹微朝他胳膊上用力拍去,脸又红得不行。被打的宋翊铭哈哈大笑,妹妹这张动不动就通红的脸蛋,实在暴露出太多秘密。

"好啦,喜欢赵晨光又不是什么丢人的事情,哥哥帮你。"

"谁喜欢了?"宋熹微把头扭向一边。

宋翊铭凑到宋熹微面前,口气格外欠揍:"不喜欢啊,晨光好像也该谈恋爱了,不然我给他介绍几个女朋友?"

"宋翊铭!"

宋熹微跺跺脚,往楼上跑去。看着她落荒而逃,宋翊铭笑得更加厉害。在厨房煲汤的喻华珊听见笑声,无奈地摇了摇头,这两个活宝,又在闹腾了。


赵晨光洗好澡出来的时候,他等了三天的资料已经静静地躺在了他的电子邮箱。他喝了一大口水,冰凉感席卷全身,稍稍压制了心中的烦躁。终于,他轻颤着手,点开了那份资料。

与其说是资料,不如说是邹夏静从小到大的历程更为贴切。鼠标滑动,一张一张照片出现在赵晨光眼前。明明已经确定,他仍旧不死心想再确认一遍,没有错,那个叫邹夏静的女孩儿,就是这么多年来,他一直想见又不敢见的人。

没有多加思索，赵晨光就已经决定要为她做点儿什么，这理所应当，是他欠她的。有了决定之后，这几天萦绕在他心里的那团雾也消失殆尽。他又仔细地看了看照片上那张笑靥如花的面孔，她笑得很好看，不知道性格怎么样，会不会也像微微一样迷糊。

想到宋熹微，赵晨光心中残存的惆怅也一扫而光，他下意识地摸摸下巴，修长的身体在躺椅上舒展，一仰头，就是满目星光。

## 第三章
### 遇见却不能预见
·Yuan Nuan Yi Ren Xin·

  为期半个月的军训在初秋到来的时候落下了帷幕,对于宋熹微来说,她校园生活最大的变化就是以往和陶梦凡的二人行,变成了有邹夏静的三人行。邹夏静的性格和她们大不相同,但是三个人在一起,很是和谐。

  陶梦凡是自带侠气的女生,交友甚广,邹夏静也因为长相甜美,有着格外好的人缘。反倒是宋熹微,外冷内热的性格,和班级的同学还不太熟稔。不过宋熹微向来不在乎这些,她觉得朋友在精不在多,她乐意和别人交流,但也不会太主动去建立新友谊。

  这些本来也没有什么,慢慢总会有人了解她。可她万万想不到的是,还没有等她融入班级,她就已经被集体排斥在外。

  事情的起因,要从柳川大学每年一次的迎新晚会说起。

  当时的大学中都流传这样一句话——"迎新晚会好不好,比比柳大就知道。"

  柳川大学的音乐系全国闻名,几乎包揽了整所学校百分之八十的特

色专业。自然而然，作为一所艺术造诣颇高的学府，新学期的第一场大型晚会，自然要办得格外漂亮。

宋熹微是一个很有集体荣誉感的人，当筹划晚会的文艺部找到她的时候，她一口答应参与晚会表演。

文艺部长很开心，这个宋熹微在这批新生中专业分数第一，档案好看得不行。有了她的强势加盟，相当于手上握住了一张王牌，惊艳四座只是时间的问题了。文艺部开始精心设计宋熹微的节目，要有难度、有水准才能体现我们的实力，这是文艺部长的原话。

自此，宋熹微大部分的课余时间，都在排练中度过。节目时间不长，从登台到谢幕不到五分钟，但内容很是丰富，十几人的舞蹈团队，特地为她而做的圆形高台，仅仅细节，就可以看出整个晚会策划组耗费了多大精力。

她要演奏的曲子，选自李斯特超级练习曲的第十首《Allegro agitato molto》。

曲子的难度对宋熹微来说，很是吃力，练习的过程也十分痛苦，还好有陶梦凡和邹夏静全程陪练，也算苦中有乐。

学校离家有一定距离，为了避免来来回回地折腾，宋熹微索性就住在了学校宿舍，家中虽然不放心，但还是尊重了她的决定，只是私下为她打点不少，四人间的宿舍，只住了她和陶梦凡。

这样一来，除了上课吃饭的时间外，剩下的时间几乎都泡在了琴室。也许是一起练琴可以互相指点的缘故，原本吃力的曲子，如今弹奏起来也得心应手了很多。

迎新晚会临近，几场彩排的出色表现，让学校领导十分满意，那几天文艺部长脸上的笑就没停过。据说,这个文艺部长在柳川大学才女榜排名前三,饱受赞誉,多多少少有些傲气,可看往日挑剔的部长如今对一个新生的节目那么重视,可见这个宋熹微确实有些才情。

宋熹微就这样在柳川大学出了名。

只可惜,事实证明,出名,大概只是一场劫难。

最后一场彩排结束,一身西装礼服的赵晨光在台下找到了宋熹微。她从不曾和家里提起要在迎新晚会上演出的事情,因为家里若知道了一定会来观看。好不容易到了一个不用顶着宋家光环,靠自己实力的地方,她满心想着的都是做一个普通的学生。所以一见到赵晨光,她想的都是怎么封口。

赵晨光完全没有给她封口的机会,他上下打量着宋熹微,在看到她穿着的廉价礼服时,好看的眉头皱了起来。

"你就穿着这个去参加迎宾晚宴?"

听完这话,宋熹微一脸呆愣地抬头:"晚宴?什么晚宴?"

赵晨光啼笑皆非,他确定这个姑娘忘记了一件很重要的事情。细细回想了很久,宋熹微用力一拍脑门,她的确忘记了一件顶重要的事情。今天,是喻华珊好姐妹的女儿的婚礼迎宾晚宴!

宋熹微对这个阿姨的女儿不太熟悉,那个姐姐从小就在国外学习,只是偶尔见过几面。但那位阿姨,就真的是再熟悉不过了。阿姨的孩子不在身边,更多的时候,感受阿姨母爱的都是她和宋翊铭,以前宋翊铭带着她淘气的时候,阿姨没少帮他们解决麻烦。

一个月前,阿姨特地单独给她下了一张帖子,上书:特邀宋熹微小公主为晚宴奏曲。所以,阿姨独女一生一次的婚礼晚宴,是一定要去的。

不过，迎新晚会也是万万不能跑的。

宋熹微陷入两难无法抉择，内心狠狠鄙视自己一番，怎么就把这么重要的事情忘记了。

"阿微！找你好久了！离晚会还有三小时，先去吃点儿东西吧。"

陶梦凡和邹夏静跑来。看见赵晨光时，邹夏静愣了愣，随即礼貌地打起招呼。

宋熹微的目光在眼前两人身上不停地流转，渐渐露出一丝狡黠，瞬间有了主意。她冲邹夏静"嘿嘿"一笑，道出了自己的想法。

"不行不行不行，我哪里可以顶替你！"邹夏静连忙拒绝。

可怜巴巴地眨了眨眼睛，宋熹微继续死缠烂打："练琴的时候我们都是一起的，夏静弹得可好了，反正灯光不亮，舞台离观众席又那么远，别人不会发现的。"

邹夏静还想拒绝，宋熹微早就先她一步，不停念叨着"拜托拜托"。

磨不过宋熹微，邹夏静最终还是答应下来了。虽然宋熹微内心也感到十分罪过，不过总算解决了问题，她朝陶梦凡投去一个"多多照应"的信号，陶梦凡也给力地回了一个"有我在你放心"的眼神。

至此，宋熹微总算长舒一口气，换下演出礼服，拉着赵晨光的胳膊，就往外跑去。

"他们两个看起来，还真的很合适呢。"陶梦凡顶了顶邹夏静的胳膊。

邹夏静看着跑远了的模糊身影，轻声发问："他们两个已经在一起了？"

陶梦凡暧昧一笑："快了。"

车子先把两人载到了礼服店，刚刚在学校耽搁了一些时间，再回家梳妆打扮明显来不及。挑礼服时，宋熹微余光不着痕迹地瞄了瞄赵晨光的衣服，黑色西装银灰色领结，默默记下颜色，带着满满的小心机选了一条和他领结同色系的短款礼服裙。

在化妆师神奇的手笔之下，校园女孩儿宋熹微变回了娇俏可人的小公主。赵晨光满意地点点头，干脆利落地付了账。

宋熹微正要阻止，他拍拍她的脑袋，轻笑着开口："这么好看的衣服，当然要是我送的。"

腾地一下，宋熹微大脑里唱起了"哈利路亚"。她心想，还好化了妆，还好有腮红。

婚礼在柳川最大的度假山庄举行，柳川多山，山间景色极好，又有丰富的温泉资源，赵家还未回国前，就在柳川投资了大型的度假山庄。

山庄离市区不远，短短一个半小时的车程。他们到的时候，天色还不算太晚。山庄早就为这场婚礼做足了准备，考虑到来宾多为柳川有头有脸的大人物，安保工作也做得十分到位。

宋熹微一下车，就看到停车坪已经停得满满当当，这么大型的婚礼，可见新郎新娘身份非凡。

还未进到宴会厅，宋熹微就看到自己母亲正挽着父亲的手同别人寒暄，母亲面带浅笑，在高大的父亲身边显得十分温婉。

她正打算迈步前行，赵晨光就向她弯了弯手臂。她不解地看向他，只听得他在自己耳边低语道："翊铭安排我当你今晚的男伴，宋小姐给个面子吧。"

一听是宋翊铭的主意，宋熹微有些好笑又有些失望。她把手放进赵

晨光的臂弯,两人相携而入,吸引了不少目光。

喻华珊首先看见了他们,笑着招招手,开始逐一为他们介绍宾客。十四岁以后宋熹微就很少参加这些宴会,很多小时候见过的叔叔伯伯一下子有些想不起来。这种时候,她选择得体微笑,努力维持一个淑女该有的形象。

"我们小微来了。"新娘的母亲看到宋熹微以后,十分亲切地给了她一个拥抱。

宋熹微笑得很是真诚:"成阿姨,恭喜,祝姐姐姐夫百年好合。"

成夫人握着熹微的手,止不住笑意连声道好,她看了看宋熹微身边的赵晨光,小伙子英俊得体,和宋熹微很是般配。

赵晨光一回国就进入自家企业学习,大大小小的宴会参加了不少,深知这种衣香鬓影的场合有多么无聊。打了一圈招呼之后,他看了一眼自己身边略显疲态的宋熹微,寻了个借口,把她带到了花园。

到了花园,宋熹微才发现,觉得宴会无聊的可不止他们两个。宋翊铭和柳苏早就不知道什么时候躲在这里,难怪一开始就没看见过人。

宋熹微把食指比在唇边,拉着赵晨光躲到花丛后面,然后又指指前面两人。赵晨光瞬间明白了她想要做什么,看着她的后脑勺儿笑得满脸宠溺,配合着她蹲在了一旁。

宋熹微觉得,柳苏和她见过的所有女孩儿都不一样。

柳苏像是传统意义上的小家碧玉,白皙的皮肤,纤细的身子,还有一双永远干净透亮的眸子。在那双眼睛里,宋熹微看到过她对哥哥的深情,也看到过对自己的爱护。那些感情都很清澈,不掺任何杂质。

可宋熹微知道,柳苏虽然看起来很柔弱,骨子里却透着倔强,可她又把这种柔弱和倔强分配得恰到好处。对爱的人她一贯柔软,对生活和自己,从不忘倔强。

"小微初中的时候你还记不记得,收到男孩子的情书,吓得哭着回来。"宋翊铭的声音钻进了宋熹微的耳朵。

真八卦,花前月下提她的囧事干吗?她下意识转过头,赵晨光正含笑看着她,显然对这个八卦有点儿兴趣。

眼见宋翊铭还有继续说下去的趋势,宋熹微赶忙站起来轻咳一声。前面的两个人转过头来,看见来人,宋翊铭笑得很是奇怪。

赵晨光见和宋熹微躲草丛偷听的事情没有败露,他佯装刚到,走上前大力拍了拍好哥们儿的胳膊,语气调侃:"难怪找不到你,原来找了这么个好地方。"

宋翊铭扬了扬眉,嘴里的话呼之欲出,却被很懂得把握时机的宋熹微打断:"我和柳苏姐姐去看看新娘子,你们好好聊。"说完,她拉着柳苏的手就往新娘休息室跑去。

看见宋翊铭扬眉她就知道不妙,她知道他要说什么。宋翊铭这段时间为了她也算是费尽心机,不断找机会让她和赵晨光独处培养感情,两个人相处时气氛虽极为融洽,但友谊要升华成爱情,实在是差了很多火候。她不着急,但宋翊铭急了。眼看他要替她捅破这层窗户纸,她怕得只想马上跑开。

"害怕?"柳苏明显感觉到宋熹微的手心起了一层薄汗。

宋熹微轻轻摇头,复又点点头:"有一点点。"

柳苏轻轻抱了抱她,安慰道:"喜欢一个人没什么好怕的,告诉他就是了。"

宋熹微扯扯嘴角回答:"还是不了,慢慢来吧。我们去看看新娘子,一定很美。"

知道宋熹微有意转移话题,柳苏也就不再提起。暗恋这种事情,她虽不曾经历,却也大概知道这是一种喜忧参半的感情。其实每个人的爱情都与他人无关,他们能做的,也只有这些了。

晚宴格外热闹,在新郎新娘即将出现的时候,宋熹微已经按照婚礼策划师的安排,坐在白色三角钢琴前,敲下了第一个琴键。她弹的是《梦中的婚礼》,极符合今晚的主题。据说,新娘新郎相识于一辆观光大巴,新娘打着瞌睡靠在还不认识的新郎肩上,成就一段佳话。宋熹微很是羡慕这样的浪漫,对的时间对的人,恰到好处的爱情。

纤细白皙的手指在黑白分明的琴键上翻飞,赵晨光听宋翊铭说过很多次宋熹微弹琴时的样子,这次却是第一次亲眼所见。他看向追光灯下那个专注而忘我的女孩儿,觉得天地之间仿佛就只有她一个人,宁静而美好。

当夜,所有宾客都留宿山庄,第二日的婚礼才是重头戏。新郎和伴郎团突破重重考验,终于到达新娘的闺房,宣誓时两两相望说着质朴又动人的情话,听得在场的女生都有些动容,坐在宋熹微身边的柳苏趁着大家都专注婚礼,悄悄摸了摸眼角的泪滴。一切都被不远处的宋翊铭看在眼里。

一场婚宴宾主尽欢,又因规模浩大,柳川的几家娱乐性报纸都对此有所报道。宋熹微演奏的照片被单独放了出来,排版在整篇文章的一角,许是因为事先就有打好招呼,报道并没有透露她的信息,只是一笔带过。

照片只拍了一个侧面,不熟悉的人很难认出这是她。以为不会造成多大影响,她也就没放在心上。

比起这个,她眼下有更大的困扰。

晚宴时,宋熹微和赵晨光一同交际,多少还是让一众叔伯有些误会,更不知道哪里传出了宋赵两家有意结亲的消息。听到这些,宋熹微心中不免有些窃喜,随之而来的是浓浓的忧虑。她开始躲着赵晨光,倒不是因为不想见他,只是担心自己控制不好情绪,泄露了心底的秘密。她怕赵晨光知道她的感情,她更怕的是赵晨光知道后,他们之间连朋友都做不下去。

借着周末,宋熹微在家里当了一天鸵鸟。许多情绪一交杂,她早就忘记了迎新晚会代演的事情。

所以当她刚到教室,屁股还没坐热就被文艺部长气冲冲地叫出去时,她还有点儿蒙。

文艺部长在走廊上当着众人的面,对着她就是劈头盖脸地一顿数落,大致意思是说,她没责任心,没集体荣誉感,自私自利云云。听得宋熹微云里雾里,弄不清情况,但也知道自己这事确实没做好,只得愣在原地默默接受。

文艺部长不愧担了个口才犀利的名号,一通话明嘲暗讽地说下来,没带半个脏字。宋熹微知道自己有错,可部长这话说得也太重了些,她第一次被贬得这么一无是处。除了面对宋翊铭以外,其他时候她是不爱和别人较真的,现下她听得虽有些不舒服,但也只当是文艺部长心里有气,静静等着她发泄完毕。

文艺部长讲得口干舌燥,身边的围观群众也听得有些疲劳,可看着当事人仍是一言不发的聆听状,文艺部长一腔话怎么也说不下去了。她

敲敲扶手,最后放了句狠话:"以前说你是柳川大学的才女,现在想想,还真是玷污了这句话。"说完,她扬长而去,围观群众也散了个干净。

陶梦凡提着豆浆刚走上楼梯,就看见宋熹微站在走廊前若有所思。她心道不好,赶忙走了上去。

"阿微阿微,你怎么来学校了,我不是嘱咐你避避风头吗?"

宋熹微疑惑问道:"怎么了?"

陶梦凡拉着宋熹微逃了课,找了一家没什么人的奶茶铺子,慢慢解释这两天发生的事情。

原来,邹夏静顶替宋熹微上场表演出了岔子,本来一切都挺好的,到邹夏静上台都没人发现演员已经换了人,前半段她发挥得还行,可是到了快结束的时候,不知道是因为紧张还是其他什么原因,竟一连弹错了八个拍子。

除了本专业的,普通同学倒是没听出来不妥,可偏偏晚会邀请了外校音乐系的一些教授作为嘉宾。嘉宾虽没说什么,但是出了这么丢人的事情,校领导少不了对晚会筹划组一顿点名批评。

文艺部长这才知道表演人员换了人,当下就十分生气,却也隐忍着没有爆发出来,只是觉得宋熹微未免太不负责任。可是第二天,校内BBS不知怎么就贴出宋熹微在婚礼晚宴上演奏钢琴的照片,大红标题格外鲜明"音乐系新生不屑迎新,接私活害母校声名狼藉",这无疑是把迎新晚会丢人的锅扣在了宋熹微头上。

作为艺术院校,学校明令禁止不许学生接私活,但上有政策下有对策,每个人都多少做过,大家也都见怪不怪。

可是这次的事情,性质明显不同。为了接私活害母校当众出丑,让原本还时不时抱怨学校的学生空前地团结起来，在论坛对宋熹微进行了一轮又一轮的口头讨伐。

宋熹微不逛论坛，也没留意陶梦凡的短信，这才有了被文艺部长痛骂的场景。她又在学校大火了一把，不过是被骂火的。至此，她在学校已经是声名扫地，几乎被集体排斥在外。音乐系的女生多少有些傲气，在看到昔日一众男同学挂在嘴边的女神被贬为凡人，心里还是很痛快的。

接私活并不属实，但是她不负责任临时换人却是真的，宋熹微觉得自己也着实有脱不开的责任，所有针对她的骂名，也一概全收，想着找个时机再好好解释解释。

下午最后一节课上完，邹夏静找到宋熹微。她眼睛红肿，一看就是哭过的样子。

"熹微，对不起，我没想到自己后面会紧张，连累你被全校骂。"她诚恳道歉。

"没有的事，错在我自己。你不用放在心上。"宋熹微应道。

"怎么会没关系，大家都讨厌你了啊。"

一旁听着的陶梦凡蹙了蹙眉，这个邹夏静会不会说话？哪壶不开提哪壶。

宋熹微毫无察觉，笑着说："没事啦，我不在意这些。别自责了。"

谁知一听这话，邹夏静眼泪又掉了下来，她边哭边说："熹微你真好，像我姐姐一样，自己难过还安慰我。"

"姐姐？从没听你说过你还有一个姐姐。"

"是我堂姐，小时候她爸妈出了车祸，就和我们生活。可是她小时候走丢了，妈妈找了这么多年都没找到她。"

宋熹微觉得九月底的风有些冻人，她打了个哆嗦，犹豫着开口："你……你姐姐，叫什么名字？"

"她叫邹慕音。"

宋熹微突然觉得绷在自己脑子里的那根弦断了，一时间她觉得呼吸有些困难。多番猜测在刹那间被证实，没有想到竟然是这么的不知所措。她又认真地看了看眼前的邹夏静，这个女孩儿，就是世界上唯一和自己有血缘关系的人吗？

小时候的温暖和噩梦在宋熹微的记忆中炸裂，碎片割得她心里发疼，发酵的情绪逼得她眼睛酸涩。耳边嗡嗡嗡的，好像掺杂了许多声音，她承认，自从听到"邹夏静"三个字就刻意忽略，一心相信只不过是遇到了一个同名的人。可现实来得那么突然，轻易击垮了她的自欺欺人。

宋熹微记不得自己是怎么和她们道别的了，她一个人坐上了180路公交车，车子很空，她找了个靠窗的位子坐下，看着夕阳陷入沉思。

眼睛红肿的邹夏静垂着头走在人行道上，好像心不在焉，连东西掉在地上也毫无察觉，直到一双修长的手把东西递到眼前，她才抬头看向手的主人。

"你是微微的同学，我记得你叫夏静。"赵晨光嗓音清朗，笑容十分迷人。

"赵……晨光？"邹夏静有些不确定地问道。

"是我，你怎么失魂落魄的？"

接着，两个人坐在公园的长条椅子上，赵晨光听邹夏静讲完了事情的经过。

"微微不会怪你,你不用太自责。"他安慰道。

"我只是觉得辜负了熹微的信任,还让她处境变得这么尴尬。"

"那就多陪陪她,她很开朗,不会有事的。"赵晨光起身看向快要黑了的天空,"走吧,我送你回家。"

赵晨光一直把邹夏静送到她家楼下。他觉得自己对邹夏静亏欠很多,做这些让他稍稍减轻了心中的负罪感。正打算动身回家时,他想到了什么,有些不放心地拨通了宋熹微的电话。

电话响了两遍,才让陷入沉思的宋熹微回过神来,她看向四周,发现自己竟然不知道自己下车后乱走到了什么地方。

"微微,你在听吗?"

赵晨光的声音从电话那头传来,只轻轻几个字,就让她波动的心绪安定了许多。

"我在听,怎么了?"宋熹微回答。

"今天碰到你同学了,你还好吗?"

以前通信的时候,她的不快乐都会告诉他,哪怕很是消极,他也照单全收,尽可能地在字里行间给予安慰。可当她喜欢上他以后,不开心的事她都不想对他说了。她后知后觉地意识到,把消极的情绪一直传达给别人,是不太好的事情。她喜欢他,只想让他感受她的快乐。

她强作镇定地笑了笑:"我没事儿啊,能吃能睡。"

"没事就好,周末带你去玩儿。"

"好呀,一言为定。"

利落地挂断电话,宋熹微沿着昏黄的路灯往前走去。灯光下,她的影子被拉得很长,只是形单影只,稍显落寞。

情绪缓和许多之后,她拍拍自己的脸蛋,深呼一口气,伸手拦了一辆的士回家。

今晚家中只有女佣,父母受邀去外地度假,宋翊铭和柳苏有约。草草吃过饭,她就把自己关进了琴房。大家都知道,宋熹微进琴房以后不喜被打扰,所以也没人发现她情绪不对,只当是在练琴。

她把琴谱上的曲子几乎都弹了一遍,直到手臂酸得发胀才停下。琴房很大,钢琴置于一角,还有很大的空间,是留给她练舞的。大家都说她弹得一手好琴,却不知道她最喜欢的是舞蹈。此刻,她站在铺满整面墙的镜子前,拿出了那条一直贴身戴着的粉水晶项链。

"妈妈,我碰到夏静了,你说我要怎么办呢?"

"我觉得,有些亏欠她,毕竟是因为我……"

"可我不想相认。"

"对她好些,可以补偿吗?"

风从半开的窗子中钻进来,掀起窗帘一角,好似无声地回应着她。

她突然就顿悟了,很多事情未必能如人所愿,即使遇到了一个难关,害怕一些事情,心生怯意,但也要找到法子去化解。一道题可以有很多解,哪一种都可以得到正确答案,没什么好怕的。

宋翊铭最近心情不好,他和柳苏吵了一架,争论的中心是柳苏的工作问题。

他一直觉得,柳苏是一个很有主见的女孩儿,一般情况下都会尊重她的意见。可这次柳苏居然想去离柳川几百公里的地方,做月工资不到2500的小设计师,他不同意。

他们两个的家庭背景天差地别,能在一起也实属不易。柳苏小的时候母亲因病去世,读初中时父亲在工地意外受伤,一年以后也匆匆离世。她那时就差点儿为了生计放弃学业。

后来,是宋家资助她读完高中和大学。宋家对她而言,有再造之恩。

高中的暑假,她回老家在村里的养殖场兼职。老板结算工资时,多给了她一篮子土鸡蛋。她早就是孤身一人,实在不知道这一篮子鸡蛋怎么解决,然后她想到了资助自己的恩人。

她提着一篮子土鸡蛋站在宋家大庭院门口,身板挺直,却胆怯得不敢按响门铃。宋翊铭第一次见到的就是这样的她,怯而不卑。

他也没想过,自己会对一个这样的女孩儿动心。更想不到的是,这个女孩儿那么难追。整个学期,他都在和她打伏击战,最后终于抱得美人归。在一起以后,他们也曾担心来自家里的反对,但出乎意料的,爸爸妈妈并未多说什么,只是叫柳苏去家里吃了一顿饭,还给她在柳川找了一处小小的房子。

真心相爱,又得到家里的祝福。他们的爱情一路顺风顺水,从没这么激烈地争吵过。

宋翊铭越想越烦躁,拉着赵晨光和宋熹微去了酒庄。

酒庄有一个很大的酒窖,里面藏的都是宋怀唐从各地收集来的佳酿。相比这些,宋熹微反而更偏爱酒庄自产的葡萄酒。小时候,她跟着宋翊铭来酒庄偷喝,酸酸甜甜的味道让她久久不忘。后来更大了些,宋翊铭就经常带着她躲在酒庄偷酒喝。

熟练地钻进酒窖,在老地方拿出藏着的几个酒杯,接了橡木桶的酒,宋翊铭仰头就是一杯。这么暴殄天物的喝法,看得宋熹微直摇头,看来

他是真的很需要发泄。

　　她和赵晨光互看一眼,决定等宋翊铭喝够。她也接了两杯酒,一杯递给赵晨光,一杯留给自己。美酒的香甜在味蕾绽放,绵长的回味蓄满了一段悠长的时光,让人想叹息,想感慨,想沉溺其中。

　　赵晨光看着宋熹微品酒的样子,驾轻就熟。忽然间,他觉得眼前的人有些陌生,不似梨涡浅笑的她,也不似静静奏曲的她,是一种从未见过的样子。

　　宋熹微没注意到赵晨光的目光,她现在的心思都放在了宋翊铭身上。他一杯接一杯,不要命的喝法让她有些生气,她夺了杯子,循循善诱,让宋翊铭说出心中的郁结。

　　等宋翊铭借着酒劲说完缘由,赵晨光敛眉,他没恋爱过,想开导却不知如何开口。

　　反倒是宋熹微,她有一下没一下地敲着木桶缓缓道:"哥哥有没有想过,柳苏姐姐只不过是想靠自己的努力和你比肩?"

　　赵晨光看向她的目光带上了惊讶,没想到平日迷迷糊糊的宋熹微能说出这么一针见血的话。

　　一语惊醒梦中人,半醉的宋翊铭起身就要去找柳苏道歉。

　　宋熹微一口饮尽杯中剩下的酒,豪气地叫住宋翊铭:"去什么,路都走不稳,明天再去。"她又转头看向赵晨光,说,"晨光,帮我把我哥带回去吧。"

　　赵晨光知道她也喝了不少酒,可走路却一点儿不晃,很是清醒。没想到她酒量这么好,这小丫头的每一面都让他诧异不已,让他忍不住想了解她更多。

宋翊铭的这个小插曲过去以后，宋熹微的生活重心又转移到了学校。论坛的帖子高挂了几天，慢慢消停，她开始成为学校的一枚小透明。大部分人自动和她划清界限，小部分保持观望，不咸不淡地相处着。

她的大学生活变得简单起来，上课，练琴，和陶梦凡、邹夏静一起吃饭闲聊，乐得清静。

她开始想方设法对邹夏静好，做什么都不忘叫上邹夏静。一段时间下来，她俩的关系变得十分亲近，可陶梦凡和邹夏静却像是隔了一层，不如以前那么好了。

趁着邹夏静去洗手间，宋熹微凑到陶梦凡身边，悄声问道："你们俩，吵架了？"

陶梦凡不置可否："没有啊。"

"那怎么看起来，你不太喜欢搭理她的样子。"

陶梦凡咬了咬嘴唇，想了想还是没忍住："我就是有些疑惑，按她的水平，《Allegro agitato molto》前面弹得那么流畅，最后收尾怎么会出错呢？本来大家都没发现换了人，最后几十秒怎么就没撑住？"

听懂了陶梦凡话里的意思，宋熹微不以为意："应该是你想多了，那么做对她一点儿好处都没有，她不会是故意的。"你不知道，她小时候给过我多少温暖。

陶梦凡笑了笑："希望我想多了吧，不是才最好。"

邹夏静上完洗手间回来，三个女孩又嘻嘻哈哈地侃天侃地，气氛好不融洽。陶梦凡撑着手臂看着眉飞色舞的邹夏静，还是觉得有些看不透她。

每周三下午，是音乐系固定的周测时间，短短三十秒，极可能影响

一学期的总成绩。

因为学号靠前,宋熹微很早就完成了测验。走出音乐楼,她才发现自己的乐谱落在了琴房里,那是前几年赵晨光从澳大利亚寄给她的,里面收录了很多她喜欢的曲子,更重要的是送谱的人,她自然格外珍视。

她返回音乐楼,刚走到楼梯拐角处,就听见谈话声,鬼使神差地,她避开了来人,躲在了角落里。

"你说,同样是学生,那个接私活的宋熹微总能被老师夸赞,咱们这种脚踏实地认真学习的人,怎么就连个好脸色都得不到呢?"一女生唏嘘感慨。

"命好喽,你没看到她刚刚那本琴谱?限量典藏版,是我得放在家里供起来,她倒随意往琴房丢。"另一个女生不屑地应道。

"有钱需要接私活?指不定是哪个花花公子送的吧?"

"能泡到花花公子,也是厉害啊。"

两个女生说完,窃笑不已。宋熹微握了握拳头,缓缓吸了一口气。读大学前,她上的都是私立名校,顶着宋家千金的名头,从没听过这些恶意的议论。她没想过,同学们对她的误会会变得这么深,原以为风头过去重新来过就好,现在却发现,后果比她想的还要糟糕。

无力地走回空无一人的琴房,只看见琴谱静静躺在一汪水渍中间,她跑上去捡起来一看,扉页赵晨光的题字已经被水晕开,变得模糊不堪。她觉得鼻子有些发酸,冲到窗边大吸了几口染着草香的空气,逼退了酸涩的情绪。

她就是这样的一个人,看似随意,可心里盛满了在乎的东西,不舍得让它们受到半分伤害。以前要是不小心弄坏了自己喜欢的东西,她可以一个人难过很长一段日子。

她觉得自己最近有些多愁善感,不知道是不是每个暗恋期的女孩儿都这样,一点儿小事就觉得委屈,只想找那个人,撒撒娇诉诉苦,汲取一些温暖,但显然也只能想想罢了。

事实上,从宋翊铭醉酒那次开始,她就没有再见到过赵晨光,周围的人好像同时都忙碌了起来,经常回到家,都是她一个人用餐。她厌极了这种感觉,一个人面对一桌子美味佳肴,却提不起半分胃口。

"发什么呆呢!"

陶梦凡放大的脸陡然出现在眼前,吓得宋熹微险些往后仰去。

定定心神,她问道:"测完了?"

"嗯哼,优秀通过。走,请你喝红豆冰。"陶梦凡勾手召唤。

宋熹微笑了,挽着陶梦凡的手,很想矫情地和她来一个拥抱。实话说,柳川已经入冬,虽不太冷,但早就过了喝红豆冰的季节。冬季喝冰,对她们来说,仅限心情不好的时候。这是她们的默契,不用安慰,也无须开导,陪对方喝一杯红豆冰就好。

"这个时候你不是应该冲上去反驳吗?就由着她们说?是不是傻!"

听完宋熹微的话,陶梦凡挥了挥手臂,一副恨铁不成钢的样子。

"冲上去能干吗?骂起来还是打一架?"她撑着下巴,无精打采地搅动着勺子。

"所以你就这么忍着,自己难过?"

"难过倒是还好,就心里有点儿不舒服。"

"唉……"

陶梦凡叹息地摇了摇头,不经意看向窗外,隐约看到两个熟悉的身影,

正要细看的时候,车辆一晃而过,身影也消失在了视线里。

做好了又是一个人吃饭的打算,宋熹微回到家里,却意外发现家里人都在,而且好像是在等着她回来,每个人都满怀笑意地看着她。

"好消息和坏消息,听哪个?"宋翊铭贱兮兮地笑道。

宋熹微看了看坐在沙发上的爸妈,他们也嘴角含笑,似乎在等她的答案。

她咬咬唇,开口:"听好的。"

"好的是,马上就到你的成人礼了,为了给你准备,你看我最近是不是累瘦了!"宋翊铭捏着自己的脸凑到宋熹微跟前。

用手推着宋翊铭的额头,宋熹微的眉眼弯弯。没想到这段时间家人的忙碌都是在为她筹划生日,她觉得心里像灌了蜜一样甜。

紧接着,她突然想起什么,试探性地问道:"那……坏的呢?"

"坏的啊,"宋翊铭故作高深地抚着下巴,"坏的就是,你又要老一岁了!"

得到答案,宋熹微笑着扬了扬拳头作势要打宋翊铭,拳头还没挥出,宋翊铭就跳开躲到了母亲身后。他朝她做了一个鬼脸,她给他回了一个白眼。

"小微啊,十八周岁是大生日,按我们家的传统,要大操大办。要好的同学你都邀请过来,人多热闹。"宋怀唐看着女儿,乐呵呵地开口说道。

宋熹微凑到父母身边,揽着父亲的手臂,甜甜应道:"好,谢谢爸爸妈妈。"

如果问宋熹微,最感恩的事情是什么,她一定会毫不犹豫地回答,是遇到了这一家人。爱是这个世界上治愈伤痛的良药,她有幸得到,还是三倍的剂量。要是那个雪夜没有被收留,可能她也成了万千繁星中的一个,在冰冷的夜空中艳羡着世间的温情种种。

这几天,宋家大宅开始忙碌起来,采购的东西逐渐到位,各色花卉、盛装华服不停涌进来。宋熹微大概看出了成人礼规模的浩大程度,为她私人订制的礼服也已经填满了她闲置多时的大衣橱。

柳苏为她设计了成人礼的邀请函,烫金的材质混合银边花纹,低调奢华,绘制成皇冠、玫瑰图样的暗纹,和她的身份年纪相得益彰。

书房中,陶梦凡摸着邀请函咂舌,认识宋熹微多年,多少感受过宋家的土豪气,可是这一看,她还是忍不住感叹,这种站在云端上的人生,当真羡煞旁人。

低头认真填写邀请函的宋熹微没有注意到闺密的羡慕,她已经被邀请函逼得快要疯掉。

宋家有家训,请柬必须手书方显诚意,这是爷爷定下的规矩。宋翊铭出生前,爷爷就已经去世,虽没同老人相处过,可凭着老人的照片和家中留下的或多或少的痕迹,她想,爷爷定是个礼数周全又风度翩翩的老绅士。

可老绅士留下的家训,也太过磨人。一张一张,写得她手腕发酸,还必须保持字迹工整大方。她看向桌角那一沓空白的邀请函,这些全部写完,手没个两三天,是休养不回来了。

陶梦凡细看着宋熹微正誊写的名单,打趣道:"阿微,你们家这阵仗,

是要给你办生日会,还是要给你办相亲会?看名字,大多是青年才俊啊。"

宋熹微接话:"那是我哥的朋友和一些叔伯的孩子。我这边只叫了你和夏静,可我哥说年轻人多比较好玩,就都叫上了。你到时候可以看看有没有中意的,我帮你牵线啊。"她俏皮地眨了眨眼睛。

"你还叫了邹夏静?"

"对啊,怎么啦?"

宋熹微停下笔,撑着下巴看向陶梦凡。

后者不自然地摸了摸鼻子:"随口问问。"

"她和我们要好,当然要叫上啦。对了,你快帮我参考一下到时候穿什么,我真是毫无头绪。"

女孩子对美丽的衣服实在是没什么抵抗力,宋熹微被陶梦凡磨着试了一件又一件。她是天生的衣架子,各款各色,驾驭起来都独具一格。

"宋熹微!你太让人嫉妒了,肤白貌美大长腿!要我是男生,绝对追你!"夸奖之余,陶梦凡还不忘捏捏宋熹微的脸借机揩油。

"半斤别笑八两,我们梦凡大美女说这句话,小女子听了甚是惶恐。"

两人嬉闹一阵,都有些累了,直接坐在地板上,看着对方哈哈大笑。

"你生日那天,不打算做点儿什么吗?"陶梦凡冲宋熹微眨了眨眼睛,满眼机灵。

"做什么?"宋熹微问。

冲宋熹微招招手,她凑到她耳朵边,悄声说道:"比如说,和你的晨光哥哥告个白。"

话一入耳,宋熹微就脸红了。她捂着脸摇头,告白,她从不敢想。

"为什么?说认识,你们认识六七年了,说相处,这几个月见面也频繁。天时地利人和你都占全了，要是他被别的小姐姐拐走，你就等着哭吧。"陶梦凡恨铁不成钢地念叨着。

宋熹微抱紧膝盖，笑得有些勉强："你知道吗，告白无非三个结果，恋人、朋友或陌生人。我不敢冒险，宁愿做他一辈子的朋友，都不想变成他的陌生人。我是不是很没出息？"

陶梦凡抱了抱她的肩膀，安慰道："我现在是真的确定你动了心，这么纯粹的真心，不会被辜负的。"

宋熹微回抱陶梦凡，一脸傻气地说："其实，现在这样，我已经很满足了。他对我笑，拍我的头，接我回家，护着我，陪我坐180路公交车，起码现在我是离他最近的女孩儿啊，这就够了。"

仿佛回应似的，窗边挂着的水晶风铃适时发出清脆的声响。窗外的梧桐树落下了今年的最后一片叶子。远处的天际压了厚厚的一层云，山那边刮来的风染了些冻人的寒意，在厨房准备晚餐的吴奶奶关小了窗子，心道，要变天了。

路灯由远及近，一盏一盏地亮了起来，整座城市被昏黄的灯光渲染出一片虚无的暖意。有人在归家的路上，有人在等归家的人。看过一句话说，每一个亮灯的窗户里，都有一个家。想到这句话，推车走在冷风里的邹夏静自嘲地笑了一下，家，真是好遥远的词。

接到邀请函的时候，邹夏静显得有些为难。宋熹微察言观色是把好手，细细思考了一下，很快就明白了个中缘由。

她笑着挽住邹夏静的手，说道："你一定要来啊，我哥给我买了好多裙子，有的都不是我的号，到时候你和大凡自己选些喜欢的带走。"

她以为这话可以不露痕迹地打消邹夏静的为难，正为自己的聪明点赞，丝毫没有注意到邹夏静闲着的另一只手紧紧攥着。

攥紧的手松开时，被指甲抠破的皮肤渗出了血丝，邹夏静好像没有觉察到疼，反倒很开心地应道："好啊，我去。"

宋家门楣光耀了好几代，早年从政，到宋怀唐父亲那代转而从商。虽已经是商贾之家，宋家还是传承了很多家中的旧俗。成人礼，便是其中一项。

"这宋家子孙啊，一生有四大事，一为抓周，二为成人，三为嫁娶，四为得子。其中成人礼又是重中之重，是绝对马虎不得的。"

为宋家服务多年的吴奶奶一边确认成人礼要用的东西，一边和宋熹微絮絮说着。从宋怀唐开始，到宋熹微，已经是她第三次为宋家操持成人礼。

宋熹微听得频频点头，末了又有些想笑。宋家一贯是西式派头，在这种现代化别墅里，沿袭一些传统旧俗，不免有些违和。

"现在时代也开放了，旧礼也有所变化。但是跪拜父母，给祖宗上香的礼节还是不能丢的。祖宗牌位都在老宅，上香的时候你就对着老家的方位拜三拜就好了。"

吴奶奶把要用的香烛事先摆在垫了红纸的盘子里，宋熹微顺手一摸，白皙的手立马就染上了颜色。

她擦擦手，抓住重点问道："老宅？咱们家有老宅？怎么从没有听说过？"

吴奶奶笑了笑："老宅在北方，当年老先生带着一大家子来柳川，这么多年都没有回去过，你当然不知道。"

听吴奶奶这么说，宋熹微对宋家的历史有了些好奇。她在这里生活多年，哪怕并无血缘，也不妨碍她成为宋家的一分子。可这突然冒出来的老宅，让她第一次对生活多年的家感到了陌生。

成人礼当天，一连下了很多天雨的柳川出了很大的太阳。12月10日，宋熹微十八周岁生日。十二年前的这一天，她在雪夜遇到宋怀唐夫妇，她记得那天是她经历过最冷的一个下雪天，但是到了宋家以后，每年的这一天，都温暖得恍若阳春。

陶梦凡和邹夏静是一起来的，陶梦凡对宋家早就轻车熟路，可初次来的邹夏静却显得有些拘谨，虽然早就被宋家豪宅的气势震住，但她还是勉强维持着镇定。

她们两个来得很早，宋家尚无宾客到场，只有宋翊铭、柳苏和赵晨光三个在。看到邹夏静的时候，赵晨光笑着和她点头，她也扬起嘴角，甜美地打起招呼。

柳苏给两人端上一些果蔬甜品，招呼道："来这么早肯定没怎么吃早饭，先吃些东西吧。熹微在房间梳洗，你们一会儿可以上去找她。"

陶梦凡也不客气，自己找了一个位置坐下，很是熟稔地开口："熹微真幸福，有柳苏姐这么个好嫂子。"她和宋家上下早就熟络，经常跟着他们到处出游，说话也很随意。

那边柳苏略有些害羞，这边宋翊铭很骄傲地撩了撩额前的头发，窃笑着问陶梦凡："宋哥哥的眼光是不是很好？"

"必须的啊！"陶梦凡爽快地竖起了大拇指。

两个人说得很是热闹，让一边站着的邹夏静显得有些突兀。

赵晨光用余光打量了一下她，简单的T恤和牛仔裤，一双帆布鞋有

些旧但十分整洁。明白她的尴尬,他朝她叫道:"夏静,你也坐啊。"

赵晨光的声音温和依旧,让聊得火热的两人停了下来。他们不约而同地看向赵晨光,各有疑惑。宋翊铭疑惑赵晨光怎么认识连他都不认识的邹夏静,陶梦凡疑惑他们两个人怎么看起来很是熟悉。

陶梦凡站起身,说:"熹微是不是梳洗好了?我上去看看。"她转头看向正打算坐下的邹夏静,问道,"夏静一起去吗?"

因为这一问,邹夏静要坐下的姿势顿了顿,重心有些不稳,差点儿闹出笑话。她觉得陶梦凡有些故意,但还是直起身子,和陶梦凡一起上了楼。

宋熹微的房间很大,是一个三间套房,书房、卧室、衣帽间,还有浴室和大阳台。粉色系的卧室,奢华的家具外加各式各样的水晶装饰,像极了童话里的公主房。邹夏静环顾四周,压下心中的羡慕。

宋熹微正好从浴室出来,裹着一件浴袍就晃到了两人面前。

"非礼勿视,非礼勿视。"陶梦凡装模作样地捂着眼睛。

"少来。"宋熹微笑骂道,她看向邹夏静,笑得极为灿烂,"夏静来了,走,带你们去挑衣服。"

当看到满目琳琅的衣帽间的时候,邹夏静的羡慕再也藏不住。她伸手抚摸着那些只在杂志上见过的华美衣裙,柔滑的触感让她心中荡起了一些不小的波澜,旋即讽刺一笑,还好有半垂下的头发遮挡。

"大凡,你穿这条看看。"

宋熹微拿着一条短款柠檬黄的礼服裙在陶梦凡身上比画,裙边的装饰随着宋熹微的动作一晃一晃。陶梦凡在这方面向来不和她客气,拎着裙子欣然前往换衣间。

当下偌大的衣帽间就只剩了她和邹夏静,看着邹夏静对衣裙爱不释手,宋熹微也不小气,揽着她的肩就问:"有喜欢的吗?"

邹夏静有些不好意思,过了一会儿,她还是把手指向了衣柜中间的那条。那是一条白色长款礼服,裁剪得体的里衬上层层叠叠缀了好几层纱,银色丝线勾勒出大朵大朵芍药图案,穿上这条裙子,行走间花朵若隐若现,十分高贵端庄。

宋熹微看向那条裙子。裙子单独放在中间,是她选定了晚上要穿的。首饰和妆容都搭配妥当,她自己非常喜欢。她又看了看邹夏静,她的脸上挂着几分尴尬。宋熹微心道夏静肯定不知道这是她晚上打算穿的,一条裙子而已,她是喜欢,但夏静要,她就给。

她取下裙子,递到邹夏静手边,示意她去穿上看看。

陶梦凡穿着宋熹微选的裙子很满意地走回了衣帽间,宋熹微的眼光好,但凡是她选的,都很适合自己。陶梦凡在闺密脸上大亲一口,以示嘉奖。

可当看到邹夏静穿着礼服走出来的时候,陶梦凡笑着的脸当即就垮了下来。她刚要说话,身边的宋熹微就拉住了她的手,她不解地看向宋熹微,只见宋熹微朝她轻轻摇了摇头。

邹夏静提着裙子在镜子前转了一个身,十分开心地冲宋熹微说道:"熹微,这裙子真好看。我很喜欢,谢谢你。"

邹夏静穿这条裙子果然很好看,她身材娇小,本不适合长裙,可是这条裙子套在她身上,反倒衬得她气质娴静。

宋熹微笑着说:"你喜欢就好。"

陶梦凡扭过头撇撇嘴,看着邹夏静的笑容,只感觉心里不舒服。

喻华珊特地请来的化妆师为三个女孩儿好好装点了一番。邹夏静看

着镜子里的自己，觉得十分陌生，却打心底里欢喜。她侧目看向身边的宋熹微，她是很美，可自己也不差，不是吗？想到这里，一直压在心里的情绪才稍稍缓解了一点。

在宋熹微化妆的当口，宾客也差不多来齐了。白天主要是见礼，请的都是和宋怀唐夫妇交好多年的朋友。听见楼下很是热闹，宋熹微看看时间，该下楼了。

她的一头秀发被精心打理了一番，配着新选的复古裙装，尽显大家闺秀的风范。

古时候女子及笄礼要请名门夫人为其戴簪，而今天，宋家则请了赵晨光的母亲替宋熹微戴冠。当然不是古代男子的高冠，这是宋怀唐为爱女从法国定制的一顶皇冠，十八颗钻石错落有致地镶嵌在被打造成花朵状的皇冠上，一颗大钻独居其中。寓意十分明显，宋熹微是他宋家永远的小公主。

喻华珊看着自己光彩照人的女儿，很是感慨。当年那个瘦瘦小小的女孩儿，一眨眼就出落得这么落落大方。想到过去，她的眼角有些濡湿。

跪拜父母时，宋熹微端正而又郑重地磕了三个响头。宋怀唐心疼女儿，直呼够了够了。宾客都在笑他太宠女儿，他却不以为然。收养宋熹微是这么多年来他做得最正确的事情，这个女儿懂事乖巧，十分贴心，早就被他视若己出。

众星捧月般的，宋熹微被父母带着交际在一众宾客之间，连口水都来不及喝。等她好不容易有了点儿休息的机会，赵晨光端着一杯温水，送到了她面前。

"还是你懂我。"她接下水，小口小口地喝着。

赵晨光下意识地伸手想要拍拍她的头,看到她发髻端正,有些不忍破坏,转而变成轻弹了弹她的脸。

"成人了就是不一样,喝水都是大家闺秀的样子了。"他笑着对她说。

她凑到他耳边,小声回话:"人前要端着,人后我早就释放天性了。"说完,两个人相视一笑。

不远处,赵晨光的妈妈看在眼里,思索间还是拿出了包里的东西。

既然是成人礼,当然免不了生日礼物。用宋翎铭的话说,宋熹微今天发了,赚了个盆满钵满。

一直在一边安静待着的邹夏静看着堆成小山般的礼物,又看了看人群中谈笑风生的那张脸,很想转过头去,但还是逼着自己看向她。

突然,她看到赵晨光的妈妈拿着一个古朴盒子,走到了宋熹微面前。

"小微生日,伯母也没什么好礼物送给你。这套暖玉首饰是晨光的爷爷当初从缅甸定做送给晨光奶奶的,后来到了我手上,今天伯母送给你,小微,生日快乐。"赵母笑得极为温柔,看着宋熹微的眼睛里,满是慈爱。

这话一出,当场的宾客大多了然。早就听说宋赵两家有意结亲,这下他们就更不怀疑了,明显是传家的宝玉,用意再明显不过。

这份突如其来的礼物让宋熹微也不知所措,接也不是不接也不是。踌躇之下,她和赵晨光对视一眼,两人皆是愕然。

喻华珊适时为女儿解了围,她笑着开口:"宛卿你太客气了,熹微这孩子不识货,哪里能收这么贵重的东西。"

赵太太陆宛卿拉过宋熹微的手,把盒子放在了她手上,这才开口:"两家认识这么多年,这么客套就见外了,再说了,我早就把熹微当成自己孩子看了,送个礼物你还不许了,"她拍拍宋熹微的手,接着说,"小

微你收下,别理你妈妈,她这是吃醋我们感情好呢。"

陆宛卿早些年一直从事公关,口才好得不行,喻华珊心知说不过她,也就不再多说,笑着暗示自家女儿收下。陆宛卿的用意虽然明显,但刚刚这一打岔,到底没有说破。喻华珊确实中意赵晨光,但并不打算插手儿女的婚姻,她有过切肤之痛,对包办婚姻深恶痛绝,这种人生大事,还是让孩子自己决定的好。

捧着木盒,宋熹微觉得自己的头顶已经升起了袅袅白烟,又喜又忧。喜的是没想到赵晨光的妈妈会中意她,忧的是她担心这样一来,今后和赵晨光相处会变得很尴尬。

宋翊铭勾着赵晨光的肩膀,调笑地看了他很久,不过赵晨光并没有给出宋翊铭想看到的表情,自己母亲突如其来的这个礼物,让他有些发蒙。

毕竟从小到大都接受着良好的教养,赵晨光很快就恢复如常。周围的人都笑着看他,他也很有礼貌地一一回应过去。

全程旁观的邹夏静看完了这一整出戏,这一天的见闻真是丰富。

到了晚上,宋家已经成了年轻人的天堂。今天天气暖和,宋家设了两个场,人工湖边是给年轻人的露天场,大堂中是一众先生太太的交际场。

宋熹微换了条酒红色的裙子,她皮肤很白,穿红色格外娇俏,头发做了一次性波浪卷,垂在胸前平添几分妩媚。

湖边一众富家公子哥打量着周围的女生,看来看去,还是觉得今晚就属宋熹微最抓人眼球。

和宋翊铭要好的陈俊勾上他的肩膀,羡慕地开口:"一众哥们儿里,就你小子的妹妹最好看,以前你怎么不多带出来给我们认识认识?"

宋翊铭弹了个响指,十分得意地说:"就你们这一个个的形象,我怕吓坏我宝贝妹妹。"

听到这话，陈俊不乐意了，他大手一挥："弟兄们，这还能忍？灌他！"一时之间，气氛到达高潮。

宋熹微笑看被众人围住灌酒的宋翊铭，摇了摇头。哥哥这些朋友都是一副玩世不恭的样子，可关键时候很是仗义。她记得以前宋翊铭追柳苏的时候，柳苏的一个追求者做了些过分的事情让他吃过亏。知道这事以后，陈俊拉着一帮兄弟就和那人打了一架，打完架陈俊流着鼻血勾着宋翊铭的肩膀说："外人都觉得我们是玩世不恭的二世祖，谁能知道我们心里想的都是鲜衣怒马仗剑江湖呢！兄弟，今天多谢你成全了我们的江湖。"

想到这句话，她"扑哧"一声笑出声来。

"一个人傻乐什么？"

耳边突然传来赵晨光温润的声音，她一抬头，赵晨光正微笑地看着她。她下意识地就想躲开，她觉得自己现在有些心虚，该躲一躲。

察觉到宋熹微的小心思，赵晨光拉住了她的手，他喝了一口果汁润了润嗓子："我妈今天……你不用有什么压力，我把你当妹妹，对你好，让他们有所误会，你要是觉得尴尬，我晚点去解释一下，所以你就不要一直想着躲我了。"

果然，该躲的时候还是应该好好躲躲，一下没把握住时机，就听到这么一句话，宋熹微很是后悔。

虽然她之前就有心理准备，料想过赵晨光只把她当妹妹看。可想归想，她还是抱着一丝期待。现在听赵晨光亲口说出来，唯一的期待也落了空。心里不免变得有些难过，像失去了什么似的，空得发酸。

没关系,这不妨碍她喜欢他。她抑制住眼角将涌的湿意,在心里一遍又一遍地告诉自己。

不想被赵晨光察觉到自己的情绪,她扬起嘴角,说:"我知道,我们关系好嘛。我声明,我可没有故意躲着你,这个罪名我不认的。"

估计是她太善于掩饰,话说到最后自己也入了戏,嘟嘴卖萌却不自知。看着她一副孩子气的样子,赵晨光笑出了声,忍不住把手伸向了宋熹微的头顶,蹂躏了一番她的秀发。

宋熹微正打算反击,就看到放在她头顶的手伸向了西装口袋,掏出了送给她的礼物。

一条麋鹿造型的项链。

宋熹微很喜欢,当即要赵晨光给她戴上。殊不知,这一幕落入别人眼中,更加以为他们之间有点儿什么。

爱不释手地抚摸着脖子上的项链,宋熹微想到什么,问向赵晨光:"我戴麋鹿,会不会以后很容易迷路啊?"

这是什么逻辑?赵晨光乐了。

他想了想,故作认真地回答说:"不怕,你迷路了我去接你。"

"要是很远呢?下雨下雪呢?"

宋熹微忍了很久,还是忍不住问出了声。她明知这样的试探很幼稚,可就是想听赵晨光的答案,哪怕是哄她,都够她窃喜很久。

赵晨光漆黑的眼中映着灯光,嗓音比天籁还要动听,他说:"再远我都去,风雨无阻。"

"那要是我都不知道自己在哪里呢?"

"没事,我会找到你的。"

"一定哦,它们都听到了。"宋熹微笑着指向星空。

"一定,它们做证。"

赵晨光也笑着看向天空的星星。

上天真是宠爱宋熹微,入冬以来就少见的星空,竟在她生日这晚,如此璀璨迷人。

人工湖的另一端,一个穿蓝色西服的年轻富二代朝邹夏静举了举杯,眼角挂着些邪气。邹夏静冲着他回敬了一下,笑着喝光了杯中的香槟。

富二代也仰头一饮而尽,正欲搭话,只见邹夏静欠了欠身,放下空杯端起一杯红酒,往宋熹微走去。

四周的人有意让赵晨光和宋熹微单独相处,有心八卦却也不打扰。可邹夏静似乎完全不知道大家这种默契,她尽可能优雅地走向湖边并肩看星星的两人,很是自然地道:"熹微,生日快乐。"

突兀的声音打破两人之间的安静,见到是邹夏静,宋熹微很亲昵地拉着她的手,说:"谢谢。今天我没怎么顾上你,玩得还开心吗?"

"嗯!我第一次参加派对,玩得很好。"邹夏静甜甜应着,伸手脱下自己脖子上的坠子,说,"我没什么值钱的礼物,这条项链从小就戴着,送给你。"

看到项链,赵晨光的喉结动了动,想说什么,最终忍住。

项链颜色如新,只看一眼就知道主人必然经常清洗,很是爱护。宋熹微向来不喜欢夺人所爱,她指着自己脖子上的麋鹿,笑着说:"项链我已经有了,你要送我礼物,不如送一份大的,我好朋友不多,不知道你介不介意一直和我当要好的朋友?"

"当然不介意,谢谢你,熹微。"

邹夏静端着杯子伸手拥抱熹微,她的白色礼服裙偏长,裙摆虽大却还是有些拖地。宋熹微被突如其来的拥抱弄得有些失去重心,不小心踩到了邹夏静的裙摆,好在赵晨光及时扶住邹夏静才不至于摔倒,但是杯子里的红酒还是洒向了两个女生。在宋熹微酒红色的礼服看起来并不明显,可洒在邹夏静白色裙子上的酒渍就有些惨不忍睹。

这边的动静让四周的人齐齐看向这里,毫不意外地看到了狼狈的邹夏静。宋熹微一脸抱歉,忙抽纸巾帮她擦拭。

第一次参加派对就闹出笑话,邹夏静满脸的不知所措,四周的目光还有窃窃的笑声都让她很不适应,下意识地就想赶紧躲开。

"夏静,你去我房间再换一条裙子吧?"宋熹微急忙说。

羞愧的眼泪在眼眶里打转,邹夏静扯扯嘴角,笑得极为勉强:"熹微,我还是先回去吧。"说完,她就快步往外走。

"我送她。"

赵晨光丢下三个字后快步追了上去,留下宋熹微错愕在原地。

## 第四章
### 天鹅湖和黑魔法
·Yuan Nuan Yi Ren Xin·

坐上赵晨光的车,邹夏静忍着的眼泪这才掉了下来。起初是小声地啜泣,后来哭声渐渐大了起来。

赵晨光抿着唇,一言不发地把车子开离宋家。他从小到大接触的女孩子很少,更不知道怎么安慰一个哭泣的女孩儿,只能把车开快一点儿,尽量不让别人听到她的哭声。

"对不起,我只是觉得有点儿丢人。"邹夏静的声音还带着哭腔。

赵晨光笑着递上纸巾,安慰道:"没关系,刚刚灯光不亮,大部分人没有看见,你不要担心,微微她也不是故意的,那丫头冒失惯了。"

宋熹微一直都觉得,赵晨光的笑容带着阳光的气息,总能直达人心底,暖烘烘的。泪眼婆娑的邹夏静看到的就是这种笑容,毫无防备地漏了一拍心跳。

"晨光,你……很了解熹微。"邹夏静用的是肯定句。

赵晨光注视着车灯的方向,开口:"我和微微通信很多年,说起来

应该算是很了解她的人之一。以前从信中就看出来她是个活泼的丫头，可是刚看到她的时候，文文静静的样子，我还以自己猜错了，后来相处下来，半分不差，果然活泼又冒失。"

赵晨光自己都没有察觉到他说这话时有多温柔。邹夏静觉得这种温柔的样子有些碍眼，宋熹微真是幸运，幸运得让人嫉妒。

"熹微真幸福，家境那么好，又有你们这么多人宠她。你看这条裙子，熹微送我的，我从没想过自己能穿上这么好看的裙子，不过熹微穿上应该更好看吧。"邹夏静落寞地道。

赵晨光当然听不出来邹夏静的言外之意，他的概念里，女孩子都应该是宋熹微那样单纯活泼的。

没有多想，他回道："微微的裙子很多，翊铭每次惹她不痛快，不是送甜点，就是送裙子。但是她除了特定场合，几乎是不穿裙子的，她说穿裙子太麻烦。"

邹夏静被这话噎了一下，知道这话接不下去，她换了一个话题："你果然很了解熹微，看来梦凡说的，八九不离十。"

"梦凡，她说什么了？"

车子转了一个大弯，路两边的景物快速后退，车载空调开始了下一轮的制热工作，发出轻微的声响。

"她说，你和熹微要在一起了。"

"梦凡也这么觉得？"赵晨光轻笑出声。

"不是吗？"邹夏静追问。

前面刚好开来一辆车，赵晨光切换了一下灯光，轻打方向盘。做完这些，他才慢慢说道："我小时候父母很忙，经常是自己一个人，去澳大利亚以后就更没什么朋友了。和微微写信是我学生时代唯一的乐趣，她是翊铭的妹妹，就像我妹妹一样，总是想对她好照顾她。不过现在看来，我真的给她造成了很多困扰啊。"

接下来一路两人都寂静无话。赵晨光想，自己对宋熹微的相处模式是不是应该有所变化，他倒无所谓别人误会，可宋熹微毕竟是女孩子，天天被别人误会，白白错过命定的桃花，那就罪过了，尤其是每次别人开起他们的玩笑她都跑开，看起来她确实是为此感到困扰吧。

可一想到要和她保持距离，他又觉得心里有些烦闷，他早就习惯了待在她的身边，看着她每一个或俏皮或狡黠的表情，乐在其中。

这么想着，车子不知不觉已经停在了邹夏静家楼下。老式的居民楼，楼道的灯大部分都不亮了。赵晨光很绅士地为邹夏静打开了车门，邹夏静扶着他的手，拖着裙摆下了车。

"谢谢你，第二次送我回家了。"站在楼道门口，邹夏静道谢。

"上去吧。"

赵晨光目送邹夏静上楼，看到她家窗户亮起灯，才发动车子离开。

邹夏静打开家里的灯，看到坐在沙发上的李梅媛，吓得低呼一声。

她抱怨道："妈，你在家怎么也不开灯？吓死我了。"

李梅媛冷笑："开了灯，怎么看得到你和你的小情人在楼下难舍难分？我花那么多钱培养你，把你送到柳川，可不是让你去谈恋爱的，别以为你让邹慕音在学校没了名声有多了不起。我不提醒你，你就忘记了是谁害得你家破人亡？看着她现在活得那么滋润你还有心思谈恋爱？要是你真的这么没志气，趁早滚回海城去！"

邹夏静站在原地，握着拳低声说："是，她现在是高高在上，那又

怎么样？总有一天我会把她拉下泥潭。"

李梅媛一边拿起桌上大红色的指甲油开始涂指甲，一边冷冷睨了一眼邹夏静："拉她下泥潭？你行吗？"

突然刮来一阵风，冷得宋熹微打了一个激灵。

派对已经结束，宋翊铭也醉得七七八八，他一喝醉就多话，这点家里人都知道。但怎么也没料想到，他今天话这么多。柳苏好脾气地用温毛巾给他擦脸，他倒好，抓着柳苏的手就说："陈俊，你别得意，我没醉，咱们接着喝。"

正要送蜂蜜水的母女俩在门口就听到这么一句话，对视一眼，皆是笑意。宋熹微心想，老哥明天起来估计是要被罚着跪一跪键盘了，怎么就能把自己貌美如花的女朋友当成是陈俊。

喻华珊拉着女儿，示意不要打扰他们。宋熹微把蜂蜜水放在门口的柜子上，和母亲一起往房间走。

"妈妈，我看什么时候让哥哥把柳苏姐姐给娶了吧，省得李叔叔经常大晚上还要送柳苏姐姐回去。"

"柳苏虽然迁就你哥哥，但是看得出来，她不想一直依附你哥哥生活。她是个有主见的女孩子，要是真能靠着自己的能力和你哥哥比肩，那个时候他们还这么相爱，那才是最好的结局。"

之前宋熹微一直觉得，母亲是被父亲宠着的小女人，大多时候母亲也确如小女人一般，是个不理俗事的富家太太。乍一听母亲这么严肃认真地说起这番话，宋熹微连连点头，看来母亲心里也是明镜一样。

"不说你哥哥，我倒是想问问你，你和晨光，是怎么回事？"喻华珊话锋一转,转向了宋熹微。

"我们能有什么事情啊!"宋熹微不大自然地坐在床边,摆弄着自己的手。

看出来宋熹微的不自然,喻华珊笑着摇了摇头,她年轻时也轰轰烈烈地爱过,一眼就看出来提到赵晨光的时候,自家女儿脸上那点儿藏不住的心思。

当年还那么小的一个小丫头,转眼就已经成了情窦初开的女生,如今她真的已经老了。

"你和晨光,爸爸妈妈也不打算干预。那套首饰,交给你自己处理,成就好好收着,不成找个机会送还回去,毕竟这是赵家给儿媳妇儿的东西。"喻华珊细细叮嘱。

不想继续这个话题,宋熹微抱着母亲的胳膊就开始撒娇:"妈妈,我还小,就不说这些了嘛。"

喻华珊向来招架不住宝贝女儿这招,她抱着宋熹微,摸着她的头发,想着,如果那个孩子还活着,会不会也像宋熹微这样长不大,时时依偎着自己撒娇。

宋怀唐敲门进来,看到母女两个这样,他笑着刮刮宋熹微的鼻子:"都多大了还抱着你妈妈不松手,我看今天的成人礼是白办了,我家丫头哪里是十八岁,明明不满八岁嘛。"

宋熹微看着父母笑话自己,有点儿不好意思,她嗔道:"爸爸是吃醋我霸占妈妈,巴不得我赶紧长大呢,八岁就八岁,我可乐意在你们身边当孩子。"

"你这丫头。"

宋怀唐笑着摇头，然后郑重地从身后拿出一个文件袋递给宋熹微。喻华珊站到了丈夫身边，示意女儿起身。

熹微双手接下，好奇地打开，竟然是宋氏集团百分之十的股权转让书。

她瞪大了眼睛，犹豫地开口："爸爸，这……"

宋怀唐哈哈一笑："生日礼物。"

"我不要，公司有哥哥就可以了。"宋熹微递还回去。

"爸爸知道，你喜欢钢琴，不上心公司。这个就当是你的嫁妆，我送给未来女婿的总可以吧。"宋怀唐打趣道。

喻华珊也适时开口劝说，直到宋熹微小心地把文件袋放进了抽屉，夫妻二人这才满意地笑了。

宋熹微知道父母的一番心意，可她反而有了一些负罪感。如果爸爸妈妈知道她一直在打听亲生父母墓地的下落，会不会对她很失望？一股深深的疲惫席卷全身，她突然有一些迷茫。

她又想到赵晨光，想到赵晨光去追邹夏静的样子。她很感念他事事为她考虑，甚至替她送夏静回家。他对她这么好，她怎么可能不爱上他呢？可是他偏偏说，他只把她当妹妹。好不容易积攒起来的勇气险些溃散，此时的宋熹微还不知道，她这来不及说出口的喜欢，一错过就是很多年。

"赵晨光。"

她抚摸着脖子上的麋鹿，轻念着。


城市的另一边，赵晨光正坐在 24 小时咖啡厅里，对着眼前冒着热气的咖啡发呆。每当失眠得厉害时，他就会找个咖啡厅坐坐。对他来说，午夜的咖啡厅，是唯一让他觉得不被失眠困扰的地方。在这里他可以完全放空思想，既不用去想复杂的事情，也不需要强迫自己入睡。

他想到了很多小时候的事，那些家中人人都不敢提及，也是他完全不敢回忆的事。

那件事以后，他开始失眠，畏水，害怕与人交谈。

直到现在，噩梦仍旧住在他的心底，只是一直被他假装忽视。他找隔壁座的加班族借了一根烟，站在咖啡厅的门口点燃。一入口，就呛得他大声咳嗽起来。他忍着咳嗽抽完了整根烟，烟熏得他眼睛通红，不习惯的味道让他整个胸腔都变得沉闷了许多。

他苦笑着丢掉了烟蒂，这样的他看起来完全没有了平日那种温暖如阳的模样，反而像是忧郁的旅人，嘲笑着狼狈的自己。

城市的霓虹灯在十二点过后就完全关闭，平常五光十色的城市在这一刻，只剩下昏黄的光影。

不远处一盏路灯因为接触不好，一闪一闪，将熄不熄，这让他想到了邹夏静家楼道的灯光。六层楼的楼道里，只有一盏灯是好的，也不知道她是怎么习惯在黑暗中来去自如。

赵晨光觉得自己应该多为她做点儿什么，起码让她在回家的时候，不再总是面对黑漆漆的路。

夜色更浓，一场大雾自远方而来，密密地笼罩住了整座城市。对于很多人来说，短暂的黑暗总是流逝得很快，不过一场梦的时间而已。可对于宋熹微而言，一个精心筹谋了多年的黑暗计划，借着某个清冷的夜晚，正徐徐到来，企图把她带入一个永远没有光的世界里。

成年以后，宋熹微的生活一切照旧。除了，她必须参加宋氏集团每

个月召开一次的董事会议。

会议讨论的大都是企业近期的项目和收益,董事们都很上心,不断向宋翊铭提出各种问题。只有宋熹微这个门外汉,几乎是听天书一般,听着自家哥哥神采奕奕地汇报,无聊地在纸上画了一只又一只小鸭子。可这样也阻挡不了困意来袭,还不等会议开完,她就已经撑着手,借着头发的遮挡寻周公去了。

她偷睡的手段十分高明,读高中时面对写不完的作业弹不完的琴,她只好在上课时偷偷补觉。时间久了,偷睡的技能已炉火纯青。

可惜一切都瞒不过宋翊铭,他看在眼里,借着其他董事交流的空当,不动声色地拍下了照片。宋熹微坐得离他很近,他这个角度刚好能看见她的脸,以及,宋熹微嘴角小小一滴不明液体。

他握着拳头抵在嘴角,挡住笑意,想着等会儿要怎么好好逗她一下。

宋熹微是被椅子摩擦地板的声音吵醒的,她眯着眼看了看四周,董事们大多起身离席。她也佯装正经地起身,打算离开。

这时,一只手摁住了她的肩膀,顺便拿起了那张她画着好多鸭子的纸。

"要是大部分董事都像你这样,睡着开完整场会,那我该多轻松啊。"

宋熹微听出了哥哥话中调侃的意味,不好意思地吐吐舌头,摇着他的手臂说:"隔行如隔山,我就是有心,也实在是不知道你们在说什么呀,还不如趁机打个盹儿,这叫合理规划时间。"

早就知道宋熹微古灵精怪、邪理一套一套的,所以她这番应答,也在宋翊铭的意料之中,他忍住笑,板起脸说道:"你这话和我说,我当然理解。可是爸爸刚刚看着你全程瞌睡,可生气了。他让你去他办公室负荆请罪,你自求多福啊。"

一听这话，宋熹微就不淡定了。毕竟这是她成为董事参加的第一次会议，打瞌睡这事传出去确实不好听。想到父亲可能真的因此动怒，宋熹微咬咬唇，默默往董事长办公室走去。

刚走到门口，她就看见父亲的秘书 Linda 董抱着一个纸盒往秘书室外走。隔着百叶帘，她看得不大真切，心想 Linda 董毕竟当了父亲十来年的秘书，怎么说炒就炒了？

宋熹微好奇的当口，Linda 董已经走到了她面前。看着她微凸的小腹，宋熹微恍然大悟，原来是休产假。

"熹微小姐。"Linda 董带着惯有的公式化笑容问好。

宋熹微看着她的肚子，得体地祝贺道："恭喜啊 Linda。"

"谢谢。"似乎没想到宋熹微会观察到这些，Linda 董有些意外。

等 Linda 董走远，宋熹微才蹑手蹑脚地把耳朵贴在了门上，仔细听着门内的动静。以前她和宋翊铭调皮犯事儿，宋怀唐总是先把宋翊铭叫进去训一顿，然后才训她，她就趴在门上听宋怀唐怎么训，轮到她的时候，她总是能按照宋怀唐想要的态度主动认错。

她还没听清里面的声音，门就从里往外打开，她一头就撞在了开门的人身上。

身后传来宋翊铭的笑声，宋熹微抬头，出乎意料地发现被自己撞的人正好是赵晨光。

动静惊动了宋怀唐，他走到门前，笑问："你这丫头贴着门偷听什么？爸爸今天可不是在训你哥哥啊。"

宋熹微觉得有些尴尬，装傻道："啊？爸爸你说什么？偷听，我可没有，我明明是路过。"

看到宋怀唐还面带笑容,宋熹微就知道宋翊铭又把自己给耍了。始作俑者正在不远处抱着手臂笑得不亦乐乎,赵晨光则是一脸莫名的样子。

宋熹微拍着赵晨光的肩膀,转移话题道:"晨光今天怎么在这里?"

"晨光来和我谈一个项目,你呢?开完会没急着跑,怎么破天荒地跑到爸爸这里来了?"

知女莫若父,转移话题不成,宋熹微只好嘿嘿一笑,撒娇道:"等您带我去吃好吃的。"

既然自家女儿开口,自然是有求必应,宋怀唐带着三人去了一家私房菜馆。一路上,三个男人都在讨论工作,宋熹微百无聊赖又插不上话,只好抱着宋翊铭的手机玩起了贪吃蛇。

"我觉得,承包政府的福利工程,确实是一个不错的方案。不过你打算从哪里入手呢?"

等菜的间隙,宋怀唐继续向赵晨光发问。

"北区。"

"北区?北区好啊,那边住的大多是领着低保的低收入人群,从那边入手确实是最好的。老赵的儿子果然优秀,比我家这两个好多了。"边说着,宋怀唐的目光在儿女身上扫了一遍。

"哎哎,老宋,你这话不利于我和晨光的友情长存啊。"宋翊铭不满地插话。

此话一说,四人俱是一笑,一顿饭吃得格外愉快。

谈妥了项目,赵晨光松了一口气。这是他第一次独立做一个项目,虽然有私心,但想到同时可以为很多人的生活带去便利,他发自肺腑地感到开心。

车子路过柳川大学,赵晨光看到路边一男一女正在争执。定睛看去,那个女生竟然是邹夏静。邹夏静明显不想和那个男的过多纠缠,几次想走又被男的拽了回去。

赵晨光开着车转了一个弯,利落地停好。下了车,他才看清纠缠邹夏静的人。原来是在宋熹微生日会上有过一面之缘的李家二公子李畅。

李畅这个人在他们的圈子里,还是挺有名气的。仗着自家有点儿钱,换女朋友如换衣服,一直是圈子里的反面教材。

看到赵晨光出现,邹夏静急忙躲到了他的身后。似乎是知道有人保护,她的胆子也大了许多,不再一直避让,义正词严地说:"李公子,我是真的没有兴趣和你做朋友,你就高抬贵手,放过我吧。"

赵晨光皱起了眉头,敢情李畅是把主意打到了邹夏静身上,他当然不会袖手旁观。他不动声色地挡在了李畅面前,把邹夏静护在了身后。

李畅见眼前突然冒出来一个人,十分不爽,正要大骂却看清是赵晨光。他暗自掂量了一下,转而讽刺地问道:"赵公子这是要上演英雄救美的戏码?可我要是没记错的话,赵公子的美人不是宋家那位吗?"

赵晨光漆黑的眸子紧盯着李畅,冷冷说道:"李公子有闲心关心赵某,不如好好想想怎么回去和你父亲解释赵氏要撤资的事情。"

当下,李畅的面色就难看起来。平常他在外面胡来,老爷子都由着他,可要是扯上老爷子的宝贝公司,那他回去估计不死也要掉层皮。心知赵晨光打定主意要护着那个小妞,他也就不继续纠缠,对他来说,有钱找什么样的妞没有。

想是这么想,李畅上车前还是没忍住放了话:"邹夏静,别以为攀上赵公子就万事大吉。有宋家小姐在,你怎么看也就是个当三儿的命,

要是后悔了还可以回来找爷，爷在酒店等着你。"

李畅轻佻地吹了声口哨，轰着油门扬长而去。

邹夏静握着拳头气得浑身发抖，赵晨光轻轻拍了拍她的肩膀以示安慰，说："我送你回去吧。"

邹夏静站在原地不动，良久，她才说："又是送我回去。你能送一次两次三次，能送一辈子吗？如果你会和熹微在一起，就不要对我这么好。我怕我会忍不住，真的喜欢上你，成为别人嘴里的三儿！"

说完，邹夏静抱着包朝学校跑去。突如其来的告白让赵晨光愣在原地，等他缓过神想找邹夏静问个清楚，她早就没了影子。

完全没有意料到邹夏静会因此动心，从没想过"恋爱"这两个字的赵晨光又有了新的困扰。还没等他想到要怎么解决，他英雄救美的事情就已经添油加醋地传进了宋熹微的耳朵里。

当然不是李畅传的，他还没傻到一口气得罪宋赵两家。只是恰好那个时候有柳川大学的学生路过，看赵晨光帅气逼人，随手拍了照片发布在了校内论坛上，引发了柳川大学新一轮的话题讨论。

看到帖子，陶梦凡就炸了毛。邹夏静这不摆明了在挖熹微墙脚？不收拾真是天理不容。反倒是宋熹微，看完帖子心中虽有些异样，但还是很淡定地说什么"幸好晨光及时相救，不然夏静肯定不好脱身"之类的屁话。

陶梦凡很想问宋熹微到底有没有脑子，怎么一副被别人卖了还替她数钱的样子。

她哪里知道，情窦初开的宋熹微智商下线，傻傻地以为赵晨光护着邹夏静，是因为她是自己的好朋友。

真是皇帝不急急死太监，陶梦凡觉得再这么下去迟早会被宋熹微气出内伤，她摆了摆手，不想管了。

这次的帖子居然一连好几天都飘着大红标题，更有牛人扒了扒照片的女主角邹夏静，扒出了她是迎新晚会上替演的女生。

接着，大家讨论的风向就转到了她人美琴艺不错的话题上。渐渐地，邹夏静在柳川大学也有了不小的名气，追求者也多了起来。

每当有人告白，她都是用一句"我有男朋友了"来打发追求者，慢慢也就传出了照片上那个帅气逼人的翩翩少年，是邹夏静男朋友的流言。

流言也传到了宋熹微耳朵里，她知道这不属实，也就没多在意，把更多的心思放在了即将到来的期末考核上面。

"熹微！"隔着人群，邹夏静喊住要走向琴房的宋熹微。

邹夏静快步跑近，喘着粗气解释："对不起，我也不知道怎么会传成这样，那天只是晨光恰好路过，替我解了围。"

宋熹微听完没有多作停留，她笑着回了句"知道了"，然后匆匆往琴房走去。前段日子她写了些曲子找老师指点，今天接到老师的电话去取稿。老师等会儿要出差，她又不想多等那几天，趁着老师现在还在学校，她急着去找。

可其他人并不知道她另有隐情，邹夏静叫住她本来就引起了不少人的注意，与校内论坛的话题女王有关的事，当然有很多人关注。

毕竟是一褒一贬，在旁人看来宋熹微着急离去的样子就变成了摆架子。八卦都是炒出来的，话题演变到最后，已经变成"富家公子恋上甜美女神，私活女不甘被弃，摆谱装酷"。

宋熹微这才完全理解"人言可畏"这四个字的真实含义，不过她更

服气的是周围同学的脑洞，这么复杂的剧情，居然仅凭几张照片就可以编撰出来，不去写书甚是可惜。但她也已经做不到置身事外，接下来的日子里，不管她做什么，好像在别人眼里都是错的。

可她总不能拉着赵晨光来学校解释吧？最后，她还是忍了下来。嗯，忍，是一种极有内涵的修炼，她对自己如是说。

她能忍，可陶梦凡不行。看着自家好友天天成为别人嘴里的谈资，还是负面的，这绝不能忍。

于是，在一个夜黑风高的晚上，陶梦凡在论坛注册了一个小马甲，长篇大论歌颂了一通宋熹微金光闪闪的成长史，当夜就轰动了整个柳川大学。

恰好第二天是期末考核，宋熹微一从考室出来，就被同班女生团团围住。这阵势，不会是要来打她吧？宋熹微想。

不一会儿，为首的女生笑着开口："以前，大家有些误会你，对你做了些不好的事情。不过，这些你不会放在心上，对吧熹微？"

"没事，我……没放什么在心上。"

得到这句话，女生们齐齐舒了一口气，接着又把她一顿猛夸。她这才意识到有些不对劲儿，直觉告诉她一定又发生了什么事。

不等她去查，陶梦凡就主动前来请罪。

她承认帖子写完心里是很爽的，可后来想到宋熹微花了那么大力气瞒着的身份被她一时意气给曝光了，好像，并不是很好的样子。

得知事情的起承转合，宋熹微又好气又好笑。之前还纳闷怎么一天不见大家都转性了，原来是知道了她的身份怕她小心眼报复，先来示好。捧高踩低这个词，还真是实践中检验出来的道理。

"微,不气吧?"看宋熹微一言不发,陶梦凡心里有点儿发怵。

"气!怎么不气……"宋熹微故意拖长声音,"不过看在你解决了我饱受流言之苦的分上,原谅你。"

明知闺密是为她好,要是生气,只怕会伤了好友的心。

陶梦凡欢呼,摇着宋熹微叫道:"我就知道你不舍得生我气!宋熹微你个大傻子。"

宋熹微笑,不气反倒成了大傻子,早知道就故意吓吓大凡了。

她扒下黏在自己身上的陶梦凡,问道:"终于放寒假了!你打算干吗去呀?"

陶梦凡耸肩:"在家养膘。"

"无聊。前两天晨光家投资的高山度假村刚刚落成,请我们寒假去玩儿,你去不去?"宋熹微引诱道。

"我去我去!"陶梦凡积极回应。

"不养膘了?"

"养什么膘啊还得减,高山多危险啊,我得去保护你。"

两个人你一句我一句又斗起了嘴皮子,聊得正欢的时候,邹夏静的声音从一旁传来。

"熹微,梦凡。聊什么这么开心?"

宋熹微看向她,解释说:"我们在说寒假去玩儿的事情,一起吗?"

陶梦凡想拦着,却已经来不及了。

"好啊。"邹夏静眼中皆是得逞的笑意。

自入冬以来,柳川的气候就变得有些奇怪,有时暖如初夏,有时寒

风凛然。今年寒假格外长,前前后后加起来有近一个半月的时间,想到自己的上一个寒假只有短短七天,勉强和国庆假期长度相等,宋熹微不由得感慨,大学果然是一片乐土啊。

可乍一回到清闲的生活状态,宋熹微反倒觉得不大适应。在学校时,她的人际圈是惨淡了一些,但好歹生活还是很充实的。定点上课,定时练习,余下的空白时间要么回家撒撒娇,要么在图书馆勤学苦练,一学期下来只感觉每一天都过得很有意义。于是,假期中的宋熹微时常裹着毯子窝在沙发上哀号"无聊"。

对于她的这种行为,宋翊铭是非常鄙视的。什么叫身在福中不知福,这就是典型。一想到自己每天早出晚归,大会小会不断,还要忙着公司年末的一堆琐事,他就很崩溃,天知道他已经有多久没有体会过睡到自然醒的快乐了。想到这里,他默默向沙发上的"那一坨"丢去一个嫉妒的眼神,然后带着认命的悲苦心情,出了家门。

摁着遥控器,从一台换到最后一台,假期档的电视剧看得乏味,宋熹微索性关了电视,又踱步回自己房中。

她的房门后,系着一个玻璃风铃。门一开一合,风铃也随着气流发出清脆悦耳的声音。那是她小时候就有的,刚到宋家那会儿她几乎夜夜梦魇,每每要入睡前就死死地盯着房门,生怕哪一天睡着后婶婶又会拿着一根鸡毛掸子进来把她抽醒。

后来家里就在门后给她装了一个玻璃风铃,门一打开就会发出声音,这让她安心不少,总算可以入睡。

纤手拨了拨风铃,听着声音,宋熹微想到了一些打发时间的事情。

给赵晨光写信。

赵晨光还在澳洲时，几年时间里，两个人写的信加起来有四百多封，都被她妥善地收在特别定制的檀木匣子里。可自打赵晨光回来以后，两个人再无通信。她仔细算了算这半年间两个人相处聊天的时间，惊讶地发现还不如以前通信时候说得多。

宋熹微觉得这有点儿亏，虽然两人可以时时见面，但灵魂上的沟通，还是必不可少的。

拿出信纸，她端正地坐到了书桌前，开始构思。

很多话当着赵晨光的面，她是说不出来的。可是一提起笔，她只觉得事先准备的这几张纸，根本不够用。她有很多话想和他说，都是些琐碎的事情，比如想吐槽宋翊铭抢了她好不容易做出的几个花签，想告诉他自己写的曲子得到了老师的肯定，诸如此类。

她还想煽情地感慨一下他们这么多年来奇妙的相处模式，在信息发达的现代，他们居然可以保持多年通信不曾间断，怎么想都很有诗意。

可她最想写的一句话是：赵晨光，别把我当妹妹看好不好。她赌他一定会回：好啊，那把你当弟弟。他就是这样，平日里暖如春阳，一副儒雅文静的样子，但心里还藏着少年人的几分玩性。可惜她还是不敢写，她赌不起。

笔尖划过纸张，发出轻微的摩擦声，一笔一画都饱含她藏起的深情。呼吸时不时喷洒在纸张上，浅色的信纸上浮着朵朵桃花。"情书"二字闪现在宋熹微的脑海里，脸登时发起烫来。她狠拍了几下红嫩的脸，试图甩掉这些自作多情的想法。

信写完后，她填上地址，粘好邮票，顶着冷风投进大门外的邮箱，顺便在家门口活动活动自己的筋骨。无意中，她看到远处的一个身影像

极了邹夏静,她下意识就要喊她,然后顾自摇头傻笑,隔着小半座城市,怎么可能这么巧。

刚走回室内,喻华珊就端着盅汤朝她走来:"妈妈新学了一种汤,你尝尝好不好喝。"

宋熹微瞅了瞅那盅长得有些奇怪的汤,在母亲满脸的期待之下,硬着头皮喝得一干二净。她觉得父亲对母亲一定是真爱,这味道别具一格的爱心汤,每次也就只有父亲最捧场。放下碗,宋熹微违心地竖起大拇指,夸道:"味道不错。"

得到这个答案,喻华珊十分开心,当即表示要带宋熹微出去逛街买买买。宋熹微默然,她们家的女人,果然都被宠得很随性。

喻华珊没把她往高档商场带,而是带她去了庙会。举目四望,人来人往,一派热闹的模样,宋熹微扶了扶额,她最怕嘈杂的环境。

但自家母亲显然喜欢,喻华珊拉着她的手左瞧右看,平日里的得体大方通通变成了现下的孩子模样。宋熹微偷偷摸出手机,把母亲这少见的样子拍了下来,发送给正在公司严肃开会的父亲。

会议室里,坐在上首的宋怀唐打开手机,看见妻子的样子,不由得露出了笑容。他们初见时,喻华珊也是这样,只看一眼,那模样就印在他脑海里挥之不去。

他不禁又看了一眼照片,认出了拍照的地点,原本的笑意霎时消失不见,取而代之的是紧皱的眉头和不可言说的严肃。其他参会人员看到董事长此时的表情,立马打起了十二分精神,生怕一不小心就成了炮灰。

庙会热闹非凡,各类小摊沿着古街两边绵延,多得看不到尾。起初还很排斥这种喧闹环境的宋熹微,在十分钟后完全沉溺在了庙会的各色小吃中无法自拔。

宋熹微举着一大串薯塔边走边啃，难得这次喻华珊没有拦着她，反倒是和她一起吃起了街边摊。这很违背她们家一贯严格的家教，宋熹微仔细观察了一番，发现母亲似乎对这个庙会有很独特的情感。

"以前我小时候，就经常偷偷跑来这个庙会。那时候古街两边的建筑和现在完全不一样，这都是后来建的仿古建筑，怎么看都少了一点儿原来的味道。"

茶舍二楼的窗前，喻华珊指着窗外向宋熹微讲解古街的历史。这是柳川最古老的的街道，至今还保留着青石板路。坊巷之中藏着许多以前的房屋建筑，后来逐渐被保护起来，古街自然而然成为柳川的一个文化景点。

古街庙会据说自古就有，现在已经慢慢演变成柳川的传统节日。庙会通常在年末举行，一连三天。其中有一天正好撞着柳川的"拗九节"，当天就会有很多担着甜粥和打糕担子的货郎沿街叫卖。

配着回味清香的茉莉花茶和糕点，宋熹微听这些传统习俗听得津津有味。这些都是她平常接触不到的，在柳川生活十多年，这还是第一次来古街逛庙会。早知道有这么多美食，她定年年不落。

这样想着，眼前的糕点被宋熹微吃得七七八八。她吃得很撑，想再走动走动。她正要征询母亲的意见，却发现母亲倚着窗台，透过古香古色的木窗，痴痴地看着窗外。

沿着母亲的视线看去，对面的小铺子有几个妙龄少女在买画着青花的油纸伞，店铺老板是个年轻人，穿着长袍戴着眼镜，看起来很像民国的儒雅书生。两边像是在议价，并没有什么特别的地方。倒是她看到年

轻老板的一身打扮,开始脑补要是赵晨光这么穿,会是什么景象。

现代阳光青年变身民国儒雅书生?想到这儿,她笑出声来,又马上想到母亲在身边,她急忙绷住笑意。

这时,喻华珊突然站起身,全身都在颤抖,还不等宋熹微反应过来,她就已经跑下了楼。

宋熹微紧跟着母亲跑到了街上,看着母亲在人群中举目四望,好像在找寻什么,这么反常的行为,令宋熹微不知所措起来,只能紧紧跟随。

找累了的喻华珊无力地靠在了街边的老树上。穿着高跟鞋跑步,她的脚后跟已经磨破了皮,渗出了血丝。

她的嘴角带着几抹苍凉的苦笑,浑身散发出的悲伤好像要吞噬整条街的喧嚣。

时间就这样静静地流逝,终于,喻华珊想起了自己身边的女儿,她倚着宋熹微站直身体,温柔的手抚上了她的头发,把她有些凌乱的发尾一一捋顺。

她慢慢开口:"妈妈是不是吓着你了?"

宋熹微反握住母亲的双手,母亲双手冰凉,手心却渗着一层薄汗。她假装无事,问:"妈妈刚刚看到什么了,跑得这么急?"

"以为看到了以前认识的一个朋友,很多年没见过了……"

喻华珊的语气藏着宋熹微解读不了的情绪,似叹息,似悲愁,听在心里,莫名让人有些难过。

喻华珊这些反常的表现,宋熹微没和任何人提起过。其实也无须提起,回家后的喻华珊又变回了平常得体大方的富家太太,那天的一切好像只是宋熹微无聊臆想出来的一样。

家中年味浓了起来，离过年还有十天，宋熹微也开始为一早约好的出行做起准备。

行政助理把熟悉的信封送到赵晨光面前时，他正处理完堆积在手头的工作。这段日子他一直很忙，总找得到事情做。其实，他本不需要这么忙碌，处理的都是一些根本不用他出面的小事，可他就是想让自己忙起来。因为只要一闲下来，邹夏静的告白就在他的脑子里转来转去，始终找不到一个出口。

他拆开信封，满满五页纸，说的都是宋熹微近日的琐碎。他的眉头舒展了些，不经意间还流露出浅浅的笑意。

他一直觉得，抛开那些尘封在内心深处的情感，别人看见的宋熹微是一个不缺快乐的女孩子，就算生活乏味，她也能创造乐趣，这种对生活积极的态度，他很是羡慕。

读完信后，他开始提笔回信，好一段时间过去，他仍迟迟没有落笔。回想起来，这段日子他的生活实在无趣至极。

很久之后，如自问一般，他下意识在信纸上写道：什么是爱情？

说来惭愧，他这二十二年的人生里，唯一有很深接触的异性，只有宋熹微一个。用宋翊铭的话说，要不是和他做了多年朋友，完全会以为他对异性没有兴趣。

可这就是真实的他，上课、打球、玩游戏，和其他男生无差别地成长，唯一不同的就是，他从来都不知道什么是爱情，更不曾考虑过与"女朋友"这三个字有关的一切。他是学习中的学霸，感情里的榆木疙瘩。

或许他已经到了谈恋爱的年纪？

想不出答案,他拨通了澳洲好友迪森的电话,企图从这个感情经历丰富的朋友那里找到答案。

"What?!一个女生和你告白就让你对爱情心生想法?我以为你回中国是打算出家的。赵,你喜欢?"

"说不上喜欢,不过,她就是我有所亏欠的人。"

"你们中国人报答的方式都是以身相许?我爱死这种方式了,我应该去中国专门解救美女的!"

电话里迪森仍旧不正经,赵晨光摇摇头,觉得自己可能问错了人。

正想结束通话,迪森的声音又从那边传来:"赵,我很认真地给你一个建议。我想你可能需要再好好考虑一下,如果一个人已经重要到可以随时牵动你的情绪了,那或许才是真的喜欢。"

牵动情绪?他拿起杯子喝了一口咖啡,开始细细理解这四个字。

还没等他得出结论,冬日出游的日子已经悄然到来。

为了这次出游,宋熹微做足了准备。她特意学做了很多符合赵晨光口味的点心,想着到时候带给他。以前在小说上看到为心爱的人洗手做羹汤是很甜蜜的事情,果然不假。

"泡温泉……看云海……"

她一边碎碎念,一边在行程表上记下一项又一项。这些都是她的私心,爱情小说中,男女主角都是在这种浪漫的氛围下互诉衷肠的,她虽暗恋得憋屈,连句"我喜欢你"都不敢说,可这并不妨碍她刻意创造一些容易衍生爱情的环境。

临出行前一天,陶梦凡在宋熹微家和她一起收拾行李。

"你说你,难得和你家晨光哥哥出去玩儿,为什么要叫上邹夏静……"陶梦凡欲言又止。

宋熹微挽起袖子,随手把东西丢进行李箱:"不叫上她,你不就落单了?"

"我?我可不乐意。你要长点儿心,你不觉得晨光和邹夏静熟得过了些吗?"斟酌再三,她还是没忍住出言提醒。

熟得过了?宋熹微小小地思考了一下这几个字,随即很心大地笑道:"你多虑了啦,晨光那次应该是恰好看到,你也知道,他对这些事是不会袖手旁观的。"

陶梦凡轻轻叹了口气,她已经不知道怎么再去提醒熹微了,邹夏静究竟有什么魔力,让熹微对她毫不设防。在自己看来,邹夏静明显不是一个单纯的人。

有的话不能说得太直接,尤其是自己也不能完全确定的时候,对好友更应谨慎。

"阿微,你这是打算搬家哪?"陶梦凡看着宋熹微不停忙碌的样子,最终还是转移了话题。

宋熹微撩了撩垂落在眼前的头发,道:"我没带什么的,就是山上冷,多带了些棉衣和毯子。还有药啊,零食啊。"

宋熹微数了数,真的不多,怎么就装了三个箱子?她无奈地朝陶梦凡摆摆手,意思是,你看真的不是东西多,都是箱子太小了。后者比她更加无奈:你美,你说的都对。

这是第一次和赵晨光出游,宋熹微当然要好好准备一番。想到接下来这三天可以天天看到他,她就满心雀跃。仔细检查了一遍又一遍那些

认真搭配好的衣服，然后她就把自己关进了琴房对着大镜子练习表情。

姿态应优雅，笑容当温暖，眼睛要有神又不能让赵晨光洞悉自己的感情。到最后，她揉揉有些僵硬的脸颊，对着镜子里的自己苦笑。怎么都觉得不完美，她可能天生不适合走这种路数。

其实陶梦凡方才的提醒，她早就考虑过了。她也确实看得出来，相比陶梦凡，赵晨光对邹夏静的确更为照顾。可是，她爱的这个少年，就是这么温暖的存在啊。

"只是因为，恰好每次夏静都很狼狈，晨光那么好，怎么可能会袖手旁观，对吧？"

她朝镜子里的自己笑着发问，连她都没发觉，这句话听起来不像自我安慰，更像是对自己撒下的谎言。

高山小分队相约第二天一大早在宋家集合。

柳苏和陶梦凡前一天就住在宋家，第二天赵晨光载着邹夏静如约而至。他穿了一身休闲装，外套一件羽绒马甲，平日在公司梳得工整的头发今天随意松散着，整个人看起来更像是舒服又阳光的邻家少年，举手投足间都洋溢着青春的气息。

他一下车，就和宋翊铭来了个友情的击掌。宋熹微朝他眨眨眼睛，做好被他像往常那样拍拍头顶的准备，谁知他只是朝自己微笑点头，连走近一些都不曾。她心"咯噔"一下，说不清的感觉涌了上来。

邹夏静走下车的时候，就在仔细观察着宋熹微的表情。她没想过赵晨光会接她过来，这个对自己频频示好的男孩儿，完全在她的意料之外。可自从她发现宋熹微对赵晨光的那点儿小心思以后，她觉得，老天都在帮她。

她当然不愿意去什么度假村，于她而言，和宋熹微同在一片天空下呼吸，都是很恶心的事情。但她习惯忍耐，这是她从小培养出来的能力，在学校同学笑话她没有父亲时，在母亲把不同的男人一次次领回家里时。她是不幸的，所以宋熹微也应当不幸，这才公平。

六个人，两辆车。瞅着自家妹妹已经朝赵晨光的车看了好几眼，秉着君子有成人之美的美德，宋翊铭正打算开口把宋熹微送上赵晨光的车，哪想话没出口，邹夏静已经背着包坐上了副驾驶座。

宋翊铭眯了眯眼，看向自家妹妹，问道："坐哪儿？"

看见眼前这场景，宋熹微就算是想坐晨光的车，也打住了心思。按照她原本的设想，陶梦凡带着邹夏静坐哥哥的车，自己和赵晨光单独坐一辆车。现在，她既不愿意中间插着一个夏静，说话都不能说痛快，也觉得自家哥哥的车没坐满她就跑去赵晨光车上用意太过明显，索性拉着陶梦凡坐上宋翊铭的车。

柳苏和宋翊铭对视一眼，也默默上了车。

两辆车一前一后，起初宋熹微还有心看看窗外的风景，后来直接闭目休息。冬天到处都是枯黄衰败的感觉，实在没有什么美感。车上其他人都知道，不是景不美，只是看的人根本没有心思。

宋熹微的心思都在另一辆车上。

宋熹微承认，她有些失落，甚至有些埋怨邹夏静。但她觉得自己这番心理活动完全没有道理。身边人都觉得赵晨光和她天造地设，但是落花有意流水无情，这是其一；其二，她觉得自己实在小肚鸡肠，夏静要的她都该给，只是坐上赵晨光的车，自己怎么能生她的气。

感情容易让人失去理智,她想,当理智一些才是。

一进入度假村的大门,宋熹微就觉得自己恍然走出了寒冬。度假村建在高山上,按理气温当比山下低,可是山上温泉资源丰富,反倒比山脚更暖和。

顾虑到柳苏和陶梦凡更为亲近,她们被安排在了一间房,宋熹微和邹夏静住一间房。

一进房间,宋熹微就把自己砸在床上。在车上她睡着了,可别扭的睡姿让她觉得醒来浑身都不得劲儿。

与她相反,邹夏静进到房间就开始收拾行李,不但收拾好了自己的,还把宋熹微的东西也好好归整了一遍。

也不知睡了多久,邹夏静的声音从耳边传来:"熹微,起来了。晨光说要吃午饭了。"

迷糊中,宋熹微起了身,看到邹夏静把一切整理得井井有条,她不好意思地挠挠头,快速梳洗一番就和她往餐厅跑去。

这本是她期待许久的出行,可是真正大家都聚齐了,她又觉得,这气氛,有些说不上来的奇怪。

"嘿!翊铭!"不远处走来一行人,为首的是陈俊,他高声叫着宋翊铭的名字,轻松吸引了一桌人的注意力。

"我们刚到度假村就听说你们也在,这是组队度假呢?宋家妹妹,一段时间不见又好看了。"

这是陈俊惯有的说话方式,虽接触不多,但宋熹微早已习惯,毫不拘泥地回了一个灿烂的笑容。

李畅也在其中,见到他,赵晨光下意识看向邹夏静,不出意外地发现邹夏静的表情有些僵硬。

李畅看到赵晨光,他满是挑衅地勾了勾嘴角。和赵家的项目已经到了收尾阶段,资金早就到位,他没必要再顾忌赵晨光。大丈夫能屈能伸,他历来都是这么实践的。

就这样,六人行,变成了多人行。原本奇怪的气氛因为陈俊一行人的到来冲淡许多,唯一不和谐的因素只有李畅,不过这都是针对邹夏静和赵晨光而言。

下午众人决定去马场,高山有一大块草甸,被圈出来养了许多良驹。在他们这个圈子里,马术是从小的必修课,不仅可以训练仪态,也助于提升气质。

很久没有骑马的宋熹微一上马背,就扬鞭奔腾。一头长发随风散去,说不出的率性。怕她跑得太快,宋翊铭赶忙追上去,其他人也不甘示弱,有节奏的马蹄声在马场里回荡。

全场唯一不会骑马的就是邹夏静,从她小时候开始,李梅媛就尽量按照富家小姐来培养她,弹琴、舞蹈、绘画、礼仪。连她自己也觉得,她的骨子里已经带着名媛血统了,可练习骑术的成本太高,她并未接触过,和宋熹微一比,高下立现,这令她很不甘心。

殊不知,她的表情尽数落在了李畅眼里。他一直落在后面,等的就是这个机会。

得不到的都极具诱惑,他现在又对邹夏静产生了极大的兴趣。

李畅离邹夏静很近,声音透着一股邪气:"上次让你考虑的事情,考虑得怎么样了?"

邹夏静转身欲走,但很快被李畅拦住。

"看来,你真的打算要抢宋家妹妹的人?当个三儿?"

李畅一字一句,落在邹夏静耳中十分刺耳。

"关你屁事。"她冷冷地回道。

"有意思。我以为像你这种出身的人,最该有的就是自知之明,没想到你居然这么不自量力。"

邹夏静握紧拳头,冷笑着看向李畅:"我这种出身的人,得不到的抢都会抢到手,你不正是看中了这点吗?"

李畅拍手大笑:"有意思。不扮柔弱兔子,终于露出爪子了。你不怕,我立刻拆穿你?"

"你会吗?"邹夏静讽刺地笑道。

"嘘……"李畅把手指抵在自己嘴边,"太聪明可不好。还有,别忘了我们说好的事情。"

"喵,李公子这算请求,还是命令?"

这语气让李畅很不爽,他死死掐着邹夏静的脸,强迫她看向自己,冷冷开口:"是你自己找上我的,爷既能给你搭桥,也可以让你掉进河里。"

挣脱不开,邹夏静反倒冷静下来,她睨着李畅,一字一句地说:"如果李公子现在这样被别人看到,是不是就叫竹篮打水一场空了?"

狠狠放开邹夏静,李畅顾自走开。揉着自己被掐红的脸,邹夏静望着远处的天际,冷笑。她发誓,这所有因宋熹微所受的委屈,她一定加倍奉还。

骑马是一件很痛快的事情,同时也很耗费精力。在马场痛痛快快地策马扬鞭之后,宋熹微已精疲力竭。

宋翊铭一行还打算进行下一个议程，宋熹微摆摆手，示意自己决定先回去休息。赵晨光有些不放心，想跟上去，但还是忍住了，他已经决定要克制自己，没必要做出这些令人误会的举动。

宋熹微是被低低的啜泣声吵醒的，她看了看窗外，正是暮色四合的时候，房中有些暗，隐隐地见角落里有人影。

"夏静？"她不确定地开口，然后打开了灯。

灯一开，邹夏静的眼泪无处遁形，似乎是没忍住，她抱着宋熹微哭得更加厉害。

轻拍着邹夏静的背，宋熹微问："怎么了？"

"熹微，妈妈说她失业了，供不起我读柳川大学了，怎么办？我那么努力考上的学校……"

李梅媛？宋熹微陷入短暂的沉默。和夏静相处的时间久了，心中想的只有怎么补偿这个唯一的血亲，她差一点儿忘记了，夏静的母亲是李梅媛。

失业而已，在偌大的宋氏找一个岗位不是难事，可是为李梅媛找一份工作，应该吗？

"熹微，对不起。我不应该哭的，我只是太想读大学了。对不起对不起，你就当什么都没听见。"邹夏静一说话，眼泪就不停地涌出来。

好吧，应该的。宋熹微这么对自己说。她不能眼看着邹夏静读不了书，更不可能拿着钱送到李梅媛手上。

宋熹微其实不恨李梅媛，给她一份工作，让夏静起码不用为生活苦恼，天上的叔叔应该会放心很多，她的罪恶也能少些。

宋熹微拨通了父亲的电话，第一次开口向家里索求，她不大适应，屏着呼吸，一句话说得小心翼翼，尽管她知道，不论她要什么，父亲都会允她。果真，电话那头的宋怀唐完全没有思考，当即应下，让李梅媛找时间去公司办理入职手续。

电话打完，宋熹微朝邹夏静一笑，邹夏静开心地给了她一个拥抱，嘴上不停地道谢。

宋熹微不知道的是，拥抱着她的邹夏静，嘴角流露出多么诡异的笑意。邹夏静看着窗外已经全黑的天空，心道：宋熹微，天黑了，魔法要消失了，该从云端坠落了。

出游的第二天，行程已经不能按计划进行，因为邹夏静丢了。

一行人本计划下午去露营地野炊，分工明确，可汤在锅里沸腾了三遍，众人还是没等到她回来。

"夏静之前只是说四处走走，怎么还不回来？不会遇到什么事情了吧？"宋熹微看着天空的云越聚越多，担心地说道。

"去找吧。分工一下，两个人一组。晨光，你带熹微她们在这边等。"宋翊铭做出安排。

"我和你们一起去。"

赵晨光的表情少见的严肃，口气不容置疑。宋熹微看着这样的赵晨光，心没来由地一慌，他很紧张夏静？

他们之间不会真的像梦凡说的那样吧？不，不会的。虽这样想着，她还是有些说不清道不明的心慌，一心只想着先赵晨光一步找到夏静，她朝众人开口："我也去，苏苏姐和大凡留着。别再讨论了，找人要紧。"

语毕，不等众人反对，她就往山林里走去，宋翊铭不放心，忙跟在后面。赵晨光一言不发，看着宋熹微的背影，从另一条路开始寻找。

新开发的度假村，尚未完全对外开放，临近年末，更是少有游客。山林中安静得有些可怕，宋熹微走在宋翊铭前面，一言不发。

宋翊铭知道妹妹此时心情低落，连他都看出来赵晨光紧张那个女孩儿，更别说时时把目光放在赵晨光身上的宋熹微了。不知道要怎么开口安慰，他只好陪她一起沉默。

脚步踩在枯黄的枝叶上，不时发出咯吱声响。灰色的云密密地布满天空，压得人喘不过气。

邹夏静并未跑远，找到她时，她正坐在一处小溪流边，摁着扭伤的脚腕，神情痛苦。

众人长舒一口气，看着邹夏静是女生又受了伤，原先有的少许怨气也都吞回了肚子里。陈俊带人正要上前扶起邹夏静，赵晨光已经抢先一步，把人背起。

这一举动让周围的人都安静了下来，这是什么剧情？大家你看看我，我看看你，两两无话。

晚一些到达溪边的宋熹微和宋翊铭，正好看到这一幕。在宋熹微那个角度看来，赵晨光表情柔和，一副松了一口气的样子，而邹夏静的脑袋乖巧地靠在他的背上，眼中是感动是深情，是自己最最熟悉的爱慕。

赵晨光的背，应是宽阔而温暖的吧，邹夏静那满足而幸福的表情，比漫天霞光还要夺目。

"难怪上次我想追夏静，晨光不惜用撤资威胁我放弃，原来和宋家妹妹的绯闻只是幌子，真爱是那个名不见经传的灰姑娘。"

李畅拍着身边的哥们儿,一脸恍然大悟的神情,似乎丝毫不知道宋熹微就在附近。他那状似无意的声音从林子的缝隙钻进宋熹微的耳中,明明是平和的话语,却一下一下砸得耳膜发疼。

赵晨光对自己的好,是无时无刻的体贴,各种场合的陪伴,是哥哥对妹妹的保护。赵晨光对邹夏静的好,却是每次危难时的伸手,狼狈时的照顾,时时地担忧,这才是爱情该有的样子,它不是你光鲜亮丽时的锦上添花,而是你受苦受难时的不离不弃。

原来是这样。

看在自己的分上连自己的好友都周全照顾。

这种自欺欺人的结果,还真是,让人难以接受啊。

陶梦凡说的是对的,赵晨光从此再不能是她的良人,他被拐走了。

一语成谶。

她连喜欢都还不曾说出口,就彻底丧失了说喜欢的资格。

"小微,别想太多,可能不是你想的那样。"宋翊铭扶住她的肩膀,安慰着她。

眼神和表情是不会说谎的,赵晨光在乎邹夏静,邹夏静喜欢赵晨光,她都看得出来。

她努力保持着脸上的浅笑,说:"哥,我想回家。昨天骑马有点儿累,想休息。"

"好,叫上苏苏,我送你回去。"

"不,我回去,你们留下。"她说。

她一再坚持,宋翊铭只好依她。

失恋这种事情,只有自己慢慢消化,他的成全,就是给她一个远离是非的环境。

返回营地,众人看到只身回来的宋翊铭,纷纷追问宋熹微去了哪里。

"熹微的钢琴启蒙老师突然回国,家里叫她回去了。"

宋翊铭朝众人微笑解释,笑容下藏满了对妹妹的心疼。

众所周知,宋熹微钢琴弹得很好,恩师回国的确比野营重要得多,这个理由很有说服力。可柳苏和陶梦凡知道,宋熹微根本就没有什么启蒙老师。宋熹微突然离开的原因,她们在看到赵晨光背邹夏静回来时,就已经猜到了。

陶梦凡大脑嗡嗡作响,很想冲上去问问邹夏静,究竟几个意思。

她最终忍住了,因为她深知,这么做的后果只会让宋熹微陷入更加狼狈的境地。

不过这些,坐在回家车上的宋熹微都无从得知,她也不想知道。看到赵晨光背着邹夏静的时候,她就手足无措了。她从来没有想过,会有那么一天,赵晨光喜欢上了别的女生,她更没想过赵晨光会喜欢上邹夏静。

她以为默默喜欢着赵晨光,总有一天他会自己发现她的情感,如果那个时候他也喜欢她,那就是属于他们的对的时间。

而现在,她想,她等不到了。

赵晨光是值得托付的男生,夏静一定会很幸福,她所做的一切补偿和迁就,不都是为了让夏静幸福吗?可是为什么,她的心会疼呢?

她这样想着,把悄悄滴下的眼泪都藏进了乌黑的秀发中。


似乎没想到出游的宋熹微会提前回来,吴奶奶很意外。看见她满身疲惫的样子,吴奶奶便不再多问,送上驱寒的热汤,放好浴缸的热水,

悄悄走下了楼。

"真没出息。"

宋熹微骂着镜子里那个泪流满面的女孩儿。和宋翊铭调皮从树上摔下来的时候，她没哭；偷偷喝酒被宋怀唐罚站的时候，她没哭；打针也不哭，吃药也不哭。只是喜欢的人喜欢上了别人，怎么就哭了呢？

她应该微笑祝福才对，那不是别人，是晨光和夏静啊。一个是她爱的男孩儿，一个是她爱的女孩儿。

这样很好，她不该难过。可眼泪就是止不住，她索性整个人没入水中。水里看不见眼泪，好像这样就能藏起难过。

直到手脚泡得发白起皱，宋熹微才离开浴室。走到书桌前，上面安静地躺着一封信笺。

正是赵晨光随笔写下，不打算寄出，却被助理好心寄出的那封。

信的内容很短，只有寥寥几字：什么是爱情？

什么是爱情？答案他一定已经知道了。宋熹微苦笑，把信仔仔细细地放进木匣子里，上了锁。

她走到阳台，伸手折下离自己最近的一根梧桐树枝，插进水晶瓶中，过了一会儿，又意识到这个举动很可笑，她把树枝扔进垃圾桶里。她不是灰姑娘，也没有父亲带回来的树枝。父母早就把她宠成了公主，只是她没那么幸运，得不到王子的倾慕。王子爱的是灰姑娘，不是假公主。

宋熹微打开手机，唯一的一条通话记录，是属于赵晨光的。她细细数了数，她给赵晨光打过108通电话，他给她打了17通。自成人礼过后，晨光就很少联系她，也少到家里来。

不是毫无征兆，他似乎早就把自己划在了界限之外，刻意回避。

这样做是为了不让心爱的女孩儿误会吗？所以杜绝一切容易产生误会的行为。

来电铃声在静谧的房中响起，"晨光"二字在屏幕上欢快地闪烁。那一刻，宋熹微的心里闪过了无数个希望，赵晨光还是关心她的？特地来电问候？他和夏静是不是如哥哥所说，是她想多了！

忐忑地接通电话，她小声地"喂"了一下。

电话那头好一会儿才传来声音，声音不大真切，不过能听出是邹夏静的，她撒娇说："晨光，给我递个水呗。"

赵晨光的声音也传了过来，依旧是那么温柔，他说："水有些烫，慢点儿喝。"

看来是误拨，宋熹微握着电话的手有些僵硬，她不想再听，利落地掐断了电话。

这样也挺好的，不需要再抱着那些希望安慰自己了，要尽快摆脱这些情绪，然后笑着祝福。她对自己如是说。

窗外突然下起雨来，雨飘进没关紧的推拉门中，溅湿了窗帘。

在大雨的掩护下，宋熹微终于哭出了声。

比起喜欢的人不喜欢自己，更痛苦的，是连喜欢的资格都没有。她没有埋怨的权利，不能生气，亦无权责怪。比起他们的情投意合顺理成章，她的感情，只不过是一个小女生异想天开的奢望。

她的心里不能再住着赵晨光了，可他已经在心里住了那么久，好像早就变成了心脏的一部分，他走了，心也不全了。

深爱却不能去爱，是失心之痛。

## 第五章
## 没有开灯的夜晚
·Yuan Nuan Yi Ren Xin·

　　从这天开始,宋家上下都发现,宋熹微变了很多。不再一天到晚嘻嘻哈哈,沉静得好似天生就是一派端庄且不苟言笑的模样,更令周围人诧异的是,往常根本闲不下来的她,居然可以对着窗户发一个下午的呆。

　　女儿转了性子,宋家父母自然察觉到不对劲,旁敲侧击地从宋翊铭那边打探情况。面对父母的询问,他找了个周全的借口搪塞过去,可看着宋熹微一天比一天沉默,他却什么都做不了,这种感觉像暴风雨前的天空,压抑得让人喘不过气来。

　　离除夕还有两天的时候,宋怀唐和宋翊铭都停下了工作,全天在家休息。这是宋家不成文的规定,每年过年前都要放下工作,把时间留给家人。

　　餐桌上都是宋熹微爱吃的菜,可她只夹眼前的那一碗,好似真的有想不完的事情,连吃饭都变得那么机械。饭桌寂静一片,咀嚼声都听得分外清晰。这么多年来,宋怀唐鲜少像今天这样,觉得家里饭桌上的气氛沉闷吓人。

"小微啊,上次你那个同学的妈妈来公司了,Linda不是休产假吗,正好让她顶助理的位置,先做一段时间。"宋怀唐率先打破沉默,试图调和一下饭桌上的氛围。

"直接接触高管层的董事长助理?谁的妈妈啊?靠谱吗?"埋头吃饭的宋翊铭听到这句话,看着父亲问道。

宋怀唐笑呵呵地给宋熹微夹了一块排骨,说:"你妹妹介绍的,怎么会不靠谱。"

一直不说话的宋熹微被一块排骨拉回思绪,她看着家人轻轻开口:"谢谢爸爸。"

她勉强挂了个笑容在脸上,实在是不能发自肺腑地开心起来。她觉得,她可能只能做到这样了,她会祝福邹夏静,给李梅媛一个稳定的工作。可如果要像以前那样,掏心掏肺地对待邹夏静,她觉得她应该做不到了。她是个俗人,做不到心无芥蒂。

吃过饭,她走进琴房。她已经好一段时间没有练琴了,明显感觉得到指法的生疏。她是有天赋没错,但是如果没有这么多年来坚持不懈的练习,她可能连一首《小星星》都弹不好。

世事皆是如此,没有什么生来注定,不过是努力换来的求仁得仁。这么浅显的道理,她早该顿悟。

高音键突然响起,宋熹微转过头去,哥哥就站在自己身边。

"来一曲?"宋翊铭问。

她笑了,轻声说:"好啊。"

宋翊铭一贯对音乐没有天分,唯一勉强可以上手的钢琴,也都是为

了陪妹妹练琴特意学了些皮毛。

宋熹微还很小的时候，经常一个人坐在空荡荡的琴房里，怕她练琴孤单，宋翊铭就经常坐在边上陪着。到后来，兄妹俩经常一起四手联弹，起初宋翊铭老是拖后腿，但时间久了，也练出了默契。

悠扬的钢琴声回荡在琴房内，瞅准时机，宋翊铭小心翼翼地提起了那个话题。

"除夕晚上，约晨光出来放烟花吧，如果你有想问的，在旧的一年都问清楚。不管甘不甘心，得到答案就不要再去纠结，开始新的一年。"

说这话时，他看着宋熹微，手下弹错了好几个音符。

宋熹微停下手，下意识摸到了脖子上的麋鹿，企图让乱作一团的心镇静下来。哥哥肯定看出来了，在这段时间里，她画地为牢，把自己困在各种各样的猜测里，却一直逃避，所以哥哥才鼓励她面对。

她耸耸肩，笑得牵强："哥哥，我是不是很好笑？傻乎乎地喜欢着一个不喜欢我的人，还把自己弄得这么狼狈。"

"傻丫头。"宋翊铭给了宋熹微一个温暖的拥抱，"喜欢一个人没有错，但是不要因为喜欢别人，就迷失了原本的自己。"

"嗯！"

宋熹微的声音带了点儿哭腔，宋翊铭拍拍她的背。他想，她一定很快就会放下的。以前那么难的事情，宋熹微都做到过。可是他忘记了，爱是执念，最难割舍。

除夕夜，宋家整个庭院都挂起了大红灯笼。喻华珊喜欢热闹，每年过年宋怀唐都会吩咐用人把家里布置得分外喜庆。

年夜饭过后，天空居然扑簌簌下起雪来，大朵大朵的雪花在彩色灯光的照映下就像是水果口味的棉花糖。

宋熹微坐在窗前对着玻璃哈气,随手画出各种各样的图案。壁炉前面,宋翊铭已经泡好热茶,摆上了果子。

"小微,别一直靠着玻璃,冷。"喻华珊招呼宋熹微往壁炉前坐。

她小时候在雪地里受冻,免疫力一直不好,一到冬天就特别容易感冒,每年一入冬喻华珊都十分紧张她的身体,生怕她因为贪凉生病。

果盘中摆了许多糕点,都是下午柳苏一个人做出来的。她和宋翊铭在一起后,每年除夕都会被宋怀唐叫到家里吃年夜饭,她也一定会在除夕下午精心烘焙好糕点,为晚上的守岁添些点心。其实家里从来不缺这些,但是她还是每年都做,宋家给她太多,她能还的太少。

宋怀唐浅喝了一口杯子里的大麦茶,朝着儿女感叹:"这一年一年过得很快,转眼你们大了,我和你们妈妈也都老了。岁月不饶人啊。"

宋翊铭挑挑眉,一脸促狭道:"老宋,我们在你们眼里可都还是孩子啊,压岁钱还是不能少的。"

话一出口,喻华珊就被儿子逗笑了,倒是宋怀唐佯装严肃地骂道:"臭小子。"

一旁的柳苏全程带着笑看一家子逗趣,她很喜欢宋家,不论什么时候,这个家都散发着她求而不得的浓郁亲情,轻而易举就能温暖她孤冷的心。

围炉赏雪一直都是一件风雅的事情,窗外的夜幕里雪依旧在下,已经积了许多。壁炉前一家人喝着热茶侃天侃地,怎么看都是温馨的一幕。

每年都这样,唯一不同的是今年,原本应该闹得最欢的丫头很沉默。她无暇欢闹,交握的手中已经起了一片薄汗。一会儿见到赵晨光,她要怎么做?如何开口询问,又怎么才藏得住情绪?

直到大红包递到眼前，发呆的宋熹微这才回过神来。她朝父母笑笑，乖巧地收下红包。似乎意识到自己这样一直发呆会很扫大家的兴致，她伸手朝着宋翊铭说道："恭喜发财，红包拿来。"

宋翊铭愣了愣神，接着就在宋熹微手心轻轻一拍，笑道："哪有这么拜年的，要红包啊？明早起来给哥哥冲杯热牛奶，我就给你。"

"你哪年大年初一不是直接吃午饭的，啧，自家妹妹都坑，很糟糕。"她摇摇头，表情说不出的揶揄。

宋怀唐正饶有兴致地看着儿女斗嘴，门铃就轻轻响了起来。吴奶奶打开门，正是赵秉钟和陆宛卿夫妇到来。这是赵家回国的第一个春节，两家约了除夕夜一起打牌守岁。自打门铃响起就紧盯大门的宋熹微看见来人，默默垂下了眼睛，他没来。

"来来来，快进来。老宋刚刚就在说你们怎么还不来，他手痒，就等着你们来开局呢。"喻华珊热络地招呼来客，没看到本该和父母一起到来的赵晨光，她问道："晨光怎么没来？"

陆宛卿放下手中的礼物，笑着应道："晨光先去找朋友，晚点儿过来。"

周全有礼地打了一圈儿招呼，四个大人就坐到牌桌前开始砌长城。顾及自家妹妹最近正处在单方面失恋的乌云中，宋翊铭有心想和柳苏独处，也不好意思开口。

"外面雪很好看啊，我去院子里玩会儿，不许告诉妈妈。"宋熹微朝宋翊铭说着，特意加重了最后一句话。

宋翊铭点点头："去吧，多裹着点儿，别冻着了。"

"嗯。"她应完，随手套上羽绒服就跑到了庭院里。她是很怕冷的，但更不想当哥哥的电灯泡，出来看雪只是一个借口。

庭院里也很热闹，倒不是说院子里有人，而是灯光烘托出的气氛。宋熹微扫了扫秋千上的积雪，很干脆地坐了下去，在雪夜里漫不经心地荡着秋千。

她猜现在赵晨光十有八九和邹夏静在一起，事实上，她没有猜错。

赵晨光此时正在邹夏静家楼下，他靠着车身，看着楼道里的灯光从上至下一层层亮起，最后，邹夏静的身影出现在楼道口，她端着一个餐盒，步伐轻快。

"晨光！不好意思，除夕夜还叫你过来，这是我和我妈包的饺子，感谢你上次背我回营地，趁热吃。"邹夏静扬扬手，示意赵晨光赶紧尝尝她手里的饺子。

赵晨光接下饺子，打开车门："外面冷，到车上说。"

一口一个饺子，他吃得很快。在国外生活多年，他很少吃饺子，今天乍一吃，味道还不错。

"李畅应该没有再来烦你了吧？"吃完饺子，他抽出纸巾擦擦嘴角，问道。

听到李畅的名字，邹夏静的表情有些不自然，但她很快藏起了这些不自然，笑着回话："他以为你真的和我在一起了，就没有再来找过我了。谢谢你啊，不过会不会给你造成困扰？"

那天在度假村，邹夏静之所以在溪边崴了脚，和李畅脱不了干系。他一着急背起她就回营地，还照顾她到晚上，不出意外被所有人误会。顾及邹夏静是女孩子，当众撇清关系很伤她的面子，也就随他们说。当然，更深的顾虑还是因为李畅。

他笑了笑："没事，一个误会而已，先当当你的挡箭牌吧。"

听他这么说,邹夏静的手下意识抠着座椅上的皮垫子。不知道什么时候起,她真的对他动了心思,喜欢就是这样,谁说得清呢。

"好了,谢谢你的饺子。早点儿上楼吧,我差不多也要去微微家了。"

"熹微家?"

"嗯,两家约了一起守岁。"

赵晨光笑起来的时候,一口大白牙十分夺目,可这笑容在邹夏静眼里很刺眼。和喜欢的人一起守岁,宋熹微该很开心吧。门当户对的家世,认识多年的情谊,可是宋熹微,他只把你当妹妹,这才是最致命的打击。

赵晨光一走进院子,就看到了宋熹微坐在秋千上的背影,雪落了她一身,漆黑的长发上沾着许多白色的雪花,可她却浑然不觉,晃着秋千也不知道在想些什么。

看着她空荡荡的脖子,他无奈地摇摇头,下意识摘下了自己的围巾系到了她脖子上。原本露在外面的银色麋鹿,也彻底被遮挡起来。

突如其来的温暖惊得宋熹微立马跳下了秋千,赵晨光伸手拍去她头顶的雪花,笑道:"不是害怕感冒打针,哪里来的勇气在雪地里吹风?"

宋熹微惊讶得睁大了眼睛,对赵晨光这突如其来的亲昵有些许不适应,他不是已经把她划在界限之外了吗?

这下赵晨光也意识到自己的举动有些不妥,他早就告诫自己要适当和宋熹微保持些距离,可是有时候就是情不自禁想去亲近她。

"进屋去吧,伯父伯母都在里面。"

宋熹微说完,就往屋里走。她走在前面,心里因为赵晨光刚刚突如其来的举动起了波澜。想到自己还系着他的围巾,她转过头,脱下围巾又挂回了他的脖子。

"屋子里不冷，围巾还给你，谢谢。"

他们之间什么时候变得这么见外了？看着她的背影，赵晨光摸摸冻红的鼻子，心里说不出是惆怅还是失落。

宋熹微知道自己是在故意闹脾气，他不过是不喜欢她，她又凭什么生他的气？她觉得最近自己好像变了一个人，变得心胸狭隘，自私自利。

这是一种很糟糕的感觉，坏心情不应该传递给别人，想到最近家里每个人都因为她小心翼翼，她就很懊恼。这不是她，她不应该是这个样子的。也许，她需要转换一下，不过就是单方面失恋，为什么一定要弄得像世界崩塌一样。

该做点儿什么才是。

赵晨光到后，四个人出发去放烟花。小时候除夕夜都是宋怀唐带他们兄妹去，后来长大了就变成宋翊铭带妹妹去。

宋熹微很喜欢烟花，她觉得这是开在云端的花，她可以看见，天上的爸妈也能看见。哪怕不在身边，但是可以看见同一朵烟花，也算是一种慰藉。

"看我带来了什么？"

宋翊铭从后备厢搬出一箱子酒，得意地冲宋熹微扬了扬。

宋熹微冲他甜甜地笑了，从小到大，哥哥最了解她，他永远可以在任何时候拿出她需要的东西，就好比当下。

朵朵烟花在雪夜绽放，四个人并排坐在雪地上，看着烟花点亮夜空又转瞬而逝。宋熹微点燃了宋翊铭买给她的仙女棒，在眼前挥舞。

宋翊铭拥着柳苏，画面甜蜜美好。很多年后，宋熹微回想到这幅场景的时候，她恍然大悟，这才是她理想中爱情的模样。

宋熹微转头看向身边的赵晨光,他正注视着天空,黑色的眸子反射着烟花的光芒。他比烟花好看,比世间所有美景都要好看,仅仅是注视他,就仿佛得到了全世界一样。或许,这样就足够了。

　　爱一个人,想到他身边去,注视着他,看他快乐或陪他落寞,哪怕得不到丁点儿回应也无所谓。因为,爱是无私的,是付出,不是非得到不可的占有欲,更不是可怜乞求君回眸。

　　困住心脏的密室塌了一角,塌出一个口子。她终于发自内心地笑了,仰头就是大口烈酒,恣意洒脱的样子在烟花的光芒下透出层层剪影。而后,她用只有自己能够听到的声音说:"赵晨光,愿你幸福。"

　　赵晨光也转头看向宋熹微,她笑得很美,挥舞着仙女棒,像是遗落在夜空下的精灵,明媚而忧伤。他摇头低笑,自己怎么会给出这样的形容?最后,他还是没忍住,把手放在了她的头顶,轻轻拍了拍。不知道究竟是宠溺还是安慰,她只记得他的手掌温暖如初。

　　最后宋熹微什么都没问,她觉得没有问出一个答案的必要。不管赵晨光喜欢的是谁,她都喜欢着他,不是她也没关系。

　　爱情不应该强求,他不喜欢她,她需要接受。虽然一时半会儿,他不可能离开她的心里,但这都是她一个人的事情,不用让别人知晓,不会给任何人造成负担。她要把他藏在内心深处,只有夜深人静时能看见,只有自己能看见,这样就好。

　　此时,响起了跨年的钟声,旧的一年过去了。在空旷的雪地上,在烟花绽放的天空下,宋熹微把双手放在嘴边,对着远方大喊:"新年快乐!"

　　一滴小小的泪珠,在旧年的最后一秒,映着光芒掉落,落入茫茫雪地,无迹可寻。

新的一年要快乐,这是她对自己的要求。

不远处同样在放烟花的年轻人们,也高喊着"新年快乐"作为回应。在这一天里,所有的陌生人都不再陌生,一句简单的祝福,一个真诚友好的笑容,就足够温暖一整个寒冬。

"新年快乐!"

赵晨光对宋熹微说,闪烁的仙女棒横在他们之间,他没看见她眼里的深情,却深深记住了她的笑颜。

在往后很长的一段岁月里,这个雪夜里灿若莲花的笑容,成了他相思入髓的痛楚下,唯一缓解的药。

新学期是在万物复苏的时节开始的,那一天街边的两排玉兰树都缀满了花朵。不过可惜,天空飘着蒙蒙细雨,花瓣随雨飘摇落下,美丽而决绝地和世界道别。

大一下学期,宋熹微的校园生活真正变得普通起来。会有人在楼梯转角处笑着和她招手,也会有人偶尔和她在食堂一起用餐。朋友若干,知己两三,这样的生活简单却不孤单。

她变了很多,整个人都沉静下来,再看不见她在校园小道上大笑奔跑,更看不到她没心没肺嘻嘻哈哈。她的脸上有了更多的笑容,那种像温水一样,缓而柔和的笑容。宋翊铭说她真的长大了,他还说,还是更喜欢她嬉皮笑脸的孩子气模样。

她一笑置之,孩子总归是要变成大人的。

和她一起变化的,还有陶梦凡。那个天不怕地不怕的义气少女,终于遇上了生命中的第一朵桃花。陶梦凡的感情道路比她顺畅,喜欢,告白,

在一起，水到渠成。

宋熹微认识那个男生，经济系学长，就是他在开学时对着她们两个感叹"年轻真是无知无畏"。脱单请全宿舍吃饭是柳川大学不成文的传统之一，作为饭局男女主角，学长和陶梦凡少不了接受一顿猛灌。等学长醉到七八成的时候，真心话大冒险这种百试不爽的饭后娱乐就正式开始了。

面对这场有预谋的娱乐，宋熹微看得很开心。学长醉了也不忘记照顾陶梦凡，真心话是烛光朦胧时的深情告白，大冒险是在操场大喊三声"我爱陶梦凡"，让一桌子的单身人士狠狠吃了一把狗粮。

有人说大学里一定要谈一次恋爱，挂一次科，这样的大学生活才没有遗憾。但宋熹微觉得，遗憾会让圆满显得更加圆满。

看着陶梦凡一脸娇羞，小女生情绪暴露无遗，她由衷感到开心。

一派欢乐里，陶梦凡抱了抱宋熹微。没有安慰，也没有其他。一个动作饱含所有，我见证过你所有情绪，你参与过我一切悲喜。有的友情是会天长地久的，因为它已经成为生命里不可剥离的存在。

邹夏静慢慢淡出了宋熹微的生活，偶尔遇到的时候，也只是微笑点头，然后各自岔开。

她仍然把邹夏静挂在心上，起初她害怕重逢，后来又想要补偿，到现在，她对邹夏静的所有感情，都来源于体内共同的血液。

只不过，邹夏静也已经不需要她做什么了。邹夏静的身边有了赵晨光，体贴可靠的赵晨光。他会在暴雨天准时出现在校门口接邹夏静回家，他周全照顾着邹夏静的一切，暖如骄阳。

宋熹微有时候会很不耻这样的自己，像个偷窥者一样，默默注视别人的人生。

　　除夕夜过后，宋熹微和赵晨光再无联系。偶尔会收到他托宋翊铭捎来的零食，她也都默默地藏起来，一直放到过期。去年，她在努力地暗恋赵晨光，如今她在努力地抑制自己不去喜欢。和心作对，是很不简单的事情。她根本做不到，仅仅是见不到他，就足够令她丧失一切情绪。

　　她写了很多封永远不会寄给赵晨光的信，每一封信的最后一句，都是"愿君安好"。她会在漆黑的夜里，对着浓重的黑暗发呆，想着赵晨光是不是已经入睡，会不会和她一样，想着一个人，从天际破晓到夜色深沉。

　　某些负面情绪可能会传染，开春以后，宋家的磁场变得有些奇怪。十多年来从未发生过什么争吵的宋怀唐和喻华珊，已经冷战了一个星期。

　　面对这种前所未见的情况，宋熹微和宋翊铭使出各种招数企图缓和，可宋怀唐开始常常不归家，两兄妹有心无力。

　　冷战中的喻华珊变得很沉默，有时候抱着几本书就可以在飘窗前坐一下午。

　　"妈妈，我刚打的青瓜汁，哥哥还买回来好多点心，一起喝个下午茶吧？"宋熹微端着一盘子的东西走到喻华珊面前。

　　喻华珊抬头看了看她，说："你自己去吧，我还想看会儿书。"

　　喻华珊手里的书明明很久都没有翻页过，宋熹微知道这是借口。她放下盘子，趴在喻华珊腿上，开始撒娇。

　　但这一招似乎丧失了效果，喻华珊只是摸了摸她的头发，然后继续拿起手中的书。

宋熹微垂头丧气地走回宋翊铭面前，摊摊手。宋翊铭也叹了口气，他安慰道："爸爸妈妈这么多年感情都很好，偶尔冷战一下也正常，别太担心了。"

"感觉妈妈很不开心，爸爸又不回家，怎么办？"宋熹微扶着额头，很是伤神。

"哈，这两夫妻，真令人头疼。"

宋翊铭又长叹一口气，夫妻之间的争吵，一直都是解铃还须系铃人，子女能够从中调和，但解决不了根本问题。

宋怀唐回家的那晚，他和喻华珊爆发了新一轮的争吵。立在书房门口的宋熹微和宋翊铭不断听见里面传来砸东西的声音，他们焦急地想要打开被反锁的门。

"二十多年，儿子都那么大了，你的心还是从来都没有放在这个家里过。"

宋怀唐看着眼前的妻子，企图在她的眼中看到一点点爱他的痕迹，可惜没有，从来都没有。

"你知道的，原因是什么你知道的！你们骗了我这么多年，你们还害死了我的女儿，现在是我错了？是我的错吗？"

喻华珊泣不成声，她想过的，想过放弃过去的一切，守着这个家到生命的尽头。可她知道的真相那么伤人，赤裸裸地剥开血肉，逼她直视。

她知道，宋怀唐一直对她很好，或许他是这个世界上对她最好的男人，可她接受不了这样的事实，接受不了被亲人欺骗。

"华珊，你是不是，从来都没有相信过我？"

宋怀唐的脸上堆满了不可言说的愁苦，对她，他从来都是无可奈何的。

他早就在爱她的漫长岁月里，丢失了原本的样子，对她，他狠不起来。他见不得她哭，见不得她失望，见不得她受到丁点儿伤害。

如今在她眼里，自己本身已经变成了一种伤害。爱了一辈子的女人，把自己视为不幸的罪魁祸首，他不知道还能怎么办。该放手了吗？这种好似偷来的二十多年的幸福，终于要走向灭亡了吗？

"我们都让彼此冷静一段时间吧。"

宋怀唐头也不回地出了家门，不顾身后儿女的呼唤，连外套都没有拿。他怕自己心疼妻子，最终说出那句放开她的话。

宋熹微走进书房，喻华珊无力地坐在地板上，早看不出端庄的模样。此时出现在宋熹微面前的，是一个仿佛承受着莫大哀痛的女人。

"妈妈？"宋熹微试探性地叫道。

"出去。"

"妈……"

"我叫你出去！"

喻华珊大声吼道，直视宋熹微的眼睛中仿佛藏着一把利剑。这样陌生的母亲让宋熹微感到可怕，她浑身一颤，跑出书房。

她敲开宋翊铭的房门，刚想开口，就看到他捏着眉心说："小微，让我安静一下。"说完，也不等她回应，他径自合上房门。

宋熹微呆呆地站在门口，失神地看着墙壁上那幅画出来的全家福。此刻，她好似一个多余的存在，找不到自己的位置。

她只得回到自己的房间，蜷缩在黑暗的角落里，看着窗外发呆。她的心里产生了一种莫大的恐惧，总觉得自己好像马上就要失去这个温暖的家，这种可怕的假设令她浑身发抖，不得不更用力地抱紧自己。

她很想给赵晨光打电话,好像害怕的时候想到他已经成为一种必然。可她要说些什么呢?说她害怕?怎么可能说出口,这是她藏了十二年的秘密。

宋家渐渐没有了家的样子,久不归家的男主人,常常外出的女主人。喻华珊成天都是一副淡漠的表情,面对宋翊铭和宋熹微时也一样。他们刹那间就失去了母爱,这样的认知让宋翊铭难以接受,索性躲到了柳苏那里。

宋熹微在家时,变得很局促。她尝试去亲近母亲,但是得不到任何回应,自己好像突然就变成了母亲眼里的陌生人。

发生什么了?生活怎么就突然脱离了原本的轨道,这么让人不知所措。

宋怀唐一连在酒店住了近半个月,他在等喻华珊联系他,哪怕只是一个响了一秒的电话,都足够给他勇气让他去守住珍视多年的感情。

他没等到喻华珊,只等来了一沓偷拍的照片。照片里,喻华珊笑靥如花,和那个男人侃侃而谈,眉眼俱是幸福。

宋怀唐知道,他守不住了。在爱情里,他输得一败涂地。

助理走进来,端上一杯温度恰好的锡兰红茶。他抬头看了一眼,决定最后成全一次喻华珊。

宋熹微心事重重地走在校园的小路上,丝毫没注意到身后有一个人已经陪着走了好长一段路。她想着事情,也没看脚下的路,眼看就要踩进水坑,一只有力的手,及时拉住了她。

"晨光?"她看向手的主人,有些诧异。

"走路不要发呆,很危险。"赵晨光正色道。

勉强挂了个笑容在脸上，宋熹微试探地问道："来接夏静吗？"

赵晨光说："夏静要去城南，我正好送她过去。她还没下课，我就随便走走，没想到看到你在发呆。你们不是同班吗？微微，你逃课了？"

"对啊。"宋熹微说得很无所谓。

"微微，逃课可不好。"赵晨光看着宋熹微，严肃地说道。

"我已经成年了，不是小孩子了好吗？只不过逃课而已，你不也翘班来接夏静了？"

宋熹微笑着反驳，笑意只在脸上，眼中满是叛逆。

赵晨光无言以对，他确实没什么立场去对宋熹微说教，这一认知让他觉得很不舒服。

"我先走了，还有几分钟就下课了，你可以去教学楼等她。"

话一说完，她就继续往前走，随意朝着身后挥了挥手。步伐不自觉加快，等走过拐角，她整个人跑了起来。

她想跑快些，快点儿走出学校，走到看不见赵晨光和邹夏静的地方去。

她有些想念陶梦凡了，那个时时刻刻陪在她身边的丫头。

学校开展志愿活动，陶梦凡和男朋友报名参加支教，要去整整一学期。虽然耽误学业，可是陶梦凡很开心，她说这是学长的志愿，也是她想做的事情。能够为这个世界贡献一份绵薄之力，是幸福的。

支教的地方远在西北，通讯很不发达，她们很久才能通一次电话。每次通话，陶梦凡必定说起她支教的那些孩子，生活贫苦却没有磨灭他们对未来的希望，每个人都有一个志向，老师、医生、警察……陶梦凡说，他们没走出过大山，也不知道大千世界多么丰富多彩，更不知道世界上的职业千千万万，但听她说起丰富多彩的世界，孩子们却坚持自己的初心，

他们说,医生治病救人,老师教书育人,警察叔叔保护一方平安,都是最伟大的职业。

她想,能说出这么质朴的话,那群孩子一定有着世界上最纯净的心灵。

宋熹微一个人在外闲逛了很久,回到家时,黑漆漆的天空恰好下起暴雨。

推开家门,迎面扑来一阵诡异的气流。宋翊铭沉默地坐在沙发上,眉心是浓浓的疲倦,他点着手指不知道在想些什么,看到她,他毫不客气地露出了憎恶。

宋熹微还来不及窥探哥哥这反常的态度,就听见行李箱的滚轮声从楼梯传来,她一抬头,就看见喻华珊拎着行李箱走了下来。

"妈妈!你去哪里?"宋熹微惊呼,急忙拉住她。

这时,宋怀唐也从楼上走了下来。他的表情很严肃,抿着唇一言不发。

"爸爸,你拦着妈妈啊!这是怎么了,为什么要这样?"

见宋怀唐无动于衷,宋熹微又朝沙发上坐着的宋翊铭叫道:"哥哥,你在发什么呆!"

被点名的宋翊铭讽刺地朝宋熹微一笑,说:"发呆?宋熹微,你有什么好意外的?"

莫名其妙的一句话让宋熹微不知道怎么接,喻华珊拿开宋熹微的手,朝门外走去。她连忙追上,随着喻华珊一起冲进雨中。

豆大的雨点噼里啪啦地打在身上,沉默着不说话的喻华珊终于开了口,她像往常那样顺着熹微湿透的长发,说:"孩子,回去吧。"

"不要,妈妈不要走,妈妈走了我怎么办?"

宋熹微大哭,紧紧抱住喻华珊的手。当初把她从雪夜里带回来的女人,精心呵护她十二年的母亲，怎么突然就要丢下她了呢？

"熹微，妈妈对不起你。我是自私的，不称职的妈妈。"

喻华珊紧紧抱住她，泪水混着雨水一起滑落。大雨不停地落在这对母女身上，宋熹微贪恋这一刻的温暖，浑身害怕得打战。

"熹微，你好好的。"说完，喻华珊放开她，头也不回地上了车。任凭宋熹微怎么在车后追，车子还是快速地驶离。

车子消失在了视野之中，她无力地坐在马路中央，任由雨水狠狠拍打在脸上。偶尔路过的车辆大声摁着喇叭，她无动于衷。妈妈走了，不要她了。

一直以来害怕的事情终于变成事实，她一步一步慢慢地朝家里走去，浑身上下早已湿透。她的步伐机械而麻木，比这更僵硬的，是她被生活重击过的心脏。

一把黑色的伞挡在了她的头顶，她无神地看向来人。

宋翊铭的表情陌生得骇人，犀利的目光好像要把她看穿，可他的嘴角带着笑意，冷如冰霜的笑意。

他说："宋熹微，你满意了吗？毁掉我的家，你开心吗？"

他还说："宋熹微，我真后悔，当初为什么要让他们带你回来。"

宋翊铭丢下伞，头也不回地消失在了雨幕里，宋熹微已经没有勇气去叫哥哥的名字了，她害怕他的眼神他的笑，更害怕他说出那些伤人的话。也许，她真的是一个不幸的人，身边的人宠她爱她，而她能带来的，只有生离死别。

她不记得自己是怎么走回家里的了，当她湿漉漉地进门时，宋怀唐正坐在沙发上沉思。他的身边还坐着一个风姿绰约的女人，那个女人涂

着大红指甲,看见她进来,薄薄的嘴唇一动,说:"这就是熹微吧?没想到在这种场合见面,我是李梅媛,你的继母。"

一道长长的闪电划裂整片天空,雷声震耳欲聋,敲打着宋熹微的耳膜。她的眼前出现了重影,还不待她细看多年未见的李梅媛,她的身体就已经重重地砸在了地板之上。

她昏睡了好几天,期间一直是吴奶奶在贴身照顾。她迷迷糊糊间叫了很多声"妈妈"和"哥哥",吴奶奶心疼地擦着她脸上的冷汗,止不住地叹气。

在她昏睡的几天里,宋家发生了翻天覆地的变化。李梅媛带着邹夏静光明正大地住进宋家,宋怀唐比以往更加忙碌,他在家的时间更少,少到没有时间看一眼生病的女儿。

李梅媛成了宋家名正言顺的女主人,她的到来意味着这个家中,原本喻华珊留下的痕迹都将被逐渐抹去。

宋怀唐婚变的消息在外界激起了很大的波澜,一连数日,宋家家门口都围着许多记者,企图了解婚变的内幕。而后,不知道哪里流传出喻华珊私会初恋情人的照片,最终,这场婚变定论为喻华珊婚内出轨。

宋怀唐成了被声援的一方,变成了受害者。

看到报道,宋翊铭狠狠砸了手中的遥控器,受害者吗?他冷笑,父亲有了新欢,母亲找回旧爱,从来都没有人问过他接不接受这样的事实。而在这个残酷的事实中,心爱的妹妹也推波助澜,如果不是她,李梅媛这辈子都不可能认识父亲。

被亲情背叛是世界上最悲哀的事情,他们都经历过了。

"苏苏,我们离开吧。"宋翊铭对着身边的柳苏小声地说。

柳苏抱住宋翊铭，紧紧地抱住他，想要把所有的温暖都传递给他。

"好。"

病中的宋熹微扶着楼梯扶手慢慢地走下楼梯，她好多天没有出过房门，完全不知道家中发生的变化。

前几日她昏昏沉沉，没有思考的力气。到今天，她才想起来，李梅媛出现了，出现在家中，成了她的继母。

花园里传来笑声，宋熹微循着声音走过去。几个陌生的女人聚在花园里，喝茶聊天。看见她出现，她们停下了交谈。

背对着宋熹微的李梅媛也转过身来，看见宋熹微，她红唇一扬："熹微醒了？和你介绍一下，这些都是我的朋友。"她又指指熹微，"这个是我的继女，宋熹微。"

这下其他的女人都一脸恍然大悟的表情，然后也不理睬宋熹微，继续聊着自己的话题。李梅媛没有继续搭理她的意思，转过头就在说哪家的高档时装好看。刚刚上任的继母和已经成年的继女，关系不好才最正常。

"晨光，我进去咯，你快回去吧。"

邹夏静的声音从大门传来，赵晨光站在门口，朝门里面观望。他知道宋家发生的事情时，宋翊铭已经离开了。期间，他给宋熹微打了若干电话，都一直没有接通。他也上门探望过好几次，却都被李梅媛以各种借口搪塞过去。

"微微，还好吗？"赵晨光问。

"她，这么多天都没出过房门，也不让我们进去。我没想过会变成这样，其实我也很害怕面对她。"

邹夏静这一番话说得很诚恳，配合楚楚可怜的模样，好像遭受过宋熹微莫大的抵制。

"我去看看她。"

在赵晨光身后的邹夏静攥着拳头，她紧跟在他的后面，她终于有了站在赵晨光身边的资本，自然想要断绝他和宋熹微的一切联系。

有节奏的敲门声响起，两声强一声弱，是赵晨光敲门的习惯。宋熹微打开门，看见赵晨光和邹夏静。

"姐姐，晨光说要来看你。"

"进来吧。"

她的声音有些沙哑，无一不透露出病态。晨光走进屋内，邹夏静正要迈步跟上，宋熹微已经关上了房门。

"微微。"

对于宋熹微的这一行为，赵晨光有些陌生。他认识的宋熹微一直都是待人有礼的，少见她这样冷漠。

"我做不到心平气和。"

知道他想说什么，她先给出答案。

他拉过椅子，坐在熹微床边。看着宋熹微，他觉得有些心疼。眼前这张脸上，已经找不到少女的神采飞扬。

"身体好些了吗？"

"还好。"

"我给你打了很多电话，听夏静说，你一直在生病。"

"我的手机很早就弄丢了。"

"夏静也很担心你。"

"晨光,我不想听见她们的名字,如果你是来探病的,谢谢。如果是来当说客,对不起,就算你对她温柔理所应当,但能不能不要对我这么残忍。"

她的语气少见的冷静,眼里藏着赵晨光读不懂的痛楚。

接下来很久,两个人都无话,赵晨光伸手想要拍拍宋熹微的头,被她不着痕迹地避开。

赵晨光的手尴尬得不知道如何安放,他握拳在嘴角清咳一声:"我回去了,你好好休息。"

房门合上的那一刻,宋熹微蒙着被子小声哭泣。短短数日,她的母亲离开了,哥哥不见了,堂妹变成继妹拐跑了她爱的男孩儿,婶婶化身继母与她共住豪宅时时提醒她那些遗忘了的过往。生活果然是最好的编剧,居然给她安排这么残忍的重逢和那么痛苦的别离。哪一项,都足够给她沉重一击。

赵晨光,那个明明懂她喜乐的心爱男孩儿,成了邹夏静的说客。他根本不知道,这话谁说都好,唯独不应该是他来说。他怎么可以让她去接受重新和李梅媛做回家人?如果李梅媛知道她就是邹慕音,如果李梅媛知道,应该会做出比遗弃更可怕的事情才是。

走到院子里的赵晨光看了看独自摇晃的秋千,想起了雪夜里的宋熹微。宋熹微倚在窗前看着他慢慢走出视线,眼睛随着他的离开失了焦,重新变回空洞的样子。

她突然间,就一无所有了。

沉寂许久的琴房,突然传来悠扬的钢琴声。宋熹微推开琴房的大门,只见邹夏静安然地坐在她的钢琴凳上,含笑看着她。

"姐姐,这架限量版的钢琴,真的好棒,音色美得不行。"

宋熹微的表情被邹夏静尽收眼底,明知道宋熹微反感,她也不为所动,指尖一下一下地敲在琴键之上。

突然出现的这种感觉,宋熹微不知道怎么形容。她张了张嘴,想要阻止邹夏静触摸她的钢琴,但还是什么都没有说出口。

一阵尖锐的钢琴声响起,宋熹微皱了皱眉。心爱的东西被随意对待,她的心里有些不是滋味。不过最后,她还是默默退出琴房,一言不发地回到自己房中。

见到自己的挑衅没有作用,邹夏静大为不爽,变本加厉地摁着琴键,最后重重合上盖子。

宋熹微觉得自己有些累了,蜷缩在黑暗的角落里,除了抱着自己,实在不知道还能怎么办。拨出电话号码的时候,她的手在颤抖。一直到电话接通,她都屏住呼吸。

"是小微啊,这么晚了,怎么还不休息?"宋怀唐的声音带着几分疲惫。

沉默了一会儿,宋熹微问:"爸爸,你什么时候回来?"

"最近比较忙,忙完了就回去。好了,爸爸还有文件要看,你早点儿睡。"

宋怀唐挂断电话,宋熹微看着一家四口以前的合影,把头深埋进蓬松的被子里。

睡意蒙眬时,门口的玻璃风铃发出清脆的声响,她登时警醒起来。今晚没有月光,在黑漆漆的房间里,突然出现的一抹烛光显得阴森,比这更吓人的,是烛光后面,李梅媛那张似笑非笑的脸。

宋熹微捂着嘴几欲尖叫,整个人发抖着往床头缩去。

"看到这蜡烛,我就会想到以前你端着蜡烛跪在地上的样子。"

她认出了自己!她居然认出了自己!宋熹微满脸惊恐,浑身上下冒着冷汗,不知如何是好。

"邹慕音?这么多年,你过得真好。是不是已经忘记自己是谁了?"

红唇带着讥诮,李梅媛一字一句,好像要把话变成刀子,恨不得将宋熹微千刀万剐才好。

宋熹微连说话的勇气都没有,就这样看着李梅媛,李梅媛就像黑夜里的鬼魅,有满身怨气,要将她拉入地狱。

"在你享受优越生活的时候,有没有想过,你的妹妹过的是一种怎样的生活?你怎么敢,带着满身罪恶幸福地活着!"

李梅媛一步步逼近,语气恶狠狠的,蜡油将满,她侧了侧蜡烛,将所有的蜡油都倒在了宋熹微手上。

烫!贴着皮肤的灼烧感传来,反倒突然间给了宋熹微一丝莫名的勇气。她肯定道:"你恨我?"

"恨?"李梅媛讽刺地笑了,"你害死了我的丈夫,你说该不该恨?"

"你不是也把我丢在雪夜里任我自生自灭过吗?"宋熹微小声反驳。

"那你就应该平平淡淡地消失,可你活得太刺眼了。"

李梅媛"呼"的一声吹灭蜡烛,宋熹微急忙打开房间的大灯。一片光明之下,李梅媛依旧妖冶,她说:"邹慕音,你怕了吗?"

直到李梅媛离开,宋熹微才冲到门口反锁上门,她无力地滑坐在地板上,冰冷的地板刺激着她的神经。她不敢睡,开着灯坐到了天亮。

眼底一片青色,一整天她都无精打采。她害怕待在家里,天刚破晓

就逃一般地跑到了学校。踏进校门,藏身于人群之中,她才得到些许安定。

她在图书馆找了一个角落趴着补眠,然后被笑声吵醒。她看过去,在图书馆的一整扇落地玻璃窗前,来往的人群中有一个少女正对着男友笑闹。那么明媚的笑容,她也曾有过,可惜不会再有了,她多羡慕。

商务大厦在早晨八点半就已经开始忙碌起来,赵晨光手拿咖啡,走进电梯。电梯合上的前一刻,宋翊铭走了进来。

"你跑哪里去了?"晨光问。

"宋氏在北方新设了一个分公司。"

"你没告诉微微?她找了你很久。"

"她和我再没有关系了,我是来拜托你,稍微顾着点儿她,她不太能接受打击。"说这话的时候,宋翊铭的表情有些不大自然。他的心里很矛盾,一个声音对他说"熹微是无辜的",另一个声音却在说"都怪她"。

"那不怪她,她不可能想到会这样。你这是迁怒。"

赵晨光盯着宋翊铭,说得格外认真。这段日子以来,他看到的宋熹微那么脆弱,脆弱得让人心疼。可偏偏她又拒人千里之外,他连一个安慰的拥抱都给不了她。

"我走了。"宋翊铭避开他的目光,大步走开。

生活就是这样,转眼之间就变成陌生的模样。脑海里那些兄妹情深仿佛还发生在昨日,转眼间却听宋翊铭说,他和宋熹微的兄妹情分尽了。晨光叹息,好看的剑眉皱在一起,脑子里一个声音却十分清晰,他想见她。赵晨光跑出电梯,开车往柳川大学的方向驶去。

茶屋里，幽幽茶香飘散开来，茶水冲泡腾起的白烟飘在李梅媛眼前。

"没想到您会回国。"李梅媛得体地笑道。

对面的男人轻喝了一口茶，然后才说："有一个项目在柳川，会在这边待上两年。今天，主要还是要向你表达感谢。"

说着，男人递过来一张数目不小的支票。

"两年？您要在柳川待这么久？"

男人叹了一口气，继而说道："主要还是想再找一找那孩子，当年的事情，你还记得什么其他细节吗？"

李梅媛一惊，握着茶杯的手一个不稳，几滴热茶溅到手背上。她强行稳住不安的心绪，面带遗憾地说："这些年，我也一直在找小音。都怪我，要是那个时候没带着她一起去买冰激凌，她也不至于走丢。"

说着，她几乎要落下泪来。她以手掩面，盖住了眼里那丝虚伪的情绪。

"别这么说，"男人递上纸巾，"总归还是要感谢你的，婉音两口子出事，要是没有你，那孩子还不知道会怎么样。这不能怪你，也请你不要再自责。"

男人宽慰道，但一想到自己的外甥女走失后可能会有的遭遇，他的眉头皱得更紧了。过去这么多年，那个孩子现在究竟怎么样，他心里实在没底，更不敢深入去想。

一直到男人离开，李梅媛才收起那张支票。她盯着杯子里的绿茶，眼里的精明一闪而过。

早些年对徐家那天衣无缝的说辞，早就让他们相信，邹慕音是自己走失，而她李梅媛在徐家眼里几乎算得上收养邹慕音的恩人。

可徐景程的突然回国，让她有些措手不及。同一座城市，商界也

就那么大,徐景程势必会和宋怀唐打交道。只要宋熹微在柳川,早晚有一天……

相认吗?

李梅媛哼笑一声,她绝不可能让这样的事情发生!

柳川大学的图书馆门口聚着不少人,人群中间站着的,正是宋熹微和邹夏静。

"姐姐,你为什么要这么做?"邹夏静拿着一沓信笺,质问着宋熹微。

"我什么都没有做,你还给我。"

宋熹微想抢回信,被邹夏静一把推开。那是这段时间里,宋熹微写给赵晨光的那些不会寄出的信。私人信笺被偷看,纵然脾气再好,她也已经气得浑身发抖,以至于说话的语气也不客气起来。

"我知道,你以为是妈妈破坏了你的家庭,可是你也不能因为这个,来破坏我的感情吧,你明知道我那么爱他!"

四周的围观群众这才恍然大悟,对着宋熹微和邹夏静指指点点地议论着,声音虽小,但是宋熹微还是听到了"勾引""第三者"之类的词汇。

"我并没有。"气到一定的境界,宋熹微反倒平和下来,说话也从容了一些。

"那这些都是什么!"

邹夏静把一沓信直接摔在宋熹微脸上,随后信笺飞散一地。有人好奇信的内容,上去就要捡起。宋熹微赶忙蹲下,去抢那些信,那是她见不得光的秘密,要藏一辈子的。

一片混乱中,宋熹微也不知道自己的手究竟被多少人踩过,一封又一封,她疯了一般地抢回手中。

高贵?优雅?这样的词汇已经不在她身上了,整齐的头发乱了,洁净的衣服脏了,到最后她几乎是趴在地上,从一群人的脚边找回自己的秘密。这是她一生中,最狼狈的模样。

赵晨光见到的,就是这样的她。趴在人群中间,紧紧掐着一沓信,纤细的手上布满鞋印和瘀青,她紧咬嘴唇,强忍泪水,爬着去捡那些满是泥尘的信笺。

赵晨光随手拾起脚边的信笺,空白的封面,没有注明写给谁。随即,赵晨光的手空了,信已经被宋熹微抢过。看见是赵晨光,她努力维持的骄傲终于崩盘,她惶然不已,然后大步跑开,任凭赵晨光在背后怎么叫她也不回应。

完了。

她这样想。

假公主变成了丑小鸭,不会在舞会上惊艳岁月,因为王子已经看到了她最丑陋的样子。

赵晨光找到宋熹微的时候,她一个人躲在酒庄里,已经不知道喝了多少酒。她的喝法比宋翊铭还要暴殄天物,一杯又一杯地灌下,到最后她连杯子都端不住,仰头间大半的酒都洒在了身上。

酒醉七分的时候,人的行为已经不能完全受大脑支配,但这个时候,大脑其实是很清醒的。宋熹微就处在这个状态,所以当她看见赵晨光的时候,她下意识地,就要躲开。

她刚跌跌撞撞地走了两步,就重心不稳半跪着摔倒在地上。赵晨光忙上前扶起她,她却一直推着赵晨光,不让他靠近自己。

"微微,你乖,地上冷,我们起来。"赵晨光温柔地哄道。

"我不乖,你走开。"

宋熹微又要推开赵晨光,这下没推到他,反倒一个用力身子往前扑去。他伸手一捞,把她捞到了怀中。

熟悉的味道钻进鼻腔,宋熹微深吸一口,在这样的味道里,找到了久违的安全感,这段时间来努力压抑的害怕和委屈终于找到了出口。宋熹微沉醉在这样的温暖里,忘记了一切,大哭出声。

她温热的泪水浸湿了赵晨光的衬衫,他就这样静静地拥抱着她,希望能给她带去些许慰藉。

不知过了多久,怀中的哭泣渐渐停下,取而代之的是平缓的呼吸声,她睡着了。赵晨光打量着她的眉眼,红肿的眼睛,濡湿的睫毛,莫名让他心疼。

赵晨光将她打横一抱,放到车上。

车速缓慢,像是怕惊扰她的睡眠。酒庄到宋家短短二十分钟的车程,他开了近一个小时。

开门的是邹夏静,当她看到赵晨光抱着宋熹微走进大门,她心顿时揪在一起,不舒服的感觉席卷全身。李梅媛从楼上走下,看到这一幕,若有所思。

"李阿姨,微微喝醉了,我送她回来。"

赵晨光礼貌地打过招呼,接着把宋熹微抱回卧室。乍一离开温暖的怀抱,熟睡的宋熹微在睡梦中皱起了眉头。

赵晨光很自然地去浴室拧了一条毛巾,想帮宋熹微擦脸,立马被紧跟在身边的邹夏静抢过。

"我来吧。"她说。

"麻烦你了。"赵晨光点点头。

殊不知,这一句无心的话在邹夏静心中有了另一重解读,她比赵晨光敏感,三两下就联想到很多。

"姐姐交给我就好,你放心回去吧。"邹夏静笑着下逐客令。

等到赵晨光走后,夏静随手把毛巾丢到一边,不再管宋熹微,回到了自己房中。

吴奶奶端着醒酒茶上楼,看见湿漉漉的毛巾丢在被子上,洇湿了一大片。这么睡下去,宋熹微铁定要再病一场。吴奶奶长叹一口气,拿开毛巾,换过一床干的被子,又叫醒宋熹微灌她喝下一碗醒酒茶,这才稍微放心地离开。

她心疼宋熹微,这段时间的事情也都看在眼里,可她无能为力,左右她不过只是一个上了年纪的老人,被尊称一句"吴奶奶",不过是看在她为宋家服务多年的分上,哪里干涉得了其他事情。

幸好有昨晚那一碗醒酒茶,宿醉过后,宋熹微的头并不怎么疼,也清晰地记得昨晚都发生过什么事情。她气自己没出息,居然抱着赵晨光大哭,把所有软弱都摊在他眼前,她并不希望赵晨光见到这样的她,更不想他对她好只是因为人人都有的恻隐之心。

但是大醉过后,她反倒摆脱了那些压抑许久的情绪,所以这个时候单独和李梅嫒相处,她也不像以前那样恐惧畏缩。反正,破罐子破摔了。

李梅嫒端起眼前的白瓷茶杯,优雅地喝了一口花茶,开门见山道:"我累了,不想同你计较过去了,你自己走吧,离开柳川。"

"这是我爸爸的意思吗?"宋熹微冷静地问。

"是不是有区别吗?我想,你应该也不乐意整天面对着我生活。我们抛掉过去,互不相扰。出国吧,想留学想干什么都随便你,只要你不再打扰我的家庭就好。"

李梅媛难得和她这么心平气和地说话,宋熹微细细咀嚼李梅媛话里的意思。

要离开吗?她陷入深思。

"怀唐前些日子和我说,喻华珊当初捡你回来,也只是因为看到你想到她夭折的女儿。现在她走了,你留在家中实在尴尬。怀唐看到你,心情也不好,不然为什么这么久都不回家?如果我是你,我就会离开,好歹怀唐养了你十二年,你应该不会恩将仇报吧。"

李梅媛这一大句话,足够给宋熹微离开的理由。她一直都是一个工于心计的女人,轻而易举就可以找到宋熹微的软肋,给予致命一击。

宋熹微已经很久没有来过公司,一路走到董事长办公室,沿途她接受着各种目光的洗礼,有的是好奇,更多的是怜悯。

一直在外出差的宋怀唐今天会在柳川待一个下午,算下来父女俩已经有一个多月没见,宋熹微很怕自己和父亲会陌生到无话。

她轻轻敲着门,不久里面就传出宋怀唐中气十足的声音。

"爸爸。"她叫道。

"是熹微啊,你怎么过来了?"

听到父亲对自己的称呼,她浑身一僵,父亲从没有这么叫过她。

"爸爸太久不回家,我还以为你不要我了。"

她撒着娇,把孩子的那种无助全部展现在父亲面前。她的父亲那么宠爱她,一定会好好哄她。

"爸爸最近太忙。熹微啊,你想不想去英国学习音乐?"宋怀唐问。

她心里最后一丝光芒也灭了。

"爸爸……要把我送走吗?"她有些艰难地发问。

"是让你去读书,学完再回来。"

宋怀唐看着女儿面露惶恐,心里有些不忍,几欲反悔。可是每次看到她,他就会想起华珊,锥心之痛啃噬每一个细胞,那么痛,痛到他发现原来他也是脆弱的。

宋熹微深吸一口气,终于,缓缓点了点头。

走,就走吧。

走了也好,皆大欢喜。


当出国的各项手续都已经办妥的时候,柳川步入了夏天。宋熹微选了一个略带清风的日子,带着那套暖玉首饰,敲开了赵家的大门。

许久没见到宋熹微,陆宛卿表现出一如既往的亲和,切了许多水果招呼她。面对她的关爱,宋熹微想到喻华珊,鼻子一酸,差点儿又掉下眼泪。

控制好自己的情绪后,她说:"伯母,我打算出国留学了,今天来是想把这套首饰还给您,它太贵重了,我受不起。"

陆宛卿轻轻叹了口气,没再强求,收回了首饰,然后她拍拍宋熹微的手,说:"出去也好,自己在外面好好照顾自己。有事情就告诉伯母,伯母永远都会帮你。"

"好。谢谢伯母。"

宋熹微扬唇一笑,好像又变回了以前那个无忧无虑的少女。

刚走到赵家门口,赵晨光恰好回家。看到宋熹微,他有些意外。这段时间,宋熹微一直在躲他,没想到今天居然会到家里来。

"晨光!"宋熹微笑着叫他。

他也笑了,见到她久违的笑容,他不由得觉得心情舒畅。

"我明早的飞机出国,你可以来机场送我吗?"

其实她不想主动说出这句话,可是她将背井离乡,实在不愿一个人孤孤单单地离开,好歹有一个人送送她,这样她才稍微会觉得,自己不是一个无关紧要的人。更重要的是,她想郑重地和赵晨光说一句再见。

赵晨光听到这个消息深觉突然,忙问:"去哪儿?"

"联系了英国的音乐学院,要出去深造了,以后回来我就和你一样是海归了。"

她神采飞扬,满眸晶亮。知她如赵晨光,也没看出她的刻意伪装。

"记得来送我啊!"她反复强调。

行李早就收拾得七七八八,一衣柜的华丽礼服她一件都没带,只收拾了一些平常穿的常服,全部收拾好还不到整个行李箱的一半。

和赵晨光的信,她是一定要带走的,此生她只能凭此回忆他。

父亲定制的皇冠,她锁进了抽屉。百分之十的股权书,她也锁在了一起。这些东西曾经证明她拥有那么多爱,可现在变成了华而不实的东西,除了刺激她敏感的神经,再说明不了什么。

实在没有什么可以带走的,环顾四周多次,最后,她把嵌着全家福的相框放了进去,合起箱子,锁扣"啪嗒"一声,轻轻打在心上。

飞机是一大早的,她出门时,天色还是漆黑一片,只有吴奶奶站在门口送她。她抱了抱吴奶奶,说:"吴奶奶,我走了,您照顾好自己。"

"在外面自己一个人,要吃好,穿好。实在累,就回来,吴奶奶给你做你爱吃的菜。"吴奶奶眼中泛着些泪花。

"好。"

宋熹微笑应着,最后再看了一眼宋家。花园、秋千、人工湖,一到盛夏就开遍围墙的蔷薇花啊,要说再见了,不知何时能再见。

接宋熹微去机场的,是宋怀唐的新助理,宋熹微认得他,他叫唐颂,也是宋家资助过的孩子。

一上车,唐颂就递过来一个信封:"熹微小姐,宋总出差赶不回来,嘱托我把这个交给您,让您在外面照顾好自己。"

"谢谢。"

熹微打开信封,一张无限透支的信用卡、一把钥匙,和一张写明地址的字条。父亲从不亏待她,已为她安排好了一切。她很想再见一见父亲,一眼就好。

到达机场,宋熹微没有再让唐颂陪同,执意要一个人候机。她想一个人等赵晨光。

车子快到机场,赵晨光看看表,清晨六点半。他算着时间,还可以和宋熹微一起吃个早餐,然后送她登机。

这时,手机铃声突兀地响起。

接通电话,听清内容,赵晨光重重踩下刹车,掉头开回市区。

"我没关系,你过去吧。"

电话里宋熹微的声音很平静,赵晨光当然不知道,电话的那头,她已经泪流满面。

"对不起。等我两天,我去英国找你。"晨光道歉。

电话来自邹夏静的舍友,说她因为急性阑尾炎,马上要在医院接受手术。他是绝对不能看着邹夏静出事的,心里稍作权衡,他最终决定去医院。

也就是这一念之差,他错过了宋熹微的再见,错过了或许属于他们的八年时光。

登机的广播提醒在清晨的机场响起,七点三十二分,本该出现的阳光被乌云遮挡,没有送别,没有再见,宋熹微背着双肩包,缓缓地走进安检室。

飞机起飞时,她被一阵耳鸣包裹,但她毫不在意,紧紧盯着舷窗下渐渐模糊的柳川,企图把这座城市刻进脑海。

"小姑娘,第一次出远门吧?别难过,早晚会回家的。"身边的大妈安慰着宋熹微,递给她一张纸巾。

宋熹微摸摸眼角,原来不知道什么时候,她居然掉下了眼泪。

"是啊,下次我就回家了。谢谢您。"

八个小时的时差,航班到达英国的时候,柳川已然入夜,英国却正是阳光充沛的时候。她想,这座陌生的城市,或许会对她以温柔相待。

可惜,她还来不及好好享受英国的阳光,两个躺在公寓茶几上的文件袋,就把她打回了寒冬。

欧式座机响起,李梅媛的声音,自电话那头传来。

"东西都看到了吗?"

"你到底,想要怎么样?"

李梅媛的声音不急不缓,带着一份胜券在握的自信:"签了弃权书,断绝和柳川的一切联系,过去一切,我既往不咎。否则,我就把你亲生父母在这个世界上最后的痕迹抹去。慕音,你知道,婶婶说到都会做到。"

"嗬……你早就计划好了对吗?"宋熹微苦笑着问。

"是让你自己做取舍,不过你亲生父母这么多年都等不到你去祭拜,实在是有些悲哀。"李梅媛威胁道。

"我答应你。"

宋熹微久久吐出四个字,她终究是被所有人抛弃了,在这个陌生的国度。不过不重要了,她太累了,只想逃脱出这个旋涡。一个人没有爱情尚且可以存活,可是视为生命的亲情都放弃她了,她还有什么理由去争取。都不要了,不要了。

"文件签完,你坐下午的火车离开英国。"

"如你所愿。"

火车在有序的节奏声中,带着宋熹微去到未知的方向。从此以后,她会身在异国,遥祝亲人安康,爱人幸福。

至于她,她会藏匿于最普通的街角,过最简单的生活。生命里再无柳川,也无泪水,从此她只剩下她自己。

她细细抚摸着脖子上的银色麋鹿,喃喃自语:"赵晨光,我真的迷路了,可你大概不会来找我了吧。你这个骗子……"

一滴小小的泪珠顺着眼角落下,她对着车窗轻轻挥手:"再见,赵晨光。"

希望至此之后,再无重逢。

## 第六章
### 另一座有光的城
·Yuan Nuan Yi Ren Xin·

每周一上午八点半,三环以内靠近 CBD 的十字路口都格外繁忙,各色轿车排起长队,等待红绿灯交替。

不知道是不是为了缓解紧张的气氛,巨幅显示屏播完每日新闻之后,居然切换到了娱乐访谈类节目。

大屏幕上,萧珩的面孔帅气逼人,正和主持人侃侃而谈。

"前面您说到,您和宋熹微女士已经认识快六年了,那么能不能和我们分享一下,你们是怎么认识的呢?"主持人眼睛里八卦的光芒一闪而过。

萧珩笑着点点头,说:"大概六年前,我在美国,刚刚进这个圈子,压力非常大。每次烦得不行的时候,都会去大街上漫无目的地闲逛。有一次恰好路过一家咖啡馆,看到阿微坐在里面弹钢琴,就听了一小会儿,我突然发现心情好了很多,后来我经常过去,就认识了熹微。"

"哈哈哈,这个相识的过程真浪漫,那不知道两位有没有计划把友情升华一下？"主持人进一步追问，满脸暧昧。

"这个……"

绿灯闪现，银色宝马7系飞一般地逃离路口。意识到马上会有一张超速罚单，赵晨光下线的理智才终于回归大脑。萧珩的声音，还若有似无地飘进耳中，他承认他很怕听到萧珩再多说什么。

自从听到宋熹微的名字开始，他就紧盯着屏幕，侧耳倾听他不知道的故事。原来，宋熹微在美国躲了八年，这期间，一个叫萧珩的男人，陪伴了她六年。光是想一想，就觉得酸涩。

那是六年啊，比他和宋熹微书信往来加上在柳川相处的时间还要长，他可能真的不是最了解宋熹微的人了，他还有资格，靠近她吗？他把藏在紧贴着心脏的衬衣口袋里的银色麋鹿拿出，放在眼前细细端详，这只鹿和她一样，每一个细节都那么精致，只是一受到惊吓，就会远远跑开。

短信提示音叫回了失神的赵晨光，他拿起手机，亮起的屏幕上写着：晨光，今晚可以见一面吗？我有话想和你说。

赵晨光轻蹙眉头，继而摁下一个"好"，把短信发给了邹夏静。

会议室出现了久违的轻松气氛，宣传部的诸位鲜肉第一次发现，冷酷总监宋熹微笑起来的样子居然那么温柔。

温柔的宋总监满意地合上手里的策划书，道："这份策划，做得不错。按照计划先和萧珩公司沟通一下，需要哪些方面的配合，今天整理好，发到我的邮箱，我会给你们提供最大的支持。"

"呃……其实现在就有一个非常需要总监支持的地方。"

项目负责人在周围组员力挺的目光中，摇了摇自己的手，一脸谄媚

地开口。

宋熹微挑眉,看向负责人:"说。"

"这个……主题微电影的女主角,我们想,让总监您……本色出演。"

"对对对,我们组想了好久,觉得您最合适。"

"有话题,有亮点,再没有比您更适合的人了!"

"您能支持我们吗?"

众人你一言我一语,完美地套路了宋熹微。她看着自己一众优秀的员工,微笑。正当所有人都以为总监可能马上要颁布斩首令的时候,却见自家总监微微颔首,说:"好啊,不过我可一点儿都不专业。"

原本还有些紧张的众人因为这句话欢呼起来,少见宋熹微严肃以外的样子,在座众人除了突然,更觉得轻松,一时之间整间会议室都活跃起来。

助理苏琪跑到宋熹微边上,耳语几句,原本面含笑容的宋熹微变了表情。

"你们继续讨论一下细节。"

说完,她起身离开座位。

苏琪跟在宋熹微的身后,必须迈大步子才能跟上她的节奏。宋熹微把高跟鞋踩得"噔噔"响,走路好像带起一阵风,尽管没有表露得十分明显,但是苏琪还是察觉到了她此时不同于以往的情绪。

作为助理,不该问的不问,不该说的不说。虽好奇总监的反常,苏琪还是选择保持沉默,紧跟着总监,履行自己的职责。

"你在外面,不要让别人进来。"

停在自己办公室的门口,宋熹微交代苏琪。

宋熹微似乎低头做了一个深呼吸，以平复有些烦躁的心情。再抬起头时，原本盘旋在她四周的浮躁感都烟消云散。

她挂上谈判时独有的优雅笑容，步伐是奔赴战场的从容。

推开门的那一刹那，坐在沙发上的女人转过了头。画着精致妆容的脸上看不见一丝细纹，想也知道定然花费了不少的精力保养，嘴唇的颜色还是那么红艳，透着说不清的感觉，但肯定不是舒服的感觉。时光似乎没在她的脸上留下多少痕迹，宋熹微盯着她脖子上藏不住的细纹，冷笑，怎么可能会不留下痕迹呢？

"你有勇气回来，却不敢来见我吗？"

李梅嫒双手叠放在腿上，一派气定神闲，红唇一张一合，锐利的目光好似要看穿宋熹微。

宋熹微慢步走到办公桌前坐下，随意拿起边上的笔，轻点桌子，悠悠的语气透着几丝懒散："我倒觉得，先找上门的，是沉不住气的那个。"

看她笑得讽刺，李梅嫒一拍茶几，狠狠指着她，怒道："你别忘了，当初是怎么答应我的！"

"答应？"宋熹微搁下笔，笔碰撞在大理石面的桌面上，"铛"的一声，"李梅嫒，你是不是还以为，我是任由你拿捏的宋熹微？你未免，太高估自己了吧？"

意识到自己的失态，李梅嫒收回手，整了整自己的衣领，冷哼一声："翅膀硬了，以为能飞上天了？我奉劝你，识相的就滚回你的美国去。这柳川，一丝一毫，都没有你容身的地方。"

宋熹微笑出了声，不知道是笑李梅嫒的自以为是，还是笑自己以前为什么会被这样的女人逼得无处可去。她走到李梅嫒身边，相差十几厘

米的身高,让她俯视着李梅媛,她的声音冰冷,凉到了李梅媛心里。她靠近李梅媛的耳朵,轻飘飘地说:"姊姊,你是怕了吗?有的真相一旦揭开,对你来说就是致命的打击。这样,你还觉得王牌在你手里吗?"

因为这句话,李梅媛的身子有片刻不稳,她忙移动一步,稍稍拉开了她和宋熹微之间的距离,重新站定。

她意识到宋熹微不同以往的变化,明白已经不能用过去的手段对待宋熹微了。宋熹微居然学会威胁她了,徐婉音的女儿比徐婉音要强。

"那么,你是回来正式和我宣战了?"她望向宋熹微,眸子中藏着不为人知的恨意。

"宣战?"宋熹微稍作停顿,"不,不是宣战,是告诉你,我们之间的账一笔一笔,都要算清楚了。"

她又靠近李梅媛,用更深的目光紧盯着李梅媛的眼睛:"要好好算算!"

察觉到李梅媛有些许慌乱,宋熹微冷笑一声,她不否认,此时捅破窗户纸和李梅媛兵戎相见的感觉很爽,她曾经怕这个女人怕到夜夜梦魇,现在却让李梅媛产生了恐惧。她知道,李梅媛是一个不容易战胜的对手,这个女人的心太狠了。

"宋熹微,不,还是该叫你邹慕音。你会后悔的,一定会。"李梅媛又恢复了高傲。

"是吗?我很期待呢。不过在这之前,我想您还是识趣地离开我的办公室。不是谁都会喜欢不请自来的人。"

"哼!"李梅媛冷嗤一声站起来,目光有意无意地扫过办公桌下的那个抽屉,然后不作停留,直接离开。

坐回办公桌的宋熹微紧紧握着笔,直到笔壳被握裂,划伤她的手心,她才回过神来。她想,自己还是太沉不住气了,不过是见李梅媛一面,强作镇定以后居然还会感到有些慌乱。久久地,她长叹一口气。很多事情没有缘由,说不上谁欠了谁,但是她知道,李梅媛对她所做的一切,早就超过了可以容忍的界限。

办公室外,苏琪还对这个优雅而来,气急离去的女人充满好奇。那边,一封寄给宋熹微的快递就被送到了苏琪手上。她看着快递,心知现在进去有可能成为炮灰,可她还是抱着被轰炸的决心,敲开了办公室的大门。

"宋总,这是您的快递……您需不需要来一杯菊花茶?"她试探地问道。

"你去和项目组协调我接下来的行程,把待办文件拿过来。今天晚上是不是需要和恒远的负责人吃饭?你去我家把我柜子里从左往右第六件裙子和鞋架上第三排第一双高跟鞋拿过来。"

宋总监十分冷静,面带浅笑的脸上看不出一点儿波澜。苏琪咂舌,女强人都这么善于控制情绪?不愧是宋总,苏琪领命,满怀钦佩地去完成上司布置的工作。

宋熹微拿过快递,上下翻看,撕开信封,一张邀请函掉在了地上。

她一低头就看到封面的钢琴还有邹夏静的侧脸,不等她捡起邀请函,手机就先响了起来。陌生号码,她从来不接,挂断后不久,电话又响了起来。

刚把手机放在耳朵边上,电话那头邹夏静的声音就传了过来。宋熹微皱眉,敢情这母女俩今天是约好了要来找她的不痛快,还是想让她怼完当妈的再来怼这个当女儿的?

"姐姐,邀请函收到了吗?"邹夏静的声音别有含义。

"邹小姐,这里没有你的姐姐,有事请讲。"她也不掩饰厌恶,直接驳了邹夏静的面子。

电话那头传来的呼吸声有些起伏,就在她以为邹夏静要发怒的时候,却听到邹夏静若无其事地说:"也不是什么大事,这周六我要在柳川大学开一个演奏会。毕竟姐姐曾经也是柳川大学的话题女王,借着这个机会回母校看看吧。啊,对了,那天我要宣布和晨光订婚的消息,姐姐作为我的亲人,不会缺席吧?"

也不等宋熹微作出答复,那头已经挂断了电话。订婚?算算赵晨光也有三十二岁了,是到了该结婚的年纪了。

宋熹微捡起邀请函,随手放在桌上。不过是个演奏会而已,回国以后,她就没有怕的。

如果说,二十岁的宋熹微是一朵不谙世事纯洁无瑕的白兰花,那么经过八年来自生活的粗暴洗礼,二十八岁的她就是一株怒放的曼珠沙华,高贵迷人,妖冶冷冽。

暗红色的礼服,藏着低奢的金色刺绣,细长的高跟雕刻成镂空的玫瑰,脖子上的粉水晶闪着晶莹的光芒,几丝卷发垂在前胸。略施粉黛后,她的举手投足,都美不胜收。

"要不,我还是和你一起去这个饭局吧?"认真审视了一下宋熹微的打扮,宋翊铭说道。

必须承认女大十八变,什么时候这个小妮子已经散发出这么迷人的魅力了?

她一笑,白白的牙齿露了四颗:"得了吧,就你那酒量,还是别毁了全能总裁宋翊铭的形象了,赶紧回去陪苏苏姐吧。等着小妹我大杀四方,拿下大单！"

宋熹微俏皮一笑，恍惚又是少年不识愁滋味的潇洒模样。宋翊铭捏捏她的脸，叮嘱道："别逞强，不是还有哥哥吗，拿不下就算了，咱财大气粗不缺这个。"说完，他又转头对苏琪说道，"看着点儿你的上司，有事情直接联系我。"

敢不鞠躬尽瘁吗？苏琪默默领命。

坐在车上，忍了很久，苏琪还是忍不住开了口："宋总，您和总裁感情真好，很令人羡慕。"

宋熹微闭起眼睛靠向后座，就在苏琪以为她不会回答自己的时候，听到她说："是啊，我们的感情一直都很好。"

这一刻苏琪明明白白看到了上司脸上的那抹怅然，第一次发现女强人也会有柔软的一面，这一面究竟是为了谁呢？真让人忍不住，为她心疼。

彼时，在宋熹微应酬的同一家酒店，被特意布置过的包间气氛异常僵硬。

赵晨光看着桌子上被摆成心形的红色蜡烛，还有刻意打扮过的邹夏静，蹙着眉。刚才他进来的时候，看着她的侧脸，还以为看到了宋熹微。等再看清楚环境之后，他无奈地叹了口气，觉得满心疲惫。

"晨光，你在我身边照顾我十年，我知道，你心里一定是对我有感觉的，这是我第十年和你告白，你愿意接受我吗？"

赵晨光打开大灯，破坏了暧昧的气氛。他随手扯过一把椅子坐下，紧盯着邹夏静的眼睛认真地开口："夏静，很早之前，我就和你坦白过了，我承认我有私心，照顾你这么多年只是为了赎罪让自己好过，是我太自私，

给你造成误会我很抱歉。"

"不,不是的!你是喜欢我的,谁会为了赎罪去关心一个陌生人,这话你自己信吗?"邹夏静有些激动,满脸质疑。

喝了一口水,稍微润了润嗓子,他诚恳说道:"如果不是因为我,你会在一个健全的家庭长大。我让你的人生失去了依靠,这些年我尽我所能去保护你照顾你。可这不是爱,你明白吗?"

"你知道的,这十年我的感情你是知道的。虽然你每年在柳川的时间不长,可是每次我出事你都会回来,这样你都不承认心里有我吗?难道,十年的陪伴也不够你爱上我?"

邹夏静说得动容,看向赵晨光的双眸早就经过泪水洗刷,她承认,一直以来她都对他有很多不真诚的地方,可唯独感情她没有丝毫隐瞒。此时,她就像是一个玻璃娃娃,把自己所有的软肋都摊开摆在心上人的面前,只求那一点点怜惜。

"夏静,爱和责任不一样,你是我的责任,可我爱不了你。我丢了她八年,也找了她八年,失去她的痛苦我不敢再经历一次了。"

他的脸上,有邹夏静从未看到过的坚定与虔诚,好像那个她在他心里神圣到关于她的一字一句,都不容敷衍。

这样一句话,于邹夏静,宛如晴天霹雳。可她并没有疯狂,也没有歇斯底里,她反倒一阵冷笑:"呵呵……还是宋熹微。可是怎么办呢?她恨我也恨你啊,从你站在我身边保护我的那一天起,你们就已经没有可能了,你为了我忽略她那么多次,你还找得回来吗?而且,我告诉她,我们要订婚了。"

这下,冷静自持的赵晨光脸上闪过一丝慌乱,她本就对他误会良多,他们之间已经脆弱到不堪一击,他真的能找回她吗?

迷茫在他眼中持续不过几秒,理性的思维就已经给了他最好的答案,不管结果怎样,他都要去坚持。他最后好言相劝:"夏静,别被爱冲昏头脑,迷失自己。是我的自私让你误会,我很抱歉。我会让自己消失在你的视线里,不再打扰你。"

话说完,他径直起身,可满脸惊慌的邹夏静却紧紧抱住他的后腰。抿着唇,他掰开她的手,决然地离开。

他欠她一条命,还了十年又欠下一颗心,可他只能忘恩负义了,他的心给不了她,因为那颗心早就随着那个人的离去流落天涯,直到最近,才重新找回片刻安心。

踏入预定的包间那一刻,宋熹微毫不掩饰自己的精明,气场全开,一出场便惊艳四座。宋怀唐在柳川商界地位举足轻重,他的女儿在座,众人自然不能在言语上过分轻佻,但在商言商,做生意的历来不愿意吃亏。

美女在侧,虽然只能看看,但不妨碍和美女喝酒嘛。

热菜没吃几口,推杯换盏间,已经是三两烈酒下肚。一旁的苏琪看得心急,这么个喝法,总监铁定吃不消啊。

"来来来,宋总监,我再敬你一杯,现在像你这么优秀的女性,可不多见了啊,这杯酒说什么都要喝。"

恒远的负责人已经喝得面红脖子粗,还不等宋熹微咽下嘴里的酒喘个气,就又是一杯酒举到了面前。明眼人都看得出来,这是故意要灌她。

这次合作她志在必得,谈下来不仅有利于翊铭国际开拓二三线城市的市场,更重要的是恒远这次有意向的合作对象里,除了翊铭国际之外,还有宋氏。

所以当下她也不推脱,仰头就又是一杯。

"好酒量!来,再满上!"边上有人起哄。

宋熹微笑意盈盈地摁住了眼前的杯子,又看了看边上的人,说:"李总爱酒,今日我必当好好奉陪的。这是翊铭国际的诚意,就不知道李总今天是不是也带来了恒远的诚意呢?"

她这几年变了很多,也可能是跟萧珩还有米柯待久了,不知道什么时候就养成了特别不爱吃亏的毛病。对方要灌她,她怎么着也要先把合约拿下,再谈喝不喝的事儿。

李总笑得诣媚,满面油光的脸实在让人无法心生好感,他打了一个酒嗝,凑近宋熹微说道:"宋总哪里话,今天这顿酒喝痛快,明天上午合同书一定准时送到宋总监的办公桌上!"

这老狐狸,宋熹微心中暗骂。看来今天注定是谁都不会放过谁了,不过是喝酒,她从来不怕的,不然也不会只身带着小助理杀到这个桌子上来。

"好啊,李总都这么说了,我明天一定在办公室,等着合同书的到来。"

宋熹微拿起盛满酒的玻璃皿,替李总斟满酒,然后举着自己的杯子一饮而尽。四周起哄声叫好声绵绵不绝,因为她的这一举动,酒桌上霎时热闹起来。

"宋总,您悠着点儿。"苏琪在宋熹微耳边小声耳语。

宋熹微莞尔,那笑容在苏琪看来说不出的妖冶。宋熹微也同样小声说:"没事,你保持清醒,别让我被卖了就成。"

这场饭局一直持续到晚上十一点,到最后桌子上的菜也没动过多少,只是桌子上杂七杂八的酒瓶子看起来有些狼藉。一桌子男人都被自家总监喝趴下了，而总监居然还可以这么淡定地坐在位子上，实在是高手。苏琪又默默献上自己最高规格的膜拜。

等到人都走了，硬撑着的宋熹微也终于放松下来，铺天盖地的眩晕感刺激着她的大脑，除了晕乎她就再没有其他什么感觉。

她确实很能喝，不过面对这种不怀好意的车轮战术，除了有些鄙视以外，她也实在是有些吃不消。要不是中途借着去洗手间的空当吐过两回，她保不准就在什么时候光荣倒下。强打着最后一点儿精神，她靠着苏琪往包间外走去。

灯火通明的大堂此时已经安静起来，被暖光一照，宋熹微越发昏昏欲睡起来。她不重，可是同样瘦弱的苏琪搀着她还是有些吃力。

大堂沙发上一直保持姿势不动的身影，在看到宋熹微走出来以后，也站起身来。看到醉得连路都走不稳的宋熹微，他好看的眉头已经紧紧皱在了一起。

只是两个小时前从眼角掠过的一抹影子，赵晨光一眼就确定那是她。他强忍着直接冲进包间把她带出来的冲动，一直在大堂等她。

几个大步上前，赵晨光已经走到了宋熹微面前。一片阴影盖过来，搀着宋熹微的苏琪一抬头，就看到经常荣登各大报纸的赵总脸黑得像墨一样，紧紧盯着自家总监不放。

"呃……赵总，您……有什么事吗？"

话都还没说完，她就见赵晨光打横一抱，把自家总监稳稳地抱在怀里，然后快步离开。

苏琪呆立当场，而后脑子里冒出来的第一个想法居然是——"哇，赵总好MAN啊"。她犯了一会儿花痴，然后才反应过来，总监被抢走

了！！！苏琪欲哭无泪，这算怎么回事儿，等会儿总裁来了要怎么交代。

另一边，被赵晨光小心抱着的宋熹微闻着熟悉的味道，在他怀里找了个舒服的姿势，熟睡过去。看着怀里人面露满足又慵懒的姿态，原本憋着的一肚子情绪瞬间都烟消云散了。

她只有喝醉的模样没有变过，还是和从前一样。

摇头失笑，他把她小心翼翼地放到后座，脱下外套垫在她的头下，再三确认她这个姿势不会不舒服以后，他又把左右两边的车窗各留了几厘米的空隙，这才坐到驾驶座上，缓缓发动了车子。

手机振动个不停，邹夏静的名字闪得欢快，他停下车，接通电话。

电话那头一片嘈杂，邹夏静大着舌头叫着赵晨光的名字，好不容易问清地址，他把地址发给助理，然后把手机关机。

后座的人嘟囔了一声，他挂着笑，重新发动车子。

车速缓慢，车窗外几个骑着自行车的年轻人路过并吹了吹哨子，这些他全不在意。他不时通过后视镜看后座宋熹微的情况，看她在睡梦中微微皱眉，嘴唇无意识地动了一下。他再度减慢车速，更加集中起精神来。

等车子开到自家楼下，他的后背已经因为紧张，渗出了汗来。很多年没有过这样小心翼翼的感觉，乍一出现，他反而感到前所未有的踏实。

有什么东西在他的心里冒了头，只是这个时候他没有精力去一探究竟，他的所有注意力都集中在怀里这个姑娘身上。

前几年，赵晨光在外买了一套公寓，独居在外面。这几年里，大多时候他都在全国各地跑来跑去，对这套公寓的定义不过是一个偶尔的落脚地而已。

可不知道今天是不是因为公寓里多了个宋熹微，连往日冷冰冰的摆件都透着三分暖意。

　　慢慢把她放在床上，替她脱了高跟鞋，她的脚后跟不知什么时候被鞋子磨破了一个口子，渗着些许血迹。她以前从不穿不合脚的鞋子，就像以前从没人愿意让她受委屈一样，想到这里，赵晨光觉得自己的心被揪了一下，有点儿疼，鲜红的血迹刺激着眼睛，也有些疼。

　　赵晨光拿来医药箱，盘腿坐在床边的地板上，小心翼翼地帮她处理着伤口，害怕酒精消毒会弄疼她，他不停地朝伤口吹着气，最后贴好创可贴。

　　这些事情他从没为谁做过，没想到做起来格外得心应手。

　　处理好伤口，他又马上去拧了温温的毛巾过来，替她仔细擦了擦脸和手。

　　这么久以来，他第一次这么近距离地看着她。八年时间，她的眉眼长开了不少，以前略有婴儿肥的脸消瘦很多，令左眼下的那颗泪痣更为明显。难怪以前那么爱哭，原来长了一颗这么好看的泪痣。

　　赵晨光自己都没意识到他在多么认真地盯着宋熹微。因为他俯下身，领带飘到宋熹微面前，若有似无地扫过她的侧脸。

　　痒痒的触觉，让醉意蒙眬的宋熹微半眯着睁开眼睛，这个时候她毫无思维可言，见到赵晨光还以为是他又出现在了自己的梦里。她笑着伸手拽住他的领带，呢喃道："赵晨光，你怎么才来接我？"

　　软软的声音让赵晨光为之一顿，他半撑着身子一动也不敢动，生怕自己再有什么动静把宋熹微吵醒。她要是醒了，肯定不愿在这里多待。

　　宋熹微一个翻身又沉沉睡去，他这才长呼一口气。

　　他轻轻在她的眼睛上印下浅浅一吻，小声说道："是我不好，来得

太晚太晚了。"

最后，他靠坐在床边的地板上，守着他的姑娘对着漆黑的天花板放空。

不知道时间过去了多久，一阵无节奏的砸门声隔着整个客厅传来。他大概猜到来人是谁，也不急着开门，反倒是先关好房间门，避免动静吵醒睡得正香的宋熹微。这样难得相处的机会，历来都是短暂的。

门一打开，还不等他说话，一记拳头直直朝他的右脸招呼上来。他没站稳，整个人都靠到了后面的墙上。

赵晨光擦擦嘴角的血丝，心道宋翊铭下手未免太狠了一些。

"赵晨光，你这是什么意思！"

宋翊铭双目通红，显然是愤怒到了极点，他上前揪住赵晨光的衣领，原想狠狠地再砸一拳，却生生忍住了。

赵晨光挣开宋翊铭的手，原本就少有表情的脸看上去更加严肃，他正正衣领，说："微微喝醉了。"

最简单的陈述语气，让宋翊铭好不容易压制的火气噌噌噌又冒了上来。他讽刺地笑了笑，继而说道："你现在想照顾她了？当初我拜托你照顾她，你却让她消失在所有人的视线里八年！她吃了多少苦你知道吗？你有什么资格把她带回你家？你不想想她，也该想到你还有一个即将订婚的女朋友吧！"

他的声音近乎低吼，赵晨光怎么能，怎么敢把宋熹微带回家。

赵晨光沉默了半晌，倏尔一笑，很是自嘲："我们都对不起她。"

这话一出，就好像当头泼下一盆冷水，把两个男人浇了个透。宋翊铭抬手就给了自己一巴掌，说："是，我们都对不起她。可是，晨光，这八年她活得太不容易了，她好不容易放过了自己，也请你放过她。"

赵晨光看着宋翊铭,目光里的坚定不容置疑:"我错过了她很多年,我不想再错过了。"

"你有什么资格说这句话!假使你曾有那么一刻认真地看着她,你就会知道她多爱你!可你是怎么对她的?赵晨光,你凭什么这么对她!"

丢下这句话,宋翊铭径直走向卧室,抱起还沉溺在酒精环绕的梦境中的宋熹微返回了自己家。赵晨光背靠着墙,无力地滑坐在地上,刚刚宋翊铭说什么?他说宋熹微爱自己?赵晨光,你真浑蛋啊!

玻璃挂钟里,两个金属小人还在一晃一晃,原本还有的那一丝丝温暖,随着宋熹微的离开烟消云散。看着空荡荡的公寓,赵晨光无比清醒地意识到,自己要的究竟是什么。

睡梦中的宋熹微还不知道,这一个晚上她醉酒的时间里,发生了许多事情。这些事情会影响很多人的一生,会改变很多人的结局。

不过现在,这些并不重要。重要的是,她陷入了一场真实到吓人的梦境。

其实也算不上梦,只是记忆里一段不愿回忆的过去,借着酒精出现在了梦里。

在生活最最难熬的时候,她的思念疯如杂草,致使她唯一一次点开了和赵晨光有关的视频。

为这个决定,她后悔过很多年。时至今日仍然在后悔,只是后悔之余多了一分自作自受的坦然。

彼时,她刚刚在美利坚站稳脚跟,修完商学院学士学位,拿到属于自己的第一份 offer,过上了没日没夜的忙碌生活。那时,她发了疯似的想念赵晨光,想知道关于他的只言片语,最艰难的时候她拼命克制自己,

终于还是缴械投降。

点开视频的时候,她的手在颤抖。可在视频里她看见的不仅仅是他,她看见了他们。巧笑倩兮的女子挽着他的手,得体地面对镜头。他曾经是那么低调的一个人,不爱露脸,不爱和媒体打交道,少有的给异性的亲昵都给了她,可如今他们之间早就没了她,爱情顺风顺水。

仅仅这样,她还不至于心痛到无法自拔。倘若没听到他说的那句话,兴许她会觉得世界尚存一息光芒。

他说:"夏静是我应当好好保护的女孩儿。"

心是真的痛到麻木了,连呼吸都一并艰难起来。那时候的她,还不能完全摆脱爱情的影响,认死理地爱着一个人,认死理地恨上了一个人。可偏偏,她最爱的人要用生命护着她恨的人,竟讽刺成这样。

当有一天,所有被黑暗掩埋的东西摆上台面的时候,他一定是站在对立面的吧……

最可笑的是,她怨他,气他,都是自己无理取闹。

你知道什么是世界上最绝望的爱情吗?

是你在爱他的世界里不思茶饭,他在他爱的世界里食甘寝安。

赵晨光回了一趟家,他在卧室里翻箱倒柜,终于从厚厚的书本里,找到了那封无意中捡到的信笺。

宋熹微的字体娟秀,看起来非常赏心悦目。他一字一句地读,读到最后,他脑子里闪过的都是宋熹微半跪在人群中,发了疯要捡回信笺的模样。

他想,世界上可能再没有比他更糟糕的人了。

他捏着信纸，把自己关了一天。这一天里，他的脑子闪来闪去闪出的都是宋熹微的模样，是他明白得太晚，一错就是很多年。他们都有满腹深情，唯独他错过了正确的时间而已。

陆宛卿看着赵晨光紧闭了一天的房门，轻叹了一口气。上一次看他这样，是宋家姑娘下落不明的时候。

她端着一杯牛奶轻轻打开了他的房门，几丝清冷的月光落在地上，他整个人坐在黑暗里，仿佛已经和黑暗融为一体。

打开灯，室内瞬间明亮，陆宛卿诧异地发现，从未哭过的赵晨光的脸上，挂着两行泪光。

他是什么时候意识到对宋熹微动心了的呢？应该是八年前，从看到她弹琴的那一刻开始。只是他不知道，自己下意识地想要去照顾她才不是因为宋翊铭，而是她早就被他放在了心上。他眼睁睁看着她经历那些无法承受的痛苦，心如刀割，这才明白，唯一牵动了他情绪的人，只有她。

他本打算等邹夏静做完手术，就去英国找她的。他们不要她，他要。就算她不喜欢自己也无所谓，哪怕顶着哥哥的名头都好，他要照顾她，呵护她，让她没有眼泪地生活。可是她不见了。当他站在她英国公寓紧闭的大门前，听到这个消息的时候，他觉得整个灵魂被抽走了。

他不知道要去哪里找她，八年里，他漫无目的地走过了二十六个国家，从欧洲到北美，每到一个地方，他做的唯一一件事情，就是找她。到最后他都快要放弃了，觉得她可能不会再回来了，可是她突然就回来了，带着满身荣光和明显的距离感。

他为她相思发狂了八年，可是真正见到她的时候，她却陌生到让他连靠近她都不敢。他小心翼翼地和她说话，默默地去关注着她。可是他

嘴又太笨，明明是想解开和她的疙瘩，却总让她误会成，他在替邹夏静说话。只有在她喝醉的时候，他才能光明正大地照顾她，不，他要的不只是这样。

醉酒醒来的邹夏静，呆呆地坐在桌子前，看着她和赵晨光的合照发呆。这是一起参加晚宴时媒体拍的，挂在网上被她打印出来。多可笑，八年都不够她握到他的心，还赔上了一身骄傲。

她突然把桌面上的东西全部扫落在地上，对着一片狼藉哈哈大笑。

她什么都争不过宋熹微，把她逼出国以后，她成为柳川大学音乐系的翘楚，可老师心里最得意的学生还是宋熹微。她以为她成了宋家的女儿，她把宋怀唐当作生父一样尊敬爱戴，但她明白宋怀唐只不过把她当成一个可有可无的人，她要的一切他都给她，却唯独吝啬于父爱和亲情。

连赵晨光也是一样，百依百顺地照顾着她，心里却从来没有她。凭什么她想要的宋熹微不费力气都能得到，嫉妒的情绪已经完全包裹住她，仿佛下一刻就要完全爆发。

为什么，为什么她在乎的人从来都不在乎她？

她一遍又一遍地拨打那个烂熟于心的电话号码，可号码的那头，传来的只有冷冷一句"您拨打的号码是空号"。

他真的做到这么决绝的地步了，这么想来，八年从来不换号码的原因，大概也是因为如果有一天宋熹微打电话过来，他能够随时在线吧？

邹夏静又笑了，不知道是不是看懂一切以后的自哀或者其他。她觉得因为爱赵晨光放下的那些骄傲，突然全部都回来了。他不爱她，那就都不要爱了吧。她不忍心毁了他，也做不到祝福他，那她就毁了她。这没有错,她欠她的。

"咔!大家先休息一下,我们十分钟以后再拍。"

随着导演一声令下,原本还绷着的宋熹微和萧珩互看着对方早就笑得不成样子,要他们两个演情侣,也不知道究竟为难的是谁。

"阿微你那个眼神,哪里是爱慕,你那分明是盯着自家的狗!"米柯一点儿也不婉转,赤裸裸地道出真相。

萧珩一听,拍上米柯的肩膀,似笑非笑:"您这意思,我不大像人呗?"

"噗——"一旁的小助理没忍住,笑了出来。

宋熹微摇摇手里的剧本,很随意地敲在萧珩头顶:"别闹,我 NG 多少次了,你们还不帮我。你看导演那个样子,恨不得把我撕碎了。"

"你也别着急,先把外套穿上,等会儿别感冒了。"

萧珩随手捞起外套,兜头盖在宋熹微身上,惹得她伸手就是一记无影掌。

"哟,相爱相杀啊。"

陶梦凡提着一大袋热咖啡,从人群外围杀到片场中心,一点儿也不客气地先打起了招呼。

米柯眼前一亮,看向陶梦凡:"怎么提了这么多东西,累坏了吧?来来,果子快帮忙接一下。"

宋熹微和萧珩对视一眼,不约而同地笑了起来。要问最近这浮世里最大的乐趣是什么,无疑就是米柯见到陶梦凡,犹如饿狼看见香喷喷的鲜肉。奈何鲜肉是一块速冻且高冷的肉,米柯的求爱之旅估摸着可以和每年大年初一的贺岁档喜剧相媲美。

果然,陶梦凡犀利的眼神一甩,张嘴就是一句:"慢着,你是在质疑我的能力吗?"

几个人当即爆笑起来,宋熹微站起身,搂住陶梦凡的肩膀:"这位女壮士,感谢您百忙之中探班剧组,还带了这么多好吃的东西。米柯,快替我们送上最崇高的爱意。"

宋熹微挑挑眉,揶揄之余不忘示意米柯接下重物。陶梦凡也不矫情,把手上的东西尽数砸在米柯手上,然后说道:"宋总最近可优秀了,不但和我们萧珩组起了荧屏 CP,连大经纪人都成了你的私人助理。"

好友一开口,就是牙尖嘴利的损样。宋熹微失笑,掐着她的脸道:"别闹了,要开拍了。你们在这里等着,等会儿收工一起吃饭。"宋熹微摆摆手头的剧本,继而走进镜头。

这次的微电影大打煽情牌,把商业气息降得很低。微电影用四个片段把春夏秋冬串联在一起,从暗恋到热恋到误会再到携手相依。而这个过程里,男女主角所用的全部道具,都是翊铭国际的产品,既不会让观众审美疲劳,又不露痕迹地植入了广告。

此时拍的,就是第一幕,暗恋。宋熹微饰演的女主角一直默默跟在男主角的身后,看着他,爱慕着他。在男主角打球的时候,女主角偷偷往他的衣服边放了一瓶水,等她抬起头,发现男主角不知道什么时候,已经从场上,站到了她的身边。紧接着是深情凝视,这一幕宋熹微已经 NG 了二十多次。

刚放下水,宋熹微按照剧本,抬起头来,接着她就愣在了原地。萧珩的身后,围观的人群中,赵晨光静静地站在那里,深情地凝视着她。

她错开眼神,对上萧珩的目光,集中精力看着萧珩,脑子里是怎都甩不掉的赵晨光,不自觉流露出了她最为熟悉的情感。

"好,过!"

这一条终于通过,周围的工作人员都长舒一口气,终于收工了。而宋熹微还站在原地,发着呆,不知道在想什么。

玩心大起,萧珩点了点她的额头:"我这么帅啊,看得都回不过神来?"

"别闹。"宋熹微拍下他的手,眼神不自觉地往他身后飘去。

萧珩循着她的视线往后看,一眼就看到了在人群中尤为显眼的赵晨光。好一会儿,赵晨光才从人群中离开,宋熹微也终于回过神来。

每次见到赵晨光,宋熹微就变成了有故事的女同学,萧珩的直觉告诉他,这两人一定有过什么。

"请问哪位是宋熹微小姐?有您的花。麻烦签收。"

一束紫色风信子被递到宋熹微面前,她却像炸了毛一样,紧紧拽着那束花,想直接丢掉又收回了手。紫色风信子的花语是"对不起",这一次又是因为什么道歉?

晚上吃饭,米柯、陶梦凡尽情演绎相爱相杀,宋熹微静静坐在一边,看着他俩闹腾,笑意不达眼底。全程关注着她的萧珩站起身,说:"给他俩创造二人世界,我们出去走走?"

两个人散步在酒店的花园里,周围安静得只能听到花园里喷泉的声音。

"赵晨光就是那个我喜欢很多年的人。"

她知道自己刚才的反常萧珩都看在眼里,他很好奇但不询问,一如既往尊重着她。索性,她也不隐瞒,何况对于萧珩她从来都没什么好隐瞒的。

走到圆桌前坐下，宋熹微笑着看向萧珩："你一直想问我，又从来不开口。干脆，我给你讲一个故事吧。故事很长，要从一个很幸福的三口之家说起……"

那个时候，宋熹微跑去了美国，心想一辈子可能就这样了，拿着最低的薪酬，过着最普通的生活，聊度余生。

如果没有在美国碰到生父以前的同学，可能她至今都还只是纽约闹市咖啡馆里忙碌不停的咖啡小妹。她忘不了那天下午的交谈，从那天开始，她就站在了一张黑暗密布的网前，只等着她抽丝剥茧，去发掘那些真相。

不顾一切地去考商学院，不要命地打拼出一席之地，终于她觉得自己不再脆弱得一击即破时，她回来了。逃避了八年，终于还是要面对。

她必须承认，听到邹夏静说他们要订婚的时候，她还是难过了。赵晨光究竟有什么魔力，让她一而再再而三地对他念念不忘？

"傻丫头，喜欢就上啊！白跟珩哥混了这么久，啧啧，没出息。"

萧珩拍她的头，阴影里，他的脸上藏着些许落寞。

"是曾经喜欢，快不喜欢了。明天，邹夏静的音乐会，珩哥陪我一起去呗？我想看他幸福，又怕我做不到只是看着他幸福。"她无辜地看着萧珩，可怜地眨了眨眼睛。

"怕什么，怕自己冲上去抢亲啊？小傻瓜，明天我去接你。"

萧珩掐着她略有婴儿肥的脸颊，满目调笑的背后是一贯深藏的情感。

赵晨光一直仰头盯着，直到高层公寓楼第二十三层亮起了灯，仰得久了，后颈传来阵阵酸胀。他全不在意，察觉到自己脸上不自觉挂上的笑意，他笑着摇头坐进了车里。

他点燃一根烟,却一口也不抽,任由猩红小点在夜色里缓慢移动至指尖。他笑自己一个已经年过而立的人居然被感情弄得步步拘谨,又发现在感情上,他其实一直都拎不清。

副驾驶座上还放着一双女式单鞋,他不是很了解女鞋,面对满目琳琅的货架他只认得这一个牌子,是以前她很喜欢的牌子,他记得她说过这家的鞋穿起来最合脚。

他提过鞋盒,缓步走进楼道。这是他第一次止步在她门前,她一直都是一个热爱生活的女生,连家门前也不忘摆上几盆花草。

鬼使神差,他把鞋子挂在了她的门上,然后弯下身,偷采了一朵她的花。门锁适时传来一声响,赵晨光一惊,赶忙闪身躲进楼梯间。

门把手一动,挂在上面的鞋盒掉在地上,在明亮的楼道里发出一记闷响。宋熹微在看到鞋盒上熟悉的LOGO时,就已经忘记了她是要出来丢垃圾的。

垃圾袋被她随手放在门口,敞着的袋子里掉出一些垃圾。她没顾上整理,紧捧着鞋盒,打开。

果然是他送的,这个牌子除了他,没人知道她喜欢。一双软底平跟的杏色单鞋,鞋子两侧各有一只漆片银色小鹿装饰。鞋子下静静躺着一张纸,上面潇洒的字迹一如往昔,纸上说:不合脚的鞋我帮你丢了,对不起。

又是对不起,她嘲讽地轻笑一声。什么时候,他们才可以停止对她说这句话,明明她要的从来都不是对不起。

大门重新合上,一直压低呼吸的赵晨光才舒了一口气,要是别人看到他这副样子,估计都会笑话他。鞋盒已经不在门口,他收拾好她门口

的垃圾,连着袋子一起提下了楼。

门后面紧盯着猫眼的宋熹微紧紧抓着门把,有那么一瞬间她很想冲出去,直接问一句为什么,她想自己应当是要愤怒的,他都要订婚了又跑来做这些干什么？可她没有愤怒,只是觉得本来带着凉意的晚上,稍稍有些暖和。

她可以拒绝世界上所有热情,唯独无法拒绝他的善意。

最后一次吧,假装什么都不知道,心安理得去接受他的好。

柳川大学没什么变化,校门还是那么磅礴大气,不时有学生在门口来来去去,她昨天好像还是他们这个样子,她低头打量了一下自己,一转眼社会就已经在她身上留下了这么多不可磨灭的痕迹。

"今天到场的媒体应该会比较多,你们两个找一个角落待着就行了。田果,你护驾。"

米柯的语气三分玩笑,七分正经。按他说,萧珩今天实在不应该答应陪阿微过来。最近他们两个的绯闻炒得火热,萧珩的曝光度上去了,对翊铭国际和萧珩的事业都是双赢。但是,炒绯闻这种东西,最重要的就是把握一个度,一旦过了头,好事就会变成坏事。

萧珩大概也是个傻子,遇上宋熹微的事情就从没听他说过一个"不"字。

反倒是米柯的话提醒了宋熹微,她竟然没有想到这一茬,萧珩也由着她。仗义,她用拳头轻碰了碰萧珩的肩膀。

邹夏静今天可谓盛装出席,低调又贵气,看着她举手投足的姿态,宋熹微不由得感慨,人民币果然还是很厉害。回来以后,宋熹微多少也听过一些关于她的消息。听说她因为钢琴拿过很多奖，被称赞有才华有颜值有内涵，算是时下柳川颇具美名的名媛之一。

宋熹微环顾四周，整个音乐厅基本已经坐满，在座的大部分人都是熟脸，算是社会精英场，看得出来，邹夏静这几年确实成功，面子大得可以。

"是熹微吧？"身后的语气似不大确定。

宋熹微看清人，微笑着打着招呼："老师，好久不见。"

"是挺久不见了。"宋熹微曾经的老师仔细打量着她，眼尖地看到了她的手指。

察觉到老师的目光，她不太自然地把手藏了藏。钢琴老师慧眼如炬，只看一眼学生的手就大概看得出学生是不是有在刻苦练习。

感觉到她的不自然，萧珩的手攀上她的肩膀。她笑了开来，最近不知道怎么回事，身边每个人都觉得她很脆弱，一有风吹草动他们比她还要紧张。一旁田果紧跟着两个人，目光悉数放在了萧珩身上。

和老师打过招呼后，三个人找了个位子坐下。

那一边萧珩还对她有些紧张，她失笑，拉着田果坐在两人中间隔绝目光。她是真的不那么在乎，失之东隅收之桑榆，她放弃了音乐得到了其他，没什么不公平的。

邹夏静之前一直张望台下，宋熹微一进来的时候，她就看见了。可她今天顾不上宋熹微，这个场的男主角已经换了人，她心存希望，等的是赵晨光出现。

音乐停下来的时候，后门黑暗角落走进来一个人影，面前人头攒动，他一眼就锁定了那一头柔顺的长发。

找了个靠近她的位子坐下，赵晨光双手交叉安放在腹部，把目光投向了舞台。

那边邹夏静已经谢幕，拿着话筒走向台前，笑意款款地看着台下，最后她的目光定格在赵晨光的方向。

"很感谢大家参加我的音乐会。在座的各位有亲人，有朋友，你们一同见证着我的成长，陪我经历过许多难忘的时光。今天呢，在这里我有一个好消息要和大家宣布，我找到了陪我一生的人……"

田果明显感觉身边的宋熹微浑身有些僵硬，萧珩也一并看着她。

"熹微姐，没事吧？"田果握了握宋熹微的手。

宋熹微看了看自己手臂上大片大片的鸡皮疙瘩，摇摇头，紧盯着那处，更专心地去听舞台上那人的话。

在场的所有人都是一副知晓答案的样子，仿佛没什么悬念，不用猜都知道是谁。可没想到的是，随着邹夏静的话语，缓缓走上台的并不是所有人以为的赵晨光，而是李畅。

宋熹微想了很久才想起来这个人是谁，以前和陈俊他们玩在一起，听说一直是个花花公子。花花公子李畅打扮起来，模样还庄正，和邹夏静站在一起倒也不违和。

台下的人显然都蒙了。隔着重重人影，宋熹微都可以想象到坐在前排的李梅媛会是怎样的表情。

李梅媛中意赵晨光这个女婿很久，本想借着这个机会把两个人拖了这么多年的关系定下来，哪里想得到自家女儿突然上演这么一出戏。要不是因为四周皆是名流，她保不齐立刻上台阻止。

"能遇到李畅，我还要特别感谢一个人。我的姐姐宋熹微，说起来，我和他的第一次相遇，还是在姐姐的生日晚会上。姐姐可以给我一些祝福吗？"

现场更热闹了。

可是在宋熹微看来，这更像是一场闹剧。她有些摸不清，邹夏静这一出到底演的是什么戏。

追光灯打在宋熹微身上，冷冷的光线让她整个人看起来也冷冰冰的，她坐在位子上没有动，四周的人随着追光也一直看着她。

就在萧珩和赵晨光马上要为不作反应的她挡住各种探究目光的时候，她站起了身，步伐从容地走下长长的阶梯，最后走上舞台。

她和这个舞台一直无缘，第一次站上这里居然是为了祝福邹夏静。

她挂着公式化的笑容看向场下，目光和邹夏静一接触，就擦出激烈的火花。她的目光没有感情，在邹夏静的解读下却变成了无声嘲笑。

"姐姐在我和李畅的关系里扮演了很重要的角色，所以我最想得到的就是姐姐的祝福。"邹夏静顾自演戏，表情无懈可击，她特意加重了"很重要的角色"几个字，被有心人解读出好几个含义。

宋熹微没有陪她演下去的兴致，她淡淡开口："首先，我要说的是，宋家历来只有两个孩子，我是最小的，上头只有一个哥哥并没有妹妹；其次，谢谢邹小姐愿意让我见证你的幸福，祝福的话我不太会说，不过你们两个确实般配。"

媒体沸腾了。早年就有很多猜测，说李梅嫒和继子继女关系糟糕，但是从未有过哪一方给出明确的答案，大家也都顾忌宋怀唐的身份，这个料一直压了很多年不敢爆出。而宋熹微今天的举动，无疑坐实了不和传言。

说不和其实已经算是客气的说法了，这哪里是不和，明明是敌视。

李畅本来打算一直看戏，可既然他和邹夏静已经绑在了一起，此时他就不得不站出来维护自己的未婚妻。他笑得有些邪气："很感谢宋小姐，既然我和夏静已经准备携手共度余生，那么我自当尽力保护她不受伤害。"

李畅话里有话，期间还伸手紧紧搂着邹夏静的腰，仿佛在预防宋熹微要做出什么一样。

还真是一摊浑水，大家搅和得都很起劲儿。宋熹微看着台下众生百相，心里充满了厌倦。她都还没有发难，他们倒是忍不住先开始了。既然要拖她下水一起演戏，那她自当配合才好，否则不是辜负了他们的一番苦心。

她咧嘴一笑，看着两人，无形让人感到压力："说起来，当年李先生为了追邹小姐，也算是煞费苦心。不过邹小姐如今放弃护花使者选择您，看来您一定做了很多努力。"

不过是话里有话，她也会说。只不过，说之前她犹豫了那么些时候。她其实不想把赵晨光拖下水的，可她最后还是这么做了，那是不是意味着，她没有那么喜欢他了？

再看不下去这出闹剧，李梅媛走上了舞台，背对着台下的时候她的眼中有三把刀子，台上三个人各分一把，都是一刀致命的那种。

三个人的反应也不相同，宋熹微冷笑，李畅冷漠，只有邹夏静稍稍有那么一瞬间心慌。

而当李梅媛转过身面向台下时，她又变成了一如既往端庄大方的模样。这么些年，她给自己在外的形象塑造得很好，成立慈善基金，投资孤儿院，投资福利小学，拿着宋家的钱堆砌自己的好名声。外界也格外买账，对她好评如潮。

也因此，她一站上舞台，四下纷纷的议论声，自动止住。

"夏静这个孩子不懂事，本意想和大家分享幸福，没想到差点儿演变成闹剧。熹微好几年没回来，和我们的感情确实很淡，也是我这个做继母的不够称职，不过能看到你祝福夏静，我们都很欣慰。难怪怀唐一直都说，你这个养女，是最善解人意识得大体的。"

宋熹微清楚地感觉到自己在发抖，"养女"那两个字传入耳朵的时候，她差一点儿没有站得住。她已经没有精力去听台下热闹成什么样子了，她看见的是李梅嫒挑衅的目光，邹夏静不怀好意的笑容。

这下，她才算是真正的没有顾忌没有软肋了，她害怕被知道的，都昭告给天下了。幸好这些年也经历过一些风浪，泰山崩于眼前，她还做得到得体微笑，明明连走路的力气都没有了，她面上还能够做到淡定得好像现在全场讨论的都不是她。

赵晨光先萧珩一步，走到了宋熹微面前。他看出了她故作镇定下的慌乱，伸手环住她的肩膀，让她能把重心倚靠在他身上。后来，宋熹微不大记得赵晨光说了什么，也不记得自己是怎么被带离会场，她只知道自己全程一言不发，面带笑容，看起来像一个置身事外的旁观者。

看到赵晨光上去，萧珩原本急促的步伐停了下来，他回过头笑着看向紧跟着自己的助理，很随意地说："小爷饿了，果子我们去吃好吃的吧。"

萧珩你这个大傻子。

田果把他眸子里的失落尽数看在眼里，在心里心酸地骂道，脸上却是笑着应道："好啊，老板请客。"

几年前，宋熹微还在纽约街头的咖啡厅当打工小妹的时候，曾遇到过一个研究洋流的年轻人，他告诉宋熹微，有时候看似平静的海面下说

不定正有无数洋流汇成暗涌，随便一股都足以撕碎小型船舶。

她觉得现在自己就是那片汪海。

她面色平静地喝着眼前的樱花乌龙，坦然接受对面赵晨光半担心半拘束的目光注视。窗户外面的雨声不断刺激着她的神经，倘若她还是早几年那个不谙世事的姑娘，下一秒她可能就要冲出去跑一跑了。

"想去哪里？我陪你。"

赵晨光的温度从手上传来，温温的，像他这个人一样，温暖之余还能带来些安定。他当然知道"养女"这两个字对宋熹微来说意味着什么，在他们长远的通信史中，他一直明了她对这两个字的恐惧。

他了解她，但不是全部。比如说，她从来都是缺爱的。

不喜应酬又毫不拒绝和父母出席宴会，不爱打扮却又总要求自己衣着得体。她喜欢安静，可整个宋家最不安静的就是她，她小心翼翼地试探着每个人喜欢的样子，然后努力去变成每个人喜欢的样子。

人人都称赞宋怀唐的小女儿彬彬有礼，落落大方，堪称名媛典范。那不过是因为，她把每个人喜欢的样子拼凑成一个模子，磨磨打打，把自己套了进去。在她最深层的意识里，始终没有甩掉"养女"这两个字。

尽力做到人人喜爱，是为了不被丢弃，最后的最后，她还是被丢弃了。

搁下手里的杯子，她一手撑着头，几缕碎发垂在眼前，慵懒的目光对上赵晨光深邃的眸子，说："我没什么事，我的的确确是宋家的养女，这是事实。"

是了，这才是她该有的样子，恐惧是用来面对的，逃避只是延长恐惧的辐射时间罢了。她在灯火下笑意阑珊，居然找不到那些暗涌了，她发自肺腑地开心，今晚可以安睡。

可她越是这样，赵晨光越觉得心疼。他很想拥抱她，紧紧地拥抱她，让她知道他在这里，可以倾诉可以依靠，可以没有顾忌可以随性撒娇。

他确实也这么做了。面对这突如其来的拥抱，她没有反抗，乖巧地靠在他的怀抱中，任由他温暖她冰冷的皮肤。

他们这样静静拥抱了很久，像一对情意正浓的恋人，难舍难分。在这种错觉里，赵晨光以为她真的放下了盔甲依靠着他。

而宋熹微的眼睛仍旧清明，她比任何时候都还要理智。他的怀抱确实很温暖，也有她奢求过很久很久都没有得到的安稳，可惜她不是冒险家，随性二字早就消失在了她的规则里。

"谢谢你陪我，到这里就够了。晨光，你没有对不起我，不要补偿我，也不要怜悯我，这不是朋友之间该有的样子。"

抱住宋熹微的手在一瞬间僵硬得不知如何是好。悲伤地哭泣分很多种，笑着流泪是最震荡人心的。致命的话也分很多种，而和风细雨的平静语气，才字字诛心。

此情此景比不欢而散还要糟糕，赵晨光眼看着宋熹微逐渐消失在视线里，挪动着步子，最终还是没有追上去的勇气。

他太了解她了。

她没安全感，恋旧，认死理，对喜欢的人死心塌地。

她充满傲气，率性，不将就，决心放手就干脆得不留余地。

大概她是真的彻底放下了，终究是太晚了吗？

朋友？赵晨光苦笑，一半身子站在雨里，冷冰冰的雨水顺着他坚毅的脸庞滑下，卷走了他周身的温度。

## 第七章
### 水晶森林的歌谣
·Yuan Nuan Yi Ren Xin·

平静的生活到此为止,在不到一天的时间里,宋家的那些事情已经成为柳川人人口中的谈资。宋氏的股票因此遭受危机,公关部不得不全体出击,试图通过危机公关缓解企业面临的尴尬境地。

没有人为这些事情发声,所有的知情人士缄口不提。独具眼光的媒体抓住重点,打算把宋家这些事做成一个专题,许久都没有遇到这么刺激的新闻了,每个人骨子里的求真性都被完全激发。

他们的首个目标,就是宋熹微。

可当他们真正开始挖掘她的点滴的时候,所有的媒体无一例外地发现,他们找不到宋熹微的过去。她的过去似乎被恶意抹去,完全空白。

宋熹微当然知道这是怎么一回事,她其实很想问问李梅媛,收拾自己折腾出的烂摊子,会不会别有一番乐趣?

当事人还在看戏,最先坐不住的,反倒是宋翊铭。

父母的离异在很长一段时间里都持续影响着他,他才真的是一夜之间没了家的孩子。要么就是他们以为,他成年了,在很多方面都独当一面,所以可以很快地接受家庭破碎的事实。

这些年,他一直都怨恨着父亲,在他看来,是父亲背叛了这个家庭,他把那个女人带回家,逼走母亲。但更令他矛盾的是,明明他一直很明确自己对于父亲的怨恨,却又忍不住去关注父亲的一切。

李梅媛贤妻的形象一直都塑造得很好,可惜他不相信这个女人爱慕父亲。事实也证明了这一点,在所有人都把宋家秘闻当笑话一样传来传去的时候,宋翊铭的关注点全部都放在了宋氏集团股权的逐渐变更上。

宋怀唐的书房里,气氛有些凝重。他刚发了一通脾气,不知道是不是年纪逐渐大了的缘故,他越来越易怒。这个时候的李梅媛完全没有了平常盛气凌人的样子,她半跪在地板上,收拾被宋怀唐砸碎的茶杯。

他们从不争吵,无论她做了多过分的事情,宋怀唐最多像今天这样,乱砸一通发泄一下。这次也是一样,她说出了他宋家埋藏这么深的秘密,他居然一句责怪的话都没有。

李梅媛知道,宋怀唐之所以从来不和她争吵,不是因为他太在乎她,而是他心里根本没有她,吵都不想和她吵。

在大家都默认宋熹微失宠于宋家的时候,一直以来隐居幕后很少露面的宋怀唐,高调地宣布要把宋家住了几十年的别墅过户到宋熹微名下。

这一举动无疑在告诉公众,宋熹微对于宋家而言,早就视如己出。

消息出来的时候,恰好赶上微电影的发布会。当天,宋熹微一身蓝白套装,尽显知性干练,和萧珩的互动,也大大满足了娱乐需要。

"外头都因为宋熹微闹翻了天,她倒是一副没事人的样子。"有媒体打量着宋熹微,偷偷交头接耳。

"她活她的,别人说别人的,指不定这些消息,她都没认真听过。"另一人笑着摁下快门。

"现在是云淡风轻,等会儿媒体提问的时候,估计有她受的了。"

这话说完,两个人相视一笑,开始各忙各的。

确实没有人打算轻易放过这么一个好机会,豪门是非一般丰富得都可以写本小说。宋家是什么来路?少说在柳川也屹立了好几十年,要真有人会放过这么个机会,那只能说,社会进步了。

宋熹微可不管等会儿会有哪些问题砸向她,她等的就是这么一个时机。

不出所料,提问一开始,针对宋家和宋熹微的问题就劈头盖脸地砸了过来。她看了看手上精密的石英表盘,决定先发制人。

"很感谢大家最近给予的关注。接下来我将就大家一直以来的疑惑,做出解答。首先,我的确是养女,但家人就是家人,这一点不需要过多解释;其次,我和李女士、邹小姐的关系确实糟糕,假装友好实在是对彼此的为难;最后关于很多人说的,我抢了邹小姐的男朋友,迫使她不得不接受李先生的求爱,很令我啼笑皆非,我并不认为作为相识十几年的朋友,晨光带我逃离尴尬就意味着我们之间有什么特殊关系。最后,还是希望大家把目光放在我和萧珩的第一部微电影上,虽然我糟糕的演技拖了后腿,不过有萧珩在,还是非常值得期待的。"

一口气说完一大段话,全程不受控制的场面完全被宋熹微所主导。他们想问的她都给出了一个既官方又符合大家需要的答案,该有的激烈问答反倒被她化解成春风细雨的模样。原先她还很纠结要怎么应对关于养女的问题,宋怀唐的举动倒是给她铺好了一个阶梯。

她很聪明，明白宋怀唐这一举动绝对不是巧合。事实上，她和宋翊铭一直都知道，宋怀唐是很关心他们的，只是他们疏离在先，所以宋怀唐的关爱都藏得很深很深。这些关爱并不是无迹可寻，单从翊铭国际一路走来几乎青云直上就可以发现些痕迹。

"你们真的要这么做吗？"

柳苏看着客厅里一站一坐的两个人，面色有些踌躇，最终还是问出了心中所想。

宋熹微回过头看着柳苏，短短几秒的对视，柳苏从她的脸上看到了迟疑、不忍和坚持。宋熹微最后还是点了头，宋翊铭的脸上也是一副决定了的样子。

"翊铭，你们这么做，有没有考虑过宋伯伯的感受？你们明明有其他办法。"攀着宋翊铭的手，柳苏再一次确定。

好看的嘴唇轻抿了抿，他放开搭在腕上的手，说："苏苏，收购宋氏的计划已经启动了。"

宋熹微轻笑出声，大概放在哪里都会有人像她这样，觉得好笑。子女去收购父亲手中的公司，还是凭借父亲暗中投入的资本。这么有悖伦常的事情，他们兄妹做了。

不仅做了，连宋氏的后路都快要堵死。

这一刻，柳苏突然觉得这两兄妹有些陌生，或者是一切都很陌生。她像是无法接受一样，看着宋翊铭的目光充满质疑，她不再说话，找了个借口躲进厨房。

一封英文邀请函就躺在烤箱边，里面藏着的是很多像她这样的设计师梦寐以求的机遇，可一个小时前，柳苏正打算把它丢进垃圾桶。不知

道是不是因为心头那股来路不明的恐慌,柳苏好不容易下定的决心,顷刻之间动摇起来。她把邀请函捏在手上,定定看着它,陷入沉思。

"小微,你害怕吗?连苏苏都不能接受,别人的反应会更激烈。"宋翊铭看着宋熹微。

笑着摇了摇头,宋熹微坐到了他对面:"哥,我们没做错,所以,为什么要怕?"

可是只有我们知道没做错啊。宋翊铭在心里这么想,面上却笑着不说话。

"晨光来找过我,我看得出来,他其实挺在乎你的。"宋翊铭话锋一转,带着几分试探。

"那是他还不知道,我变成了多么可怕的样子。"她下意识地捏紧手指。

从宋熹微回国至今,除了邹夏静的订婚对象不是赵晨光以外,其余的一切都在兄妹俩的计划之中。所有人都意想不到,最近这一波接着一波的惊喜,都来自于兄妹俩的精心策划。他们的目的只有一个,瓦解宋氏,然后收购宋氏。

"怎么可能会有人理解呢?"宋熹微漫无目的地走在街道上自问自答。

柳川入冬了,那些生机盎然的行道树也随着季节陷入冬眠,无精打采地耷拉着枝叶。她今天穿着的是赵晨光送的单鞋,每一步都好像踏在棉花上,说不出的舒适。更神奇的是,比平时矮了七公分的视线,变换角度以后一切看起来都很新鲜。

景都还是以前的景,不过是角度变了变,就又觉得是另外一个样子。

只可惜人都有习惯，习惯是很难改变的。

一声不经意的叹息从她口中逸出，一双温和的手适时拍上她的头顶。

"叹什么气呢？"

回过头来，赵晨光和煦的笑意绽放在眼前，一如年少模样，让宋熹微恍惚以为回到了从前。

那只手还在头顶，错觉早没了。她侧身躲了躲，顺手理了理耳边的碎发："好巧啊，你怎么在这里？"

宋熹微看看不远处的宋家大门，语气还真就像是遇到了一个朋友，话里都是客气的寒暄。

赵晨光的眸子暗了暗，随即又扬唇道："伯父找我说些事情。"

爸爸找晨光？宋熹微愣神的片刻，赵晨光却打断了她的出神："我一出来就刚好看见你对着空空的马路叹气，怎么啦？"

尴尬的气氛被这一打趣冲淡了很多，宋熹微也笑，毕竟两人又变成了朋友，她这种不自然的尴尬实在很丢面子。

她朝宋家大门努了努嘴，不自然地笑了笑。

"回家？"

"嗯，爸爸叫我过去一趟。"

赵晨光把西装理了理，当机立断："我陪你进去。"

她可以拒绝这种好意吗？跟在赵晨光身侧，宋熹微全程都在想这个问题。她更想做的其实是连接一下他的大脑神经，弄清楚他到底是怎么想的，难不成他一点儿都不觉得和她一起出现在邹夏静面前会很尴尬？外头早就不知道把他们的关系传成了什么样子。

"我自己进去就可以了吧，万一碰到邹夏静……"她说道。

迈着步子的腿略有停顿，他停了下来，认真看向身侧的熹微。

"没什么不能见的，我和她其实……"

"你们的事情，不用说给我听的。"

赵晨光话说一半，就被宋熹微打断，余下的那些刚要出口的解释，也都被他一股脑咽回肚子里去。

慢慢来，他在心里对自己这么说。熹微是遇强则强的人，逼得紧了反倒容易弄巧成拙。她不是说做朋友吗，那他就从朋友做起，一步一步来。宋翊铭说她曾喜欢他很多年，现在他再主动一点儿，说不定他还有机会。

宋家大宅一如既往的富丽堂皇，宋熹微以为自己会有所迟疑，然而她没有，她几乎是没有任何顾虑地走了进去，就好像是真的如回家一般自然。回家，这个词有些新鲜，她意识里一直觉得，这里已经不算是她的家了。

出乎意料，客厅里只有宋怀唐在等她。宋熹微很失望，她还想着，按照李梅媛往日里盛气凌人的样子，该不会放过这么一个和她针锋相对的契机。

"小微回来了，和爸爸来一趟书房。"

宋怀唐的语气和平常无二，哪里像是多年没有见过女儿的样子。宋熹微自然也不想感伤，既然父亲想刻意忽视那段过往，她也是乐意配合的。

"晨光，你在客厅坐会儿。"

他和赵晨光刚刚谈了很久，围绕的话题也都在宋熹微身上。外界的传言很多，传到他耳朵里的也不少，这次他约谈赵晨光，主要也是想从他这里听到一个确切的说法。赵晨光也不隐瞒，把该说的老老实实都解释交代了一通。宋怀唐本就觉得这个男孩子在一众后辈里，是比较可靠的，听过解释，这会儿又看到他陪宋熹微回来，心里大概有了计较。

他能弥补的东西不多，时间更是有限。如果能看到儿女幸福，也算了却一桩心愿。

到了书房，宋怀唐先坐到了红木书桌前，他看着眼前出挑的女儿，不出一声。他不说话，宋熹微也不说话，父女俩陷入小小的僵持之中。

久久，宋怀唐叹了一口气，面带笑容地数落着眼前的孩子："你这丫头啊，心硬。是不是爸爸不开口，你就一辈子不和爸爸说话了？"

宋熹微很小就学会了察言观色，这项技能让她逃脱过很多次李梅媛酝酿的毒打。她也看出父亲故作轻松的语气下，那浓浓的感情。

她不知道怎么接话，下意识地咬紧了嘴唇。

"小微啊，爸爸知道，你怪我对你不闻不问还把你送出去，所以，你心里藏着事情也不会和我说。我多少猜到一些，和你的亲生父母有些关系，这是你的事情，我不过问。爸爸不是一个合格的父亲，对不起你和你哥哥。可是我已经老了，总想着还可以像以前那样，你朝我撒娇，让我带你去吃好吃的东西。"

太阳光从半开的窗帘钻进来，有些打在桌上，有些打在宋怀唐身上。打在他身上的光线映着他头顶日渐增多的莹莹白发，有些刺眼。

宋熹微心中有些动容，她从没有责怪过父亲，只是时隔太久，浓厚的感情也变得生疏，不知道怎么去靠近他。

"爸，我没有怪你。"

她抠着指甲，低声苍白辩解。言辞之中，是连她自己也陌生的语气，哪里像是在和父亲说话，疏离得令她自己都有些惊讶。

宋怀唐刚想拿起桌边的水杯，手没伸出一半就收了回去，他稍垂了

垂眼皮，继而说："音乐会上的事情，我都知道了。小微，你要知道，在爸爸眼里你早就是我的孩子了。不要去在乎别人怎么说。"

明明一肚子的话，说出口都变成了无关痛痒的安慰。宋怀唐也沉默了，不知道还能说点儿什么，最后他拿出产权转让书，示意宋熹微签字。

她咬紧嘴唇，犹豫着开口道："爸，我今天来，其实是想和你说，这栋房子，我不要。它曾是我的天堂，也有我的噩梦，我不要。"

这下，宋怀唐整个人看起来都有些颓意。他无力地往身后的椅子靠去，似是疲惫般闭上眼睛。

"不要，就不要吧。你能回来看我，我很开心。"

眼泪忍不住滑落下来，人真的很奇怪，明知道有些话出口就会伤人，但还是执拗地说了出来，违心的话伤了别人也为难了自己。

她趁着宋怀唐闭眼的时候抹了抹脸上的眼泪，怕多待一会儿就会忍不住，她忙说："爸，我得走了，公司还有事情。我……下次再来看您。"

她微微颔首，然后退出书房。书房门合上的刹那，宋怀唐睁开双眼，也是两行清泪落下。

宋熹微在书房这期间，赵晨光就一直坐在客厅的沙发上等她下来。还没坐多久，邹夏静和李畅就一起回来了。自打演奏会的新闻一出，李家就开始紧锣密鼓地筹备两个人的婚事，连带着李畅也几乎是天天到宋家报到。

然而宋家并不待见他，宋怀唐象征性地打过招呼就顾自忙碌，李梅媛更是鲜少给过好脸色。回回他来也不过是一杯清茶招待，哪像赵晨光偶然一来，就又是水果又是好茶。

李畅面色不愉，邹夏静也好不到哪里去。她看着赵晨光的眼睛里藏了千言万语,可他也只是礼貌地打了一个招呼而已。

"晨光,你怎么过来了?"邹夏静的语气略有期待。

在她满目柔情地看着赵晨光的时候,宋熹微已经站在楼梯拐角了。此情此景,十足一出分手后前任后任欢聚一堂的戏码,显然当事女主角对前任还念念不忘。

"我好了,走吧。"

赵晨光还没回答,宋熹微就已经一边说话一边往下走。一看到她,邹夏静满目柔情也没了,只剩愤恨。没了观众,李畅也不做戏,兀自当回了旁观者,玩味十足地看向宋熹微。

宋熹微很不喜欢李畅这样的目光,就好像鱼贩子打量案板上的鱼肉,琢磨着从哪里下刀子。她走过李畅,悄声说道:"李先生要是仔细看看未婚妻,不知道能不能读懂她的满目柔情。"

早些年他们一圈人就一直说,宋家妹妹笑起来是顶好看的。一如她现在笑着说完整句话,明明是恶意搞破坏,竟一点儿都不让人反感。

赵晨光全程无话,宋熹微走向大门,他也跟着走了出去。留下的邹夏静有些气急败坏,满脸怒气。李畅玩着手中的金属打火机,看了看消失在门口的背影,又看了看眼前人。能让她一瞬间丢掉所有的傲骨修养,左右不过一个赵晨光,也罢,交易而已。

赵晨光发现,宋熹微每回遇到邹夏静,就会变成极具攻击性的刺猬,随时准备出击。他总觉得这两个人之间肯定还有更深的嫌隙,他有些好奇,却也不问,他深知,但凡他现在提到邹夏静的名字,她随时可能转身离去。

陶梦凡的电话打了进来,宋熹微一接起,那头就传来急促的声音:"阿微!联系上了!他人现在在挪威,我把地址发给你。"

一听这话，宋熹微顿时来了精神，当即打电话让助理订最快飞往挪威的机票。

她觉得自己现在就站在通往黑暗的大门前，只要一伸手，那些尘封的秘密，都将暴露在阳光下。同时，她有些慌乱，害怕猜测被证实，那个时候，她不知道自己还能不能保持冷静。

她身边的赵晨光同样严肃，听到她要马上出国，他的每一个细胞都紧张起来。他最怕她又突然不见，恨不得她时时都在他的视线里。没有犹豫，他也同时让秘书订下同一班航班。

"晨光，能不能麻烦你送我去趟机场？"

她的车前两天被陶梦凡开走，今天出门也没叫司机接送，无奈之下只得麻烦赵晨光。

他一直把她送到了登机口，眼见就要和她一起登机，宋熹微这才意识到赵晨光要和她同行。

她涩然笑笑："我自己去就行了，你那么忙，不用陪我。"

他配合安检人员检查过后，随着人流和宋熹微一同登上飞机。安稳地坐下以后，他才说："挪威太远了，我不放心。"

宋熹微不再说话，转头看着窗外。她发现一件很令她头疼的事情，那就是她最近完全拒绝不了赵晨光的热情。

说好划清界限只做朋友的。

想到这个，宋熹微就有些头疼，只觉得最近一切都乱七八糟，没来由地厌倦。

她再不管身边体贴入微的赵晨光，戴上眼罩准备睡个天昏地暗。陶梦凡给的信息都已经安稳地躺在她的邮箱里，一觉醒来，她就将触碰到找寻多年的真相。

有时候她觉得自己其实很幸运，人生经历坎坷了点儿，但遇到的人大部分都是好人。何其有幸，有一个事无大小鞠躬尽瘁的陶梦凡，还有在异国和她相依为命的萧珩、米柯。

不过宋家的水太浑了，她想，回国之后还是让梦凡赶紧脱身别再掺和。

柳川还在初冬，挪威已经成了冰雪天堂。冰屋外不时有雪从檐上滑下，几个孩子裹成了棉花包，在雪地里打雪仗，一不小心，就会在地上滚来滚去，说不出的活泼有趣。

这般童趣不大能引起宋熹微的注意，她紧盯着眼前冒着袅袅白烟的茶杯，看得久了，长长的睫毛上凝起了细小的水珠。

"你长得很像定邦和婉音。说起来，我也算是见证了他们两个人的爱情，造化弄人啊。当初我们大家在人生地不熟的海城找你找了那么久，没想到后来又是你找我找了很多年。"

正对面坐着的，是曾经和亲生父母同窗多年的好友，宋熹微这几年一直辗转在找他。关于父辈的事情，他算是最知情的那一个。

赵晨光安静地陪在宋熹微身边，没有想到宋熹微不顾一切跑来见的是她生父的好友。

长辈从手包里拿出一个厚厚的信封，对她说："这些东西，是当年我和你爸爸的几个好朋友收集的资料，后来听说那个人投案自首，我们也就没有接着查下去。现在给你，也当是我们尽了朋友的义务。等我回国，再去祭扫你的父母。"

长辈详细地记下了宋熹微的联系方式，然后离开了冰屋。他来挪威出差日程仓促，能匀出时间和她喝一杯茶已经十分不易。

宋熹微紧捏着手头的牛皮信封，这些年找到的东西七拼八凑，铺开在她的脑子里，就像一把刀子刮得生疼。

赵晨光伸手摸了摸她眼前的杯子，茶水已经有些凉，她喝了铁定要胃疼。他拿起杯子走到包间门口，招呼服务员换一杯热茶。

他起身这当口，宋熹微打开了手中的信封。这是当年事故现场的一些照片和有关那场事故的资料，仅仅看了前面两张，她就已经浑身发抖。内容和她这些年查到的都差不多，当她看到最后一张的时候，那双好看的眼睛瞪得极大，大脑的第一个认知让她浑身冒出细密的冷汗。

原本她可能永远都不会想去追究当年的那场车祸，一切都仿佛天衣无缝，好像是命运的齿轮滚过一般，她的父母出了车祸双双殒命，她的叔叔在赶往车祸的路上救人溺水，她的婶婶成了她的监护人，接管了她所有的财产然后遗弃她。

她以为，婶婶只是把叔叔的死亡归罪到了她的头上，她以为婶婶丢掉她只是因为只要看见她就不由得心生怨恨。

是她错了，她不知道人性可以恶到什么程度。当她在那个偶然的下午，遇到生父以前的同学，她才知道，李梅媛竟曾那么疯狂地爱慕过父亲。

她的父母和李梅媛是大学同学，父亲出身平凡，却以满腹才华吸引着身为富家小姐的母亲，母亲为了爱情孤注一掷，脱下家族光环选择成为邹太太。在他们的眼中只有对方，不理旁人。但他们两个谁都没有发现，以好友身份接近父母的李梅媛，在很早以前就对父亲种下情根。

父亲不爱她，她就嫁给了和父亲七分相似的叔叔，聊以安慰。

怪不得她对自己那么糟糕，谁会喜欢情敌的孩子。

让她心生疑虑的，是后来肇事者被捕时，随身携带的贵重物品。虽然年代久远,但她还是一眼认出。那条嵌着钻石的手链,曾经被母亲深深锁在梳妆台最底层的抽屉,只有中秋才会悄悄拿出来看看。

让她心中最后一丝犹疑豁然解开的,是方才那张照片右下角的模糊身影。藏在人群中极不容易被发现,或者说,那个人想不到自己的身影居然会被照片记录下来,她身上的那条裙子啊,和当年丢下她时穿的那条一模一样。

宋熹微觉得自己的脑子完全不受控制,她紧掐着那些照片像疯了一样往室外跑去。赵晨光端着热茶,就只见宋熹微没穿外套迎面跑来,他想去拦下,却被她推开,端着的热茶悉数洒到他的手上,好看的手瞬间红了一片。

赵晨光顾不上疼,大步跑到宋熹微刚刚坐着的地方,伸手捞起她的羽绒服,然后反身追她。他满心担忧的是她那完全不能受冻的身体,着急到忘记自己也没穿外套。

宋熹微满眼通红,像一只无故受伤的孤狼,满身戾气无处发泄。她在茫茫雪地上不知道跑了多久,四周的寒意透过衣服的纤维,刺痛她的皮肤。

可这点儿痛算什么,比真相还让人悲痛吗?

李梅媛,她恶狠狠地叫着这个名字,恨不能立刻回到柳川,用最锋利的刀子一刀一刀狠狠刺进她的心脏。

她怎么能?怎么可以那么丧尽天良?

零下的气温让她浑身都有些麻木,肺部因吸入过多冷气开始剧烈咳嗽,已经跑不动了,她却不想让自己停下。她怕自己再慢一点儿,就会掉到那个黑漆漆的阴谋里,到死都不知道自己成了十足的傻瓜。

身体已经到可以忍受寒冷的极限，她双膝不受控制地一跪，整个人在雪地里狠狠滚了几圈。匆匆赶来的赵晨光立马用羽绒服裹紧她瑟瑟发抖的身体，用自己也冻得有些麻木的手打横抱起她往室内跑去。

这一刻，他无比庆幸自己在她身边，否则他不敢想象她这样在雪地里奔跑，会有多么可怕的后果。

宋熹微小时候在雪地里受冻，落下病根，往后一到冬天，她的免疫系统就格外脆弱。还没入夜，她就发起高烧，整个人烧得迷迷糊糊，嘴里还咬牙切齿地呢喃着"恶毒、杀了你"之类的梦话。

赵晨光全程紧张地陪在她的身边，好不容易等到她稍稍舒服一些沉沉睡去，他握着手机跑到阳台，拨下国内长途。

接到赵晨光的电话，陶梦凡有些意外。在听完他严肃认真地说完整个经过的时候，陶梦凡只得和盘托出。

"我只知道，李梅媛以前是她的婶婶，还把她遗弃过。其余的，她没说我也没问。这几年她心里比谁都苦……拜托你，先照顾好她吧。"

赵晨光握着电话的手有些苍白，之前烫起的水泡在刚才抱宋熹微的时候全部磨破，现在整块皮肤看起来都有些溃烂。

他顾不上手，所有的精力都还在消化刚刚听到的内容。隔着玻璃看病床上熟睡的那个人，是那么惹人心疼，她究竟遭遇过多少无法言说的伤痛？

紧接着，他拨出第二个电话。

电话里，他的声音一如以前那般冷静沉着："翊铭，不论你们要做什么，赵氏都全力配合。"

以前人人都说他赵晨光为人谦和，是个人品样貌能力俱佳的青年才俊，而他突然发现，自己不过是个护短到锱铢必较的人，有关宋熹微的一切，他绝不大度，绝不容忍。

宋翊铭收起电话，定睛看向面前不发一言的柳苏。他希望刚刚那个电话可以再长一点儿，或者是有什么突发急事，好让他借口出去躲躲。

可惜天不遂人愿，赵晨光的电话只持续了短短十几秒，都还没有让他思考好要怎么解决当前的问题。

柳苏的表情很复杂，和以往争执冷战时的都不一样。宋翊铭看见了害怕，看见了不舍，更多的或许是坚决。

"苏苏，你给我一点儿时间，我们……"

宋翊铭紧紧交握着自己的手，话到嘴边，再吐不出一个字来。他内心没来由地慌了起来，因为他意识到，曾经和柳苏无话不谈时常交心的样子，似乎已经是很久很久以前了。

柳苏凝视着他，苦涩一笑："翊铭，你知道吗，这些年你变了很多，我甚至觉得自己，再也走不进你的心里去了。"

这下轮到宋翊铭沉默，他确信她爱她，和自己爱她一样深刻。可他忘记了，所有的感情，需要交流需要维持。柳苏一直在努力地维持他们的感情，但他没有。不可否认，他忽视了很多事情。

在他忙着布局，忙着使用商业手段，忙着对付李梅媛的时候，他忘记了自己原来的样子。

时间会改变很多事情，纵使两人深爱彼此从未变过，可柳苏有自己的坚持和倔强。

她比任何人都明显地感觉到，宋翊铭变了。那个以前会把心事写在

脸上的男孩儿，被时间雕琢成一个她捉摸不透的男人。

她努力无视这种认知，甚至成了爱情里那个时常妥协的人。她反复告诉自己，他还是他，那个温暖、有爱，永远对她心怀温情的大男孩儿。

可他开始对她有所隐瞒，让她再不能完全认识他。柳苏曾想过，爱情不是两个透明人在一起生活，她要尊重他的小秘密，理解他陪伴他，所以她甚至决定为他放弃成为国际知名设计大师米菲儿助理的机会。

她却突然看见了一个站在阴影里完全陌生的宋翊铭，而她尝试去靠近他，发现只是徒劳。她自己或许也无法理解，她对宋家的感情毫不逊色于宋家的任何一个孩子。她理解家中生变对他造成的所有打击，但她始终不认为，这是他吞并自己父亲公司的理由。

起初，她以为自己是无法理解他的这个举动，后来她才发现，是她无法理解他这个人本身了。

他变了，可她没有。

她害怕极了，她不得不承认，在他们的感情里她一直是自卑的。以前她怕自己不能和宋翊铭比肩，现在她怕终究有一天，宋翊铭变成另一个宋翊铭，不管她多努力都追不上他的脚步。

她从不敢设想那一天来临时的模样，她害怕失去他，但她却清醒地认识到，这样下去，她一定会失去他。那种陌生感就像一个信号，敲醒了她心里的警钟。

维持现状，他们的感情会在彼此渐行渐远中面目全非，所以她有了决定，她要给他们设定一个距离，这个距离或许会很长，但如果有一天，宋翊铭踏出靠近她的第一步，那她一定飞奔回到他的身边。那个时候，她会站在一个离他更近的地方，看到他看到的世界，然后重新去理解他的一切。

柳苏站了起来,把那把从不离身的家门钥匙,放在宋翊铭面前。

她脸上的笑容似三月里的茉莉花,清新可人:"翊铭,米菲儿需要一名助理,她邀请我去意大利,我想了很久,这个机会很难得,我实在舍不得错过,祝我好运吧。"

柳苏很少穿高跟鞋,她走路步伐轻盈,很少发出声响。可宋翊铭听到了她离开的声音,每一步似乎都没有留恋,敲在他的心上,把他所有去追上她的勇气,统统敲光。

她没有让他等她,也没有承诺回来,那两个字她不忍心说,而他也不敢追问,他怕深究之后彻底失去她。

宋熹微病了好几天,白皙的肌肤在病中更加苍白,偏偏高烧让她的嘴唇红得吓人,加上她那一头乌黑的秀发,每次护士小姐为熟睡的她换过吊瓶都忍不住感慨一句"来自东方的白雪公主"。

赵晨光也好不到哪里去,等他注意到自己的伤口时,那里已经发脓了。最后医生不得不给他裹上厚厚的纱布。

几天的昏睡,让被仇恨与愤怒冲昏头脑的宋熹微冷静下来。当她睁开眼睛看到满脸胡楂的赵晨光时,她居然像什么都没发生过一样,温柔一笑。

"我迷迷糊糊的时候,听到护士小姐夸我是白雪公主。"她的语气像是在撒娇。

连续几天衣不解带地照顾她,赵晨光几乎没怎么安睡,嗓子从前两天就有些喑哑。他伸手摸了摸熹微的额头,顺便替她理了理粘在脸上的

头发。他带着一丝调侃道:"你见过谁家的公主,天天在医院里住。"

宋熹微低低笑了起来:"我什么时候可以出院?我想回去了。"

她越是不提之前发生的事情,赵晨光心里就越是担心。他知道她肯定都记在心里,藏得越深,越痛苦。

他也不戳穿,端起一边的粥喂到她嘴边:"挪威这么好看,好不容易来一趟,我带你去看北极光?"

"好啊,大凡一直想看,拍照回去刺激她。"她像个没事人一样和赵晨光说笑。

喝过粥,胃里有了些许饱腹感。宋熹微翻了一个身,面向窗户,背对晨光。她看着窗外树梢上晶莹的雪花,方才还干干净净的眼睛里,闪过一道又一道光芒。

这几天,她虽然病得迷迷糊糊,但是大多时候思维都还算清醒。高烧禁锢了她的行为,同时也让她真正冷静下来,去思考现在要做的事情。

她被"过去"这两个字捆了二十多年,一提及,伤痛总是接踵而至。刚到美国那一年她过得分外清苦,偶尔食不果腹,但却是一生中从未有过的轻松。

那才是她真正想要去追求的生活,人一辈子应该朝前看,她不要总被过去拖住脚步。

应当要做一个彻底的道别,和李梅媛,和邹夏静,和海城、柳川,要清楚明白地把过去遗留的账一并算清。

"晨光,看完极光以后,我们之间也都算算清楚吧。"

她的小声呢喃,在浴室梳洗的赵晨光并未听见。他不是一个喜怒形于色的人,看着镜子里胡子拉碴的自己,他更加坚定自己当初所想。

宋熹微病时,他做了很多事情。至此,他算是和宋翊铭完全联手,病床上的那个女孩儿尚且不知,这些天里,爱她的人为了保护她都很自然地走到了一起,他们愿意成为她的盔甲,让她的每一场战役都无懈可击。可她早就在一个人的世界里,学会了自我保护,也忘记了被呵护是多么幸福的事情。

宋家茶室里,李梅媛、李畅外加一个邹夏静,气氛显得有些诡异。李梅媛习惯了把人控在手心,可眼前这个准女婿总是让她捉摸不透,没来由地对他有几分厌烦。

"宋怀唐草拟的遗书里,只留给您这栋房子,股份尽数给了他两个儿女,余下的股票基金不动产全部给了喻华珊。看来,您这几年的贤妻形象始终还是敌不过原配在他心目中的地位。"金属打火机一开一合,声音刺耳却远没有他的话具有杀伤力。

邹夏静看见母亲变了脸色,下意识地去扯李畅的衣角。李畅不着痕迹地避开,然后继续说道:"其实您早该看清了,把从宋熹微那里骗来的百分之十的股份给我,宋氏早晚都会落到我的手里。到时候您的女儿是宋氏首席夫人,对您来说,一点儿也不吃亏。"

在李畅眼里,商人向来无利不起早。他肯拿自己的婚姻做交易,对方若是没有十足的筹码,他也不会动心。

"怀唐呢?你要怎么对付他?"

李畅挑了挑眉,邪魅的眼睛打量着眼前这母女俩,都是满腹算计、心思狠毒的女人,偏偏栽在爱情这种可有可无的东西上,实在可悲。

他笑道:"宋怀唐怎么说也算是我的半个岳父,只要他肯退居幕后

安享晚年,我当然是要好好供养的。"

李梅嫒向来自持的高傲在李畅面前遁了形,从她深锁的眉头上不难看出她内心的纠结。

李畅丝毫不着急,他早就稳操胜券,蛰伏多年等待的时机终于到来。宋家,自打第一次走进这栋房子,他就发誓定有一天要创造比这更奢华的世界。宋翊铭、赵晨光,商界传奇?天之骄子吗?不过是仗着出身,前途坦荡罢了。论能力,他们又算什么呢?

"好,不过我还有一个条件,你和小静先把结婚证给领了。"

听见这话,邹夏静手中的杯子砸在了昂贵的地毯上,热茶洒了一地,溅上李畅光亮无尘的皮鞋,也溅湿了她自己的裙摆。

"妈,我们订婚仪式都还没有办,领证会不会太早了,你也知道……"她的表情像是哀求。

李梅嫒不为所动,连目光都不曾在邹夏静脸上停留,她直直看向李畅:"如果可以,明天上午你们从民政局出来以后,我在公证处等你们。"

一锤定音,邹夏静心里最后的一点点希望都消失无踪。她不再说话,低头默默拾起掉落的杯子,轻轻搁在光滑的玻璃桌面上。

走出家门时,她仍旧低头沉默,李畅饶有兴致地看着她这副模样,末了轻声在她耳边开口:"原来,你母亲中意的不是赵晨光那个女婿,她在乎的只是谁能帮她控住宋家的钱。你心里的如意算盘估计打不动了,我给你一个机会,你现在后悔,之前我们的协议都不作数。我听说赵晨光最近陪宋熹微在挪威看极光,你现在去找他,还来得及。"

话音一落,李畅明显看到矮自己一个头的邹夏静全身都在发抖,双拳紧握,连呼吸都变得有些沉重。果然爱得很深,他邪笑着想。可惜,他不爱她，强求无效。所以她才变成为了目的任人摆布的样子，多傻。

"明天早上，你记得穿白色衬衫，那样拍照比较好看。"

她说完，也不看李畅，径自走向自己大红色的跑车，扬长而去。留下李畅站在原地，笑意阑珊，先前的不郁疏散一空。

挪威的雪原非常干净，远远望去没有一丝瑕疵，很纯粹。宋熹微整个人裹成了一个粽子，她不知道赵晨光哪里买来的大棉衣，她觉得自己现在就像是一只企鹅，走起路来肯定分外滑稽。

车只能开到营区前，接下来的一段路都要涉雪前行。赵晨光背着帐篷走在前面，宽阔的肩膀扛着所有东西，步伐稳健，还时不时回头冲她露出一个温暖的笑容。

这是这段时间以来，宋熹微第一次这么毫无顾忌地看向他。以前，只要一看他，她的心就小鹿乱撞，脸像是打了厚厚一层腮红。能这么心平气和地看着他，从未有过。

她笑着摇了摇头，一步一步踩着赵晨光走过的脚印前行，雪地太美，她不忍践踏。

营地里有不少人，大多都是情侣，他们从异国他乡而来，和心爱的人一起目睹这照亮北极圈极夜天空的光。

赵晨光三两下支起帐篷，又在帐篷里铺上厚厚一层垫子。刚一落成，隔壁一对来自澳大利亚的情侣就送过来一些还冒着热气的食物。

宋熹微一直觉得自己的感情应该是很丰富的，尤其是当陌生人向她露出友好的时候，她会觉得心里非常暖和。

大概是因为，经历过陌生人雪中送炭，才更珍视突如其来的友好。

可惜现下她手边没有什么答谢的东西，正尴尬的时候，赵晨光不知道从哪里变出了一瓶红酒，笑着递到情侣手上。

他还在和对方用流利的英语聊天，对方听说他曾经在澳大利亚居住过很长时间，顿时更对两人心生好感。宋熹微全程听着三个人的对话，她必须承认的是，赵晨光确实很会照顾人，以后若出现一个被他全心全意爱着的人，那对方定然幸福无比。

"发什么呆？"

头顶的头发被狠狠揉了一下，头皮接触到冰冷的手指，有些发麻。

拍下头顶的手，她才注意到那明显的伤口。刚才为了快点儿组装好防风帐篷，赵晨光脱掉了手套，好不容易要结痂的伤口在冷风中一冻，又裂开了些许。

"手流血了。"她指指他的手，递上纸巾和手套。

赵晨光笑着接下东西，道："没事。"

此刻的天空还是黑黑的一片，既没看到星星，更找不到极光的影子。两个人并肩坐在帐篷口，厚实的帐篷挡住了身后呼呼的寒风，并不怎么冷，唯一不对的就是两个人之间沉默的气氛。

暖橘色的风灯在雪地上映出一个橘色的圈圈，宋熹微随手拢了一个圆圆的雪球，赵晨光捡了边上的两片针叶，把雪球揉成了雪兔子交回她手上。

"你还会做这个？"雪兔子萌萌的样子让她大为喜欢，看向赵晨光的目光带着赞许。

"前两年去日本的时候，遇到了一场大雪，被困了几天，和当地人学会的，喜欢吗？"

"很可爱。"

赵晨光看着宋熹微把玩手中的雪兔子,片刻出神。事实上,遇到大雪被困的那几天差点儿让他命丧日本,明知道有暴雪他还是毅然去了那个日本小村庄,不过是因为听说那边有一个疑似她的长发华人钢琴师。

四周突然开始欢呼起来,不知道什么时候,被浓墨遮掩住的天空拨开了云雾,一道璀璨的星河悬在空中,紧接着一道道莹绿的极光扭出绚丽的舞姿。

真的很美。

在这空旷洁白的原野上,这些光好像都带上了净化人心的作用。

"大凡,能看见吗?我身后的北极光!"

她献宝似的点开视频聊天,急着和陶梦凡分享见到的美景,顺带想孩子气地刺激她一把。

视频那头米柯顶着一头杂乱的头发露出了半张脸:"啊,看见了看见了。那什么,大凡在洗澡。"

宋熹微被视觉听觉双重冲击,手一哆嗦,挂断了视频。这时,陶梦凡刚好包着湿漉漉的头发从浴室出来,问:"我电话是不是响了?"

米柯笑笑,不自觉往身后挪动几步,道:"阿微发视频过来,想和你分享挪威美景之北极光,我一哆嗦,就帮你接了。"

陶梦凡面露诡异的笑容:"然后?"

"然后……我告诉她你在洗澡……"

"米柯!我宰了你!"

陶梦凡大呼一声砸向米柯,天知道当下她内心多么复杂,明明是最近奔波好不容易回到家,累得要死准备洗洗睡,这货上门送个夜宵,就

赶上宋熹微的视频,果然放米柯进门就是个BUG。

被胖揍一通的米柯揉着脸,内心激动得快要飞起,他想,他要赶紧告诉他的小珩珩自己在求爱之路上又取得了一大进步。

谁知他的小珩珩此时正拉着田果窝在路边摊大棚里撸串,真是一没看住就放飞自我,自我管理什么的都喂了狗了。但米柯同学深知自己大概是怼不动萧珩,果断决定朝同样吃得满嘴流油的田果放话。

小丫头被米柯这一嗓子震住,一口肉含在嘴里不知道是咬还是不咬。萧珩笑着拍拍她,另一只手递上一张纸巾:"不管他,吃咱的。"

田果的目光不自觉躲闪了一下,然后重重点头,继续咀嚼嘴里的肉。

极光之下的宋熹微拿着手机还有些发愣,她看向赵晨光:"我刚刚是不是看到米柯了?大凡在他家洗澡?他得手了?"

赵晨光没能忍住,"扑哧"一笑,觉得她这满脸八卦的样子可爱极了。两人之间的气氛被这个插曲一搅和,顿时缓和不少。

"不过这样也很好,她和米柯能在一起很好。"很久之后,宋熹微突然这般感慨道。

有的人看起来很快乐,或许她真的很快乐,又或许她是在用快乐释怀伤痛。陶梦凡就是这类人,一个用快乐掩盖伤痛的人。

当初,宋熹微也问过陶梦凡,她中途转到经济系,本科读完又读了研究生,毕业以后却放弃工作选择了到处旅行,究竟是为什么?陶梦凡只是笑,那笑容有些哀伤。

后来她说,是因为大学时在一起的那个经济系学长。学长想毕业以后再考个研,读完研先去玩两年,带她走一走名川大山,看一看辽阔草原。

可学长一个人,在山区的深谷里没了踪迹,所以她要替学长完成心愿。

宋熹微记得那个学长,新生军训第一天,就是他朝着她们感叹"新生无知无畏",也是他在大学里高声宣誓他爱陶梦凡。他是一个很有梦想的青年人,满怀朝气,且勇往直前。在陶梦凡传回来的照片里,她和学长带着一群山区儿童在田埂上合照,每张脸都笑容满满,可意外那么突然,连宋熹微都不禁感叹。

宋熹微想,也许到了现在,梦凡依旧没有完全忘记学长,毕竟那是她第一个爱过的人。可如今这样很好,她走完了名山大川,考进了审计局,结识了很多很多朋友,结束了四处流浪的生活,还遇到了米柯。

她的伤痛终究会被快乐冲淡,这很好。

不远处的雪地里,有人正挥舞着仙女棒拍照,宋熹微看了很久,回过神时自己的眼前也出现了一把。

"你小时候最喜欢仙女棒,宋翊铭的压岁钱都给你买了这个。"赵晨光摇摇手里的仙女棒,对她说道。

"那次是他用仙女棒把我的新衣服烧了一个洞,买来向我赔罪的。"

那个时候还真是孩子气,他们也都惯着她。说起过往趣事,她柔和的五官也沾上几分笑意。

不远处的人群里又是一阵沸腾,原来竟是有人趁着美景当前的浪漫气氛,掏出准备多时的戒指下跪求婚。受到这种气氛的感染,周围的人连极光都不看了,围着过去开始起哄,语言纷杂但表达的都是同一个意思,那就是"答应他"。

宋熹微笑出声来,双手拢在嘴边,大叫:"答应他,答应他。"

那边显然是成功了,隔着影影绰绰,还是可以清晰地看到拥吻在一

起的身影。

"微微,其实我……"不知是不是受到这气氛的感染,赵晨光犹豫多时想说的话,终于有了勇气要说出来。

"其实我觉得,这个场景很像那年除夕晚上。我们一起跨年的样子,在雪地上好多人在喊新年快乐,你还记得吗?"宋熹微截了他的话,状似无意地开口,把他将要说出的话尽数堵在了心里。

他看着她,目光深邃。

似乎是重新调整了一下语速,他说:"我记得啊,那个时候……"

"那个时候爸爸妈妈还没有吵架,我们家还很幸福。你大概是已经知道了吧?李梅媛以前是我的婶婶,也就意味着,夏静其实是我有血缘的堂妹。我的父母和夏静的爸爸,是同一天去世的,叔叔在赶来处理爸妈车祸的时候,为了救人遇难。"说到这里的时候,她停顿了一下。

赵晨光想要开口,却被宋熹微摁住了手。

"以前我一直觉得,是我亏欠了她。后来在柳川遇到她的时候,又惊慌又惊讶,想说总该做点儿什么去补偿她。是啦,那个时候我确实是很喜欢你的。说来很奇怪,以前写信的时候只觉得,你会是我的心灵导师可以让我完全倾诉,可是见到你的时候,突然发现自己喜欢上你了,大概是因为你长得很帅吧。"

她笑了笑,然后继续说:"喜欢一个人的时候,你对他的一切都会非常关注。看到你对夏静事无巨细,我虽然难过,但是也觉得,她有你呵护是最好的了。就是除夕那天,我决定不再喜欢你了。后来,发生了太多事情,我出去了又回来了,然后发现熟悉的一切都面目全非了。其实这未必不好,不破不立,过去的就过去了。我经历过的这些,和你一点儿关系都没有,我也已经放下对你的感情了。而且,其实现在想想,也许那个时候我只是喜欢你照顾我陪伴我的感觉,或许依赖胜过喜欢。所以,晨光,你不用想着要做这么多来弥补我,你不欠我什么,你懂吗?"

很长的一席话,她用不急不缓的语速说了很久。这是她第二次用这么云淡风轻的语气拒绝他,她甚至说也许那时是依赖不是真的喜欢。赵晨光想,自己大概能体会到,当初她误以为自己和夏静在一起是一种多么痛苦的感受了。如鲠在喉,如刀剜心。

宋家养大的孩子,从来不会乞求什么,他们都懂得当断则断,所以,宋熹微说不喜欢,怕是真的不再喜欢了。

赵晨光看向宋熹微,用她从未见过的虔诚表情,认真地说道:"我不是在补偿你,我在追你。"

这话惊得宋熹微踢倒了地上的风灯,灯光晃了晃,然后扑簌一声灭了。暖光不再,取而代之的是清冷的极光,晃着波纹映在两人身上。

"好啦。你就不要再和我开玩笑了,下次再这么说,我可就不理你了。多大的人了,怎么还学宋翊铭喜欢戏弄别人。"似乎觉得这样不够,她又状似顽皮地加了一句,"不要喜欢上我啊,会受伤的。"

以前,每当遇到不知道怎么办的事情,她总习惯性地装傻,如今也是。

今天,赵晨光明显是不吃这一套的。他抓住她的手,摁在自己的胸口,隔着厚厚的衣服,她还是能明显感觉到衣服下那颗快速跳动的心脏。

"我很认真,更不怕受伤。微微,我喜欢你,只喜欢你。"

"打住!"宋熹微快速地抽回手,语气变得着急起来,"极光真好看,可惜不能看完全部。我订的三个小时后的机票回柳川,现在得出发去机场了。谢谢你这些天的照顾,再见。"

她步履匆匆，恨不能飞一般逃离这里。

赵晨光也急着去追她，眼看几个大步他就要追上，她却一闪身钻进了营区门口的车子里。原来她一早就准备好了，赵晨光站在原地，默默承受自作自受的后果。末了，他满心的颓败都化作光芒在眸子里闪烁，一如漫天星辰一般璀璨。在爱情里，他迟到了很久，但好在，为时未晚。

宋熹微回了一趟海城。

老房子早就被还原成最初的样子，她却一直不敢回来。她怕在这里会做梦，怕梦里会有人问她为什么被蒙蔽了这么多年。

现在她不怕了，她揭开了丑陋的真相，只差给罪魁祸首应有的惩罚。

她走到书柜前，上面零星摆着以前的一些旧书，和很多被相框仔细包裹住的相片。上面有她，有爸爸妈妈，有成片的郁金香，还有曾经陪她玩闹过、临别时还依依不舍的小男孩。

她笑着拿起这张照片，上面两个孩子笑容灿烂，一看就快乐非常。或许是被照片里的情绪感染，她拿出手机拍下照片，稍加思索之后，发在了自己的朋友圈。

配文说：真希望回到小时候。

这条朋友圈动态发出去没几分钟，她又打开手机，把它给删除了，她突然意识到，这些感慨有些矫情，一点儿都不像她。

可她不知道的是，就这短短的几分钟里，那个已经长大的小男孩儿看着照片，发自内心地笑了出来。

原来他们的缘分比他想的，要深得多。

回到柳川，对于在挪威发生的一切，宋熹微都只字未提。偶尔陶梦凡揶揄，她也总用上次米柯的那件事揶揄回去。

这些年，她学得最好的一件事情，就是情绪管理。最近的日子过得很平常，上班、下班，周末狂欢。但宋熹微更愿意把这称之为，暴风雨前的宁静。

从谈判室走出来，宋熹微长舒了一口气，又谈成了一个案子，或者说，又从宋氏手上抢走一个重要客户。

行内关于翊铭国际并购宋氏的传言五花八门，比较多人认同的说法是宋氏兄妹不甘心家产被继母所夺，先下手为强。总之，翊铭国际收购宋氏的举动，已经成了众所周知的秘密。

他们反倒没有之前那么拘束，可以更加肆无忌惮地运作。

肆无忌惮，这倒是一个很玄妙的词。

宋熹微看了看自己身边的几位得力助手，或许他们的作为真的已经算是肆无忌惮了吧，肆无忌惮地抢客户，肆无忌惮地挖墙脚，在最近从宋氏手上抢到的大单里，那些被宋熹微从宋氏挖到翊铭国际的员工，无一不起到重要作用。

翊铭国际并购宋氏，已经到达白热化的阶段，面对客户和人才的双重流失，宋氏这个在柳川多年屹立不倒的大企业第一次露出了颓势。敏感的投资人敏锐地嗅到了大企迟暮的味道，一直以来握在手里不忍舍弃的宋氏股份，此时就宛若烫手山芋，一刻都不想在手上多留。

那些被细化的股份在操盘手的操纵下神不知鬼不觉地握到了两兄妹手中。对于突然冒出来的李畅，意料之中又有些意外。在宋熹微看来，他这样赤裸裸地把狼子野心暴露在外实在不是什么高明做法。

不过更令兄妹两人意外的是，并购基本已经到了明面上，可是宋怀

唐那边一点儿动静都没有，既没有对儿女的指责，也不发表任何意见，好像不知情一般。

期间，李畅约宋熹微喝了一次咖啡。

他们两个素来没有什么交情，几次见面都很不愉快，他会约自己，宋熹微也很意外。

咖啡厅里没有什么人，他们坐在靠街的玻璃窗前，四下很静，只能听见搅动咖啡的声音。

两个人安静地坐了很久，最终还是李畅没沉住气，他心道自己还是低估了宋熹微，她比他更有耐心。

"宋小姐，听说翊铭国际上周居然把陈董事手上百分之七的股份也收入囊中，真是恭喜啊。"李畅的语气很怪，宋熹微却不以为意。

她搁下手里的勺子，坦然对上李畅的目光："商人嘛，都是把利益摆在首位的，宋氏虽然根基不浅，但也不是不能用金钱衡量。"

说起来，能拿下陈董事的股份是一个意外之喜。董事会成员里除了宋家人，就属陈董事手上的股份最多，他本人也最难打交道，或者说他对宋氏的重视一点儿不比宋怀唐少。起初，他们是打算放弃那百分之七的，好巧不巧，她偏偏在外出就餐时隐约听到隔壁包厢里，陈董事言辞之间透露出有出售股份的打算，如此她也就顺水推舟谈成了这笔买卖。

"我倒是觉得，是宋小姐运气好，如有神助。"

不想再兜圈子，宋熹微直接开口："李先生约我出来，不会只是想来夸奖我吧？"

李畅轻笑了几声，把面前一碟水果推到宋熹微面前："我只是觉得在正式开战之前，需要和对手见见面，以示礼貌。"

莫名其妙。

早知道李畅是为了这么个理由,她是绝对不会出来的。但是倘若她知道,这家咖啡厅所处的位置,和邹夏静经常做保养的美容院只隔了两个店面的话,说不定她会揍他一顿。

她独自走在街道上,李畅那句"如有神助"不知道从哪里跑出来,在她脑子里绕来绕去。

她能够获得如今的成就,专业素养是很大一部分,还有一小部分,来自她对商业的敏感度。此时,她的敏感告诉她,有什么不太对劲。

"你和苏苏姐还冷战呢?要不要我帮你曲线救国一下?"

日常会议结束以后,宋熹微晃到宋翊铭面前。她一回国就听说翊铭和柳苏吵架,原因不明,宋翊铭也什么都不说,只是整个人看起来憔悴了一圈儿。以前极在乎自己形象的宋总裁已经蓄起了小胡子,要不是目光锐利西装革履,宋熹微保不齐会把他和天桥卖艺男青年联系在一起。

"我们两个分手了。"

这个消息震得宋熹微连句安慰的话都说不出口,这怎么可能呢?这两个人在一起十三年,都快凑够两个七年之痒了,这个当口闹分手?搞笑呢?

她正要追问,急促的铃声突兀地响起。

宋翊铭看向来电,剑眉不自觉皱了起来。他犹豫了很久,一直到铃声快停了才接通。电话那头急急地说了一句什么,宋翊铭就疯了一样拉起宋熹微就往地下车库跑去。

车子开得很快,车上两个人的表情都很焦虑。刚刚那通电话,来自宋怀唐的助理唐颂,电话那头他只说了一句:"宋总病危,正在抢救。"

宋翊铭抿着嘴唇，整张脸都绷得紧紧的，没人知道他现在有多么恐慌害怕。连宋熹微都以为，他应该是恨透了父亲的。然而没人知道，这么些年，他最最牵挂的，就是父亲。父亲和母亲的事情，他多多少少知道了个大概，他不怨恨任何人，反倒心疼父亲。

可是他压根儿就不知道要怎么去表达这些情感，或许柳苏说的没错，宋家的变故让他觉得全世界都对不起他，所以他抱着一副冷漠的样子，等着别人来哄他，跟他说对不起。

他本不必回到柳川，只因为在他心里，这里有家有至亲，即使不见面不说一句话，离得不那么远，都让他觉得安心。他的父亲是那么强大，怎么突然就倒下了呢？

车一停稳，兄妹两人就急奔向急救室。脚上的高跟鞋跑起来吃力，宋熹微蹬掉鞋子，光脚跑在冷冰冰的地板上，紧跟着宋翊铭。

急救室亮着红灯，"抢救中"三个大字明晃晃地刺激着兄妹二人的眼睛。抢救室外的椅子上只有宋怀唐的助理，李梅媛和邹夏静并没有来。

唐颂见到兄妹二人，神情越发悲伤。这么多年他一直陪在宋怀唐身边，太了解老板强硬做派下隐藏的脆弱和艰难。

"宋总嘱咐我一定要把你们叫来，他早就知道自己生病了，这次大概觉得自己快挺不住了。翊铭，熹微，这几年我陪着宋总看到最多的不是商业大亨的魄力手段，更多的，是一位父亲对子女的思念和牵挂，你们不容易，老板心里更难。"

宋熹微第一次这么认真地打量这个在父亲身边照顾多年的年轻人，他一贯是彬彬有礼的，从不逾矩，也鲜少表露出自己的情绪。可是这一次，宋熹微突然觉得，比起他们来，唐颂更像父亲的孩子，他比他们有心得多。

宋熹微头垂得很低，原来他病得这么重，如果她知道，她一定不会说出那些伤人的话。人为什么总是把最残忍的一面留给最爱自己的人？她懊恼自责，只希望父亲没事。

宋翊铭就站在急救室的门口，一动不动，像是守卫一般，他想守护急救室中的那个男人，那个曾经用双手撑起他整片天空的男人。这个时候他才意识到，没有什么比家人、亲情来得更加重要。他可以不要一切，但他不能失去父亲。

李梅媛得到消息匆匆赶来的时候，就看见兄妹两人站在门口。她疯了一般冲上去，推开宋熹微："你来干什么，你有什么资格站在这里，给我滚开，滚！"

光脚站了很久，宋熹微的双腿有些发麻，李梅媛这一推用了很大的劲儿，把她推了一个踉跄，险些摔倒。宋翊铭眼疾手快，拉住妹妹，眉宇之间充满狠厉。

他的声音比表情还要冰冷："我不管你现在是什么身份，我的父亲还在抢救，你要是安静不下来，我不介意让保安请你出去。"

闻言，李梅媛冷笑："你还知道他是你的父亲，宋少爷，摸着你的良心你问问自己，你现在做的这一切，哪一点对得起你父亲！"

宋熹微从没有哪一刻像现在这样，觉得李梅媛的样子这么让人心生厌恶。

宋熹微淡淡开口，眼神仿佛要洞穿一切："你做的一切，又对得起谁？李梅媛，你没有怕的时候吗？你仔细看看你的双手，那指甲染的到底是颜色还是鲜血？"

从未见过宋熹微这副模样，李梅媛下意识往后退了两步。匆匆赶来

的邹夏静见到这一幕,急忙站在母亲身后。

"你要对我妈妈做什么?"她质问道。

这种语气多么像是受害者,听得宋熹微笑出了声:"不如问问你妈妈,都做过什么?夏静,原来你也是一个很可怜的人。"

宋熹微话里有话,邹夏静听不懂,可是李梅媛却听懂了。她的眼神里,有惊慌,有胆怯,借着身后女儿的力量,才勉强站直身体。这一幕宋熹微悉数看在眼里,这一招还是李梅媛教会她的,折磨一个人,不一定要让肉体承受多么大的痛苦,找到软肋,重重一击,效果最佳。

邹夏静和李畅一左一右,陪在李梅媛身边,宋翊铭和宋熹微两兄妹则守在手术室门口。李梅媛不再说话,抢救室外总算恢复了宁静。李梅媛紧捏着手包,眼睛里藏着一股狠厉。

时间过去了很久,夜幕降临时,抢救室的灯光才熄灭。刚刚从死神手里抢回生命的宋怀唐被转进了ICU,兄妹二人提着的心这才稍稍放下了一些。宋翊铭去医生办公室了解详细情况,宋熹微无力地坐在椅子上,她现在才感觉到脚底的阵阵寒意。

她缩起脚,整个人蜷缩在椅子上,心里仍旧感到后怕。隔着玻璃,她看向躺在病床上的父亲,原来能够在父母身旁承欢膝下比什么都重要。

李梅媛是什么时候离开的,她记不太清了。只记得李畅别有意味的眼神。她感到些许不安,犹豫了许久,她最终还是把电话打给了陶梦凡。

适时,陶梦凡正面对着米柯的死缠烂打,幸好一通电话救她于水火之中。

知道宋熹微那边出了事,米柯也恢复正经,准备再做一把萧珩的助攻。

"很认真地告诉你,喜欢一个人,一定要告诉她。暗恋逊毙了,阿

/235/

微现在特别需要一个肩膀,别错过。"

他一本正经地对萧珩说出这番话,萧珩笑笑,低声应了句:"知道了。"转身,萧珩就把电话打给了赵晨光,他才是最了解阿微的人,他知道现在阿微最想见到的人是谁。

挂断电话,他转过身,见到的是田果双眼泛红的模样,他一惊,手机差点儿掉在地上。

"果子,米柯扣你工资啦?哭什么啊?"他试探性地问道。

"老板,你怎么那么傻,你不是很喜欢熹微姐的吗?"田果说。

萧珩一笑,两个酒窝煞是迷人,他说:"你太小,还不懂。我可以当她一辈子的好朋友,最好的那种。"

我是喜欢她啊,喜欢到恨不得把一切都给她,可是我知道,只有做朋友,我才有永远陪在她身边的资格,所以我不强求。

萧珩潇洒地挥一挥手,留给田果一个洒脱的背影。这一刻田果知道,自己完蛋了,自己恐怕也要像萧珩一样,陷入我爱他他不爱我的单恋之中。

"宋氏产业将倾,宋翊铭估计对宋氏的底子还不完全知道,一旦他们把宋氏拿到手,就必须拿出大量资金,填补宋氏的一堆窟窿。据我所知,宋翊铭还没有那么大魄力,宋氏必然拖垮宋翊铭,到时候我们坐收渔翁之利。"

李梅媛无神地坐在小会议室里,耳边是李畅关于抢夺宋氏的一切计划,原本是她最关注的事情,可她现在居然无心去听。

"夏静,你先出去。"她开口,打断了李畅。

李畅挑眉,对于李梅媛的反常他不意外,他不做没有把握的买卖,选择合作对象的前提,是了解她的一切。

他仔细听李梅嫒说完，勾着嘴角道："岳母大人的心，果然很硬。可惜了宋家妹妹，怎么偏偏遇上了您。"

"喵，你这是在同情谁，恶事你做的不会比我少。"李梅嫒嗤笑。

李畅递上茶水："不然，我们怎么会成为一家人呢？岳母大人的心病，就交给小婿处理吧。"

李梅嫒这才稍微满意地点点头，起身离开会议室。这只是她的心病之一，另一件，她自己也不想承认。

李梅嫒走后，邹夏静进来，她看向盘算着什么的李畅问道："我妈和你说了什么？"

李畅起身，微笑着环住她的腰："我说过，嫁给我以后，这些肮脏的事情，你都不需要再知道了。"

身体本能地排斥着李畅的亲近，邹夏静不自然地挣脱他的怀抱。

李畅清楚地感觉到了她的反应，嗤笑一声："夫人，你的演技退化了不少。"

邹夏静下意识攥紧了手，良久她才说道："你和妈妈密谋的事情，我不想过问。不要伤害宋爸爸，他不欠我们母女什么。"

李畅手里的笔掉到桌上，他不置可否地笑笑，然后重新把邹夏静揽回怀中，轻声道："我没想到，在宋怀唐这里，你们母女的观点出奇一致。放心吧，夫人，我连你爱的赵晨光，都不会伤害。"

这话就像一剂定心丸，邹夏静失神地回抱李畅。感受到她的动作，李畅的眼里闪过一抹自嘲。

宋熹微静静趴在玻璃上，看着病房里那些精密的仪器不停地变动数据，反复确定父亲只是处于昏迷，才稍微感到一点点心安。

等待急救的时候,她想起了很多事情。大多都是刚到宋家的时候,宋怀唐为了逗她开心,带她去搜罗柳川的美食,带她去野营垂钓,带她去捉蜻蜓萤火虫。有时候她爬不动山,他就把她背在肩上,护着宋翊铭走在他身后。

那个时候她觉得,这个爸爸的肩膀也那样宽阔,像是无所不能的巨人,随时可以撑起儿女的天空。

他们兄妹一直都忘记了,他们长大了父亲也会老去,会佝偻身躯,会面临疾病。原来,那次父亲是用乞求的语气,乞求她,再朝自己撒撒娇,因为他知道,他听不到多少次儿女撒娇了。

"他谁都没告诉,就一直在家里等我们回去看他。结果,他谁都没等到。"宋翊铭的嗓音低沉,压抑着情绪,没有露出哭腔,可话一出口,眼睛就蒙上了雾意。

宋熹微的手隔着玻璃摸着父亲的白发,小声道:"哥,爸爸会好起来的,我还有很多话没有和他说。"

宋翊铭脸上出现了泪痕,懊恼和自责笼罩住他,他像是自我安慰一般喃喃道:"会好的。咱们做了那么多混账事,老宋该起来把我们臭骂一顿。"

"就是,该狠狠骂一顿。"她也轻声附和。

赵晨光到医院的时候,就看见两兄妹站在玻璃前。他叹口气,握住她冰冷的脚丫替她穿上鞋子。

兄妹俩眼睛通红,显然已经熬了很久。

他很少见过这样的宋翊铭,在他的印象里,这个和他一起长大的浑小子全天都有耗不完的精力。想来惆怅,他拍拍宋翊铭的肩膀,这个时候,

宋翊铭不能垮。

"李畅动手了，宋氏的高层，快要被洗牌了，事情和你原本料想的差不多。"

赵晨光把手头的文件递给宋翊铭，眉头深锁。当前形势对他们不算有利，李畅插手进来，意味着很快他就会发现那本烂账。

"哥，这件事情，我来处理。"

宋熹微紧紧握住宋翊铭的手，是不容拒绝的语气。她也是后来才知道，一直以来，她被保护得有多好，这一次，她要守护她珍视的一切。

宋翊铭笑了笑，轻轻捏着她的脸蛋："我们一起去，保护好老宋的心血。"

宋熹微扬唇一笑，看着父亲的脸道："我们会守住的。"

她没有完全把想法告诉宋翊铭，自打上次和李畅见过以后，她的敏感就让她把所有的事情都梳理了一遍。这才发现，事情比他们想象的要复杂许多，险些他们就掉入了李梅媛精心设计的圈套里。

ICU病房里，宋怀唐勉强睁开了眼睛，他看见守在窗外的儿女，他们长大了，学会了飞翔，会有一片自己的天地。

他隔着玻璃，又好似看到了喻华珊，看到她年轻时神采飞扬的模样。他笑着挥了挥手，华珊啊，孩子大了，我该走了，真好，能再见一见你。

记录心跳的折线高低差越来越小，最终归为一条直线，尖锐的声音，划过窗外人的心脏。仓促得来不及道别，也再听不见儿女忏悔。在柳川商界叱咤多年的宋怀唐，安静地告别了这个世界。

"扑通"一声，兄妹二人齐齐跪在地上，而转角处，有人捂着嘴巴泣不成声。

## 第八章
### 打破黑暗的光芒
·Yuan Nuan Yi Ren Xin·

宋熹微第一次发现，原来黑色那么沉重，白色这样苍凉。她目光所及之处，俱是黑白，像极了当年那个冷冰冰的灵堂，可以禁锢人的血肉，吞噬人的灵魂。

如果可以的话，她想，当她重新踏上柳川这片土地的时候，她做的第一件事，不是想着怎么去击垮李梅媛，而应该是回家看一看父亲。可惜世间没有如果，她只能眼看着后悔在心底蔓延。

宋怀唐因病去世的消息一经报道，宋氏发行的所有股票全面跌停，原有的合作被翊铭国际抢走，新谈好的项目又随着宋怀唐的离世打了水漂。宋氏是真的要垮了，得到这一认知，宋氏大楼里人心惶惶，有的后悔没有及时跳槽，有的盘算要抱紧哪棵大树。

宋翊铭忙着操持葬礼，大部分事物都暂时移交到宋熹微手里。专业的团队讨论了很久很久，最终一致认为，依照目前翊铭国际持有的宋氏股份来说，要比过李畅手上近百分之四十的股份，着实有些难度。除非，他们能拿到那本李梅媛全程参与的、记录逃税的账本，破釜沉舟断绝李梅媛的所有希望。

"怎么说姐现在也是个审计，虽然我办不到，但是能办到这件事情的人我还是认识几个的。查账这种事你就交给我好了，我万能的朋友圈就是为你服务的。"陶梦凡砸砸自己的左肩，对宋熹微挑眉。

宋熹微摇摇头，婉拒道："李畅和李梅媛都不简单，你那点儿修为，还是早点儿嫁了比较实在。"

陶梦凡心疼地抱了抱她："以后老天一定要把欠你的都补偿给你，傻丫头啊，别忘了你不是一个人。"

"我是人。"宋熹微笑道。

她当然知道陶梦凡的话不是这个意思，她只是不想气氛总是压抑得让人喘不过气。

宋怀唐的葬礼，定在了星期天。大概这就是一个悲伤的日子，天上簌簌落下大片大片的雪花，落在黑伞上，融进墓碑里。

前来吊唁的人很多，一片黑压压的身影，最前面，一个女人抱着墓碑哭得昏天黑地。宋熹微几次想上前把人拉开，最后还是忍住了。

这么多天来，宋熹微还是第一次看到李梅媛。作为父亲的现任妻子，她没有出现在灵堂，却以这种姿态出现在了这里。

说来讽刺，她哭得还真是一副承受着丧夫之痛的样子。

等人都散了之后，李梅媛仍旧垂头抱着宋怀唐的墓碑低声啜泣。

"观众已经走了，您这副样子，在我们这里是没什么用的。"宋熹微冷冰冰地说道。

李梅媛面无表情地看着眼前的宋熹微，良久，她咧了咧嘴角："你终于是长大了。"

她踉跄着起身,缓步离开。邹夏静搀着她的手,一步一步慢慢陪着她往前走去。李畅跟着两人走了不远,回头深深看了一眼宋翊铭,勾起嘴角,满脸得意。

宋熹微跪在墓碑前,郑重地磕了三个头。起身时,她目光瞥过前方的树影,意外看到了一个熟悉的身影。

"妈!"眼看身影离去,她急急叫道。

宋翊铭反应比她还快,大步奔跑着追去。

宋熹微记得,以前看过的书上有这么一句话:如果可以,我们一定不要在葬礼重逢,那意味着我们失去了很重要的人。

原来是真的。

宋翊铭从没想过,还有机会和母亲坐在一起。母亲才是那个没有丝毫音讯消失得最彻底的人,彻底到有时他会问自己,自己是不是还有母亲。

喻华珊苍老了很多,再没有当年那份得体和从容,也看不出曾经快乐似少女的样子。她本想静静送完怀唐一程,然后再悄悄离开。她实在是不知道,自己要怎么面对长大后的儿女,怎么去解释她缺席了这么多年的母爱。

而她的儿女,没有质问,没有指责。就像是两个无辜的孩子,叫着妈妈,寻求温暖。她的心在这一刻已经化了,她意识到自己犯下了一个多么大的错误,这个错误她也无法弥补,只能眼看着它变成横亘在心里的一道沟壑。

"对不起,对不起。"她把两个孩子抱在怀里,掉着眼泪不停道歉。

赵晨光回家拿完东西，正打算返回自己的住所，刚下楼就看见母亲一直候在客厅。

陆宛卿是在等他的，这些日子她都看在眼里，宋熹微累了多久他就陪了多久，她实在心疼儿子这副样子。

"晨光……"陆宛卿欲言又止。

赵晨光走回陆宛卿面前："妈，您有话就说吧。"

陆宛卿叹了口气，最终开口："有的事情，如果你觉得吃力了，那就是强求。但是很多事情，是强求不来的，你自己要心里有数。"

赵晨光喉咙动了动，他看了一眼那扇关起的门，说："我不是逼她，我只是随着我的心做点我该做的事情。"

看着儿子稳重的背影，陆宛卿摇了摇头。他们亏欠这个孩子良多，以前缺乏对他的陪伴，导致差一点儿失去他，后来陪在他的身边，居然从来都没有了解他的心里究竟在想什么。

思虑良久，她还是把电话打给了宋熹微，她想为自己的孩子做一点儿什么，哪怕这很自私。

再进赵家的大门，时隔好久。赵家变化很大，以前宋熹微来时熟门熟路，现在倒真的满目生疏。

陆宛卿笑着端上当初宋熹微喜欢吃的点心，热络地招呼她坐下，自己紧挨着她，握着她的手，很显亲昵。

"小微很多年没来家里了，伯母也不知道这些东西你还喜不喜欢吃？"

宋熹微笑笑，说："喜欢的，难为伯母都还记得。"

陆宛卿也笑，捏着宋熹微的手："以前啊，我很羡慕你妈妈，把两个孩子都养得那么好。小铭和你的性格多好，那才讨人喜欢。晨光就不行，嘴笨起来话都不会说。"

"怎么会，晨光挺好的。"她应道。

陆宛卿继续说道："我和你伯父，一直觉得亏欠晨光。他小时候，我们生意忙，没时间陪他，他去海边玩，差点儿溺水，虽然被救了回来，但亲眼看到救他的叔叔溺水，心里留下了很多阴影。后来没办法，我们全家去了澳大利亚，想着让时间冲淡这孩子的心理负担。没想到他一直都没放下，回来以后，一直在找当年救他的人的亲属，想着要弥补。说来也巧，他还真就找到了，就是邹夏静。"

宋熹微伸出的手僵在了那里，她一直觉得赵晨光对邹夏静好，一定有个理由，但是她想不到，会是这么个理由。这算不算造化弄人，他夹在她们姐妹之间，原来并不是偶然。

陆宛卿停了停，然后接着说："他那个时候以为，只要一直对她好就是弥补了。没成想，这件事情捆住了他自己，也让你产生了误会。他嘴笨，也不懂得解释，任由你误会下去。"

"小微啊。"陆宛卿紧紧握住宋熹微的手，"他找了你八年，听到有你的消息就什么都不管地跑去找你，他是真的喜欢你，伯母生的儿子，伯母知道。这孩子认死理，认定了的事情一条道就走到黑了，你……"

宋熹微反手握住陆宛卿，她承认，亲耳听到这些话，心里多少有些动容。她曾经审视过赵晨光对她的感情，更愿意相信赵晨光是在得到了红玫瑰以后，又对白月光念念不忘。

是她误会了他，他的感情远比她想的贵重。她轻视过，着实不该。但，还能怎样？他们已经错过太久太久了。

想到这儿，宋熹微突然笑了，那笑淡淡的却很好看，她的目光很诚恳，

话语也很诚恳,她说:"伯母,他对我好我一直都知道。发生了这么多事情,很多东西都变得不一样了,不如就顺其自然吧。"

她拖着倦怠的身子走出赵家大门,半山的别墅,一抬头就可以看见漫天星辰。她突发奇想,猜想星辰的背后会不会藏着一个神,他编写了多种多样的剧本,掌握人世间的悲欢离合,制造的惊喜和惊讶,被统称为造化弄人。

生活没有给她很多感慨的时间,当下一个黎明来临的时候,宋熹微和李梅媛战争的号角,已经正式响起。

会议室里,气氛剑拔弩张,宋熹微就坐在当年坐着的位子上。最上首,原本是她父亲坐着的地方,现在并排坐着两个人,一个是她的哥哥,另一个是李畅。

李畅睥睨众人,稍稍收敛起了满身邪性,很是正经地开口说道:"既然大家都到齐了,那这个会议我们现在就开始吧。众所周知,宋怀唐先生……"

李畅一开口就是一堆公式化的废话,宋熹微左耳进右耳出,听不到重点,转而环视整个会场。在场的都是熟面孔,以前经常到家里和父母闲聊打牌,现在估计都在盘算怎么样让自己得到最大利益。

反扣在桌面的手机轻振了一下,宋熹微拿起来一看,陶梦凡发来的消息只有短短两字:搞定。这下她的心里才算是有了些底气,没想到事情比她想的要顺利。

要是现实允许,她和宋翊铭是绝对不会对宋氏下手的。只不过李梅媛终究还是不满足于已经得到的一切,借着自己的身份和在宋氏的职务便利，竟然打了财务的主意。要不是宋翊铭及时察觉，恐怕父亲一生清白，都会被那本逃税数额巨大的账本，毁个干干净净。

这件事情做得隐秘，知道的人不多，所以所有的人都不理解兄妹两人费尽心思吞并宋氏究竟是为了什么。答案不难，他们仅仅是想守住父亲的名誉而已。

想到这里，她有些好笑地看向李畅，他把宋氏当作志在必得的肥肉，却不知道自己早就成了李梅媛选定的替罪羊羔之一。这算不算，也是被爱冲昏头脑的人？

是李畅提醒了她，并购宋氏太过简单，但绝对不是如有神助。倒不如说，是有人在推波助澜。

她回国后不久，宋翊铭就查到宋氏存在偷税漏税的问题。进一步地调查后，兄妹二人发现，这笔税已经不是简单补上就能了事的了。他们不知道李梅媛打算干什么，但可以肯定的是，倘若这件事情东窗事发，他们的父亲将面临法律的审判。

这根本不公平，因为父亲并不知情。

除非他们能够把宋氏所有的账本都握在手上，查清楚每一笔账目，把这件事和父亲完全剥离开来。这才是他们并购宋氏的初衷。

可没有想到，这件所有人都不理解的事情，被李梅媛做成了设计他们的陷阱。一旦宋氏到了他们手上，随之而来的，就一定是宋氏偷税漏税被曝光。届时，李梅媛大概会把所有都推到宋家头上，会毁了宋氏，毁了翊铭国际，毁了宋翊铭和宋熹微。

她不会如愿以偿。

早在对这个阴谋有所察觉的时候，宋熹微就已经不动声色地停止了

对所有股份的收购,还对外营造出收股权的样子,用以麻痹李梅媛。

原本,不管是宋氏到了谁的手上,李梅媛都不会被扯进这个旋涡里。可惜她还是低估了这个曾经被她抛弃过的孩子,宋熹微也给她设好了圈套,须臾之间,她们的角色就反转过来。

当下,宋熹微的表情仍旧是严阵以待的样子,演戏要演全套,否则就容易前功尽弃,尤其是在她没有百分百把握的时候。

一只手从桌下伸来,轻轻盖在她的手背上。有些温暖,给了她许多勇气。她微微侧头,看向面上若无其事的赵晨光,反握了握他的手指,而后放开。

赵晨光都被她蒙在鼓里,他还是那么好,温润如玉。可她不是了,她的心里装着仇恨,装着阴谋,装着算计,唯独没有少年时的天真烂漫,她和他已经不一样了。

会议结束以后,李畅意料之中地成了宋氏最新的掌门人,与此同时,那本可以决定宋氏生死存亡的账本,也已经送到了宋熹微的手里。

她只是随手翻了一翻,仅看了几个数字就已经心里有数。这么大的财务漏洞,早就让宋氏变成了一个外表富丽堂皇其实没有内涵的空架子。只需要一个契机引发宋氏的财务危机,再牵出偷税漏税的罪证,所有的一切都不攻自破。

想要钓到大鱼,就需要有耐心,所以她等得起。

这就是破釜沉舟,但是,不知道爸爸要是知道了,会不会难过。他们只能以这样的方式,阻止宋氏落入别人手里。

门被有节奏地敲了三声,她朗声道了句:"请进。"

门外赵晨光西装革履,外披一件黑色呢大衣,看起来意气风发。唯独与形象不相符的,是手上那个粉红色的保温壶。

他脱下大衣,轻车熟路地挂在门后面的衣架上,和宋熹微的衣服放在了一起,然后搓搓手走回她面前,指了指保温壶说:"华珊阿姨让我给你送过来的。"

宋熹微抬了抬眼睛,问道:"你就这么闲?"

赵晨光也不接话,兀自打开保温壶,倒出来一碗热汤,递到宋熹微手边。自从她发现自己不论多么决然地拒绝赵晨光的好意,他都像是听不进去一般,总能掐好时间,适时出现在自己身边后,她就只好重新冷眼相待。

要不是因为柳川的事情让她脱不开身,恐怕她又会变回蜗牛心态,找个地方躲起来。这个人真讨厌,为什么要总是跑出来招惹她那颗好不容易平静下来的心?

他绕到她身边,看着满桌文件问道:"翊铭和我说,事情都处理得很顺利。可我怎么觉得,你比以前还要忙?"

好不容易集中起来的精神被他打断,宋熹微有些颓败,放下手中的笔打算反手掐一掐有些酸疼的肩。另一双有力的手比她更快一步到达肩膀,不轻不重地捏了起来。

宋熹微侧了侧脸,目光扫过赵晨光的手。那里还留着上次被开水烫过的疤痕,处理不及时,恐怕是要跟他一辈子了。可惜这么一双好看的手,被她连累得毁了容。

"晨光,这样有意思吗?"

她也不看他,直直盯着面前的电脑屏幕。透过上头黑色部分的反光,她清晰地看到赵晨光的脸上闪过一丝慌乱。

他像是害怕失去她一样，抱紧了她，仿佛只有这样，她才不会再一次离他远去。他的嗓音带着蛊惑人心的安定，说："有意思，熹微，你完全可以依靠我的，我再不会丢下你了。"

宋熹微轻轻叹了一口气，纤细的手覆盖在他的手上，说："你给我一点儿时间，让我好好想想。这期间我们不要见面，不要联系，等这段过去之后再说，好吗？"

很难得的，他竟然从她白皙的手指上感受到一些温度。良久后，他也轻叹了一口气："只有你能让我这么不知所措。好，你照顾好自己，我等你。"

肩膀的温度随着赵晨光的离开慢慢冷却，宋熹微重新拿起桌上的文件，细细研读。她真的很坏，明明是自己把他逼得不知所措，反过来倒让他觉得是他错了。

这本记录宋氏偷税漏税且数额巨大的罪证公之于世的那一天，是一个平凡得不能再平凡的星期三，李畅还来不及坐稳刚到手不久的办公椅，执法人员的突然到来，就让他乱了节拍。

他大致明白现在自己面临着什么样的问题。他很快恢复了冷静，末了笑笑，不知道是不是嘲笑自己低估了李梅媛的手段，太过轻信。

新上任的掌门人被执法机关带走了，这个消息在十分钟内，席卷了整座宋氏大楼。

听到消息，邹夏静第一反应就是去找李梅媛。找到她时，她就坐在她最喜欢的贵妇椅上，周围是空了的酒瓶，零零散散，倒了一地。

她的这副样子，邹夏静算不上陌生。以前，每到父亲忌日的时候，李梅媛总喜欢把自己灌得烂醉如泥。酒醒之后，她继续过着风花雪月的生活，如此反复。有时候邹夏静也会好奇，哀悼亡夫时伤心欲绝的她和为了金钱曲意承欢的她，究竟哪一个才是母亲真正的模样。

直到她改嫁宋怀唐，赶走了宋熹微，邹夏静才觉得她变了。她开始学着做一个宜室宜家的女人，尽心尽力地陪在宋怀唐身侧。

邹夏静以为她不过是在做戏，她经常这样，以前就是用那些无懈可击的演技骗得每一个上门的男人乖乖就范。邹夏静不在乎这些，她只知道，她拥有了一直以来她渴求完整的家庭，还可以时常看见自己倾慕的人。

也许这辈子，只有那几年，邹夏静真正幸福过。

可李梅媛今天又是为谁烂醉如泥呢？她侧头想了很久，哦，是了，今天是宋怀唐的头七。

原来一贯对自己都颇为冷淡的母亲，心也不是完全冰冷的。邹夏静苦涩地笑笑，再没有了追根究底的心情。

费了不少工夫，她才终于在当天晚上，见到了被暂时拘留的李畅。

被限制住自由的李畅看起来没有一丁点儿颓废的样子，他随意地靠在冰冷的椅子上，闲适得好像正在度假。

向来习惯对他冷淡的邹夏静，在这个时候突然为他感到些许难过。她被自己这种感觉吓了一跳，好一会儿才不自然地问道："还好吗？"

李畅笑笑，他很少露出这么平常的笑容，说："他们不让我抽烟，除此之外，倒是还好。"

邹夏静咬咬唇，也不知道要怎么解释现在的情况。大概从她疯狂地宣布要和李畅订婚开始，她就已经被李梅媛排除在外了，今天这个结果她完全不知情。

看出了她眼底的纠结，李畅开口："最近别回家里了，住到我的房

子里去。遇到什么事情,直接联系我的助理,他会帮你。"

听到他这样的叮嘱,邹夏静有些错愕,她仔细看了看眼前的李畅,顿觉这个她法律上承认的丈夫和往常相比,有些陌生。

"你照顾好自己,会没事的。"

她脱口而出地安慰道,然后起身离开。坐在原地的李畅愉快地笑了笑,然后又重重摇了摇头。

他是一个精明的商人,知道现在遇到的一切都不可能是巧合。李梅媛给他玩了一手卸磨杀驴的把戏,以他的风格,不回点儿敬什么有些说不过去。可他居然犹豫了,就因为邹夏静的那句"照顾好自己,会没事的"。要是他伤害了她相依为命的母亲,她会不会恨他呢?

在暂时失去自由的第一晚里,李畅整夜都在思考这个问题。

对于宋翊铭和宋熹微来说,事情的演变比计划快了很多。按照他们打听到的消息,宋氏偷税漏税来自于匿名举报,宋熹微一拿到证据,李畅就立刻被带走,未免太过巧合。以至于连宋翊铭都以为,是宋熹微沉不住气,先动手了。

看着一切都乱成了一锅粥,大醉初醒的李梅媛笑得分外妖冶。故事要这样发展,才比较有趣,不知道那些年轻的晚辈,面对这么多突如其来的变故,会怎么应对。

要强的她死死盯着眼前宋怀唐的遗物,从来没有过地发出了一声感慨。她觉得游戏已经无聊了起来,棋局和棋盘都特别没劲。这世间还有什么值得她在乎的东西呢?好像都没有了。

宋氏要倒了,这座在柳川曾风光无贰的商务大楼,头一次换了招牌。如今它只是翊铭国际旗下的一分子,即将面临重组。

媒体对此的评论不一,舆论的风向标更偏向于宋氏的危机来自有心者的策划,至于谁是幕后的策划人,就留给了公众自己想象,点到为止。

邹夏静开始为李畅奔波,恐怕她自己也想不到,她会为了李畅,求到赵晨光门下。

赵晨光的办公室她不陌生,以前她常常在这里等他。难得一次不用等待,可她在赵晨光不发一言的态度里,没有了开口的勇气。

"我忘了,你怎么可能帮我呢?你已经站在宋熹微那边了。"她略自嘲道。

赵晨光修长的手指一下一下地敲在桌面上,看到这样的邹夏静,他有些许的不忍,最后还是忍不住劝道:"李畅的事情,我确实帮不上忙,他不适合你,你应该有更简单的生活。"

"那宋熹微又适合你吗?赵晨光,她也没你想得那么简单。你不知道我们是什么关系吧?我们是有血缘的姐妹。八年前,她害怕和我们相认,她怕要舍弃宋家的富贵,用那种近似施舍的示好告诉我,那是补偿。她多狠毒啊,把伪善当成福泽,却从来没有考虑过我有多难堪。"

邹夏静一字一句说得铿锵有力,这些话藏在她心里好多年,终于说个痛快,然后毅然离开。

饶是李畅有通天的本领,在确凿的证据和严肃的法律面前,也占不了丝毫优势。

程序走得很快,开庭这天,正好是李畅接管宋氏的第一个月。一个月可以做很多事情,可以补上税务漏洞,或者是清查企业财政。可惜这些他都没有做,近一千万的逃税额,再加上几份虚假财务报告,法庭上法官一锤定音,宣告李畅在未来的好几年里,都要在狱中好好改造。

邹夏静出席了庭审,走出法院时,李畅的母亲给了她狠狠一记耳光。她默默地受了,不发一言,指责铺天盖地,让她觉得自己也快要疯了。

她又去探视了李畅,一段时间不见,深陷牢笼的他瘦了很多,干净的下巴上也冒出了许多胡楂。

"我已经让助理拟了离婚协议,你签了字就生效。"

"有两件礼物送给你,就当分手礼物吧。"

"不要来看我了,见到你我很痛苦。"

李畅没有给她开口的机会,顾自说完这三句话就自行离去,铁门重重合上的声音震荡在她脑海,等她反应过来,李畅早已离开。

"这叫什么,这叫自作孽不可活。李畅巴巴地眼馋宋氏,哪里知道自己早就成了李梅媛的冤大头。"

布满佳肴的饭桌上,米柯笑谈着这件极具戏剧性的事情。

陶梦凡搁下夹着的虾,气鼓鼓说道:"说起这事,我就生气,私下废了不少力气弄来那些账本,结果都没用上。"

有眼力见的米柯赶忙快速剥了好几只虾放到陶梦凡碗里,谄媚道:"不气不气,这事不用咱们动手反倒更好。"

看着两人一唱一和的和谐模样,宋熹微忍不住问道:"你俩打算啥时候发糖啊?"

陶梦凡闻言,高深一笑:"糖是没有,不过我这里有现成的狗粮,你要吃吗?"

此话一出,米柯手上的虾头,刺破了手。他不可置信地看向陶梦凡,急于求证,哪知陶梦凡回头就是一句"虾没了,我还要"。

米柯愣着不知道如何是好,一边萧珩恨铁不成钢地拍了拍他的脑袋:

"发什么呆啊,你万里长征都走完了,还不赶紧在女朋友面前好好表现。"

"要表的,要表的。"米柯说完,嘴角几近咧到耳根,欢天喜地地剥起虾来。

这也算是这个冬天里最值得开心的事情了,宋熹微会心一笑。身边的宋翊铭手机发出一声轻响,他快速拿起,然后又不着痕迹地慢慢放下。

看来不是他等的人,快两个月了,她真的忍心不再联系他吗?

带着一身的疲惫,宋熹微回到了自己的小小居所。打开门迎接她的是暖暖灯光,还有红糖姜茶浓烈的味道。

喻华珊暂时留在了柳川,日日不停地关怀,是她能做的唯一补偿。

"妈。"

宋熹微撒娇似的搂着喻华珊的腰,像一只乖巧的小绵羊。

喻华珊摸摸她的头发,说:"累了吧,喝点儿姜茶再去泡个澡,好好睡一觉。"

宋熹微一动不动,很久才闷声问道:"妈,如果邹夏静没有了妈妈,她能坚持得住吗?"

这个问题折磨了她很久,单说李梅媛的话,解题方法很简单,就按照她现在所有的证据,只需要照实说出所有,等待她的就会是牢狱之灾。她太知道一个人孤零零地生活是多么悲哀的一件事,哪怕她也那般讨厌着邹夏静,却在要做出决定的时候,有了几分踌躇。

"孩子,每个人都需要为自己犯下的错误负责。错就是错了,对不起不过是安慰自己的说法。"

喻华珊轻轻拍着宋熹微的后背,就像小时候哄她入睡一般。或许是真的太累了,宋熹微在母亲温柔的手掌下沉沉睡去。看着女儿沉静的睡颜,

喻华珊觉得再没有比这更好的事情了。她凝望相册里宋怀唐乐呵呵的样子，轻声道："怀唐，一直都是我错了。"

在黎明悄悄到来的时候，宋熹微做出了决定。潜意识里，她早就做好的决定。

整理好所有的证据，她捏着大号牛皮纸袋，重新拿出了已经许久没穿的高跟鞋，像是战士找回了盔甲，临阵无所畏惧。

而她想不到的是，还不等她率先联系，她的办公室里已经等着几位身着制服的警察。警察的突然到访，让宋熹微和苏琪倍感意外，苏琪潜意识里觉得，事情并不简单。

果然，从宋熹微的办公桌抽屉里，警察不仅找出了那本记录宋氏偷税漏税的账本，还找到了其他一些宋熹微从没见过的文件。警察一份一份核对手上的内容，和宋氏报警丢失的文件无二。警察这才开了腔："宋熹微，你涉嫌盗取他人商业情报，请跟我们走一趟。"

苏琪愣住了，宋熹微也愣住了。征得同意后，她翻动了那些从未见过的文件，文件的名称她都不陌生，前段时间从宋氏手上抢到的所有合作案都在这里，而且，全是机密文件。难怪这段时间以来，李梅媛一点儿动静都没有，原来她早就撒好了网，只等自己上钩。

看着宋熹微被带走，苏琪六神无主。她连忙给总裁打电话，可对方一直关机。她匆匆忙忙把所有电话都打了一通，然后喘着气倚靠在宋熹微的办公桌旁。

赵晨光最早得到消息，几乎是和宋熹微同时到达了公安局门口。警察给她的待遇还算好，并没有给扣上手铐，看着自己心爱的姑娘就这样被带走，赵晨光心里比谁都心焦。

宿醉的宋翊铭一觉醒来听到消息，急得衬衫扣子都没扣整齐，就匆匆赶到公司。闻讯赶来的陶梦凡已经哭成了泪人。

"都怪我，要是我事先确认过那些东西的内容，阿微就不会……"

拿账本这件事，宋熹微并不想让梦凡动手，尽管她是最容易拿到宋氏账本的人。因为工作的缘故，她和各大企业的财务都有所接触，想要找到宋氏的财务漏洞，并不困难。可她的机会总是那么多，不过是偶然去了一趟宋氏，她就轻松得手，几乎不费吹灰之力。

这下想来，陶梦凡可能早就成了别人阴谋里，重要的一环。

紧抱着她的米柯忙帮她顺着气，看着女友自责内疚，又想到宋熹微现在的处境，饶是见过各种场面的他也有些惶然。

"先别忙着哭。梦凡你好好回想一下过程，比如你拿到账本的所有细节。想想有什么可以证明微微清白的证据，我和翊铭先去了解一下事情的原委，再想办法救微微。"

控制好情绪以后，赵晨光立马找回了理智，他的女孩儿需要他。

离婚协议书送到邹夏静手边的时候，她刚听说宋熹微被逮捕的消息，这才明白李畅说的礼物是什么。

她一早就存了要毁掉宋熹微的心思，没什么别的理由，她实在嫉妒宋熹微拥有的一切。可现在她觉得自己一点儿都开心不起来，她突然意识到，这个结果无法带给她任何喜悦，反倒突然令她迷失了所有的方向。

或许她应该去奚落一番宋熹微，她这么想着，不自觉地走到了拘留所门口。

最近她常来这里，她站在大门口笑了笑，大概没有谁会像她这样，总和这种地方有扯不清的缘分吧。

隔着厚厚的玻璃,她看到未施粉黛的宋熹微,是不是像他们这样的人生来就有异于常人的气度,所以沦为囚徒也顾自安好,她如是想。

"怎么样,里面的生活不好受吧。在你把李畅设计进来以后,有没有想到自己也有这么一天?"

她泛白的嘴唇一张一合,明明是奚落,却说得没有一点儿底气。

宋熹微看着她的目光露出了怜悯,这个时候她是真的同情邹夏静。

"不要这样看我,你凭什么可怜我。"察觉到她的目光,邹夏静炸毛一般怒道。

宋熹微撩起耳朵边的碎发,笑道:"大概是因为,你真的很可怜吧。有时候我会想起小时候的你,天真烂漫的小女孩儿,究竟为什么变成现在这样。后来我知道了答案,所以我同情你。"

邹夏静嗤笑:"我为什么会变成这样?姐姐,你说呢?你最了解啊!我的爸爸为什么离世?你自己没了家为什么连累我也没了家!"说到最后,她几乎歇斯底里。

宋熹微等到她稍微冷静下来,才接着说道:"你到现在还以为,是我毁了你的家?夏静啊,我也是看过照片才想起来,爸爸和叔叔,长得几乎一样。你忘了吗?他们是双胞胎啊,所以如果爱上的是哥哥,嫁给弟弟是不是也算缓了相思之苦?"

宋熹微想,此时自己像一个恶毒的女巫,赤裸裸地在邹夏静面前揭开的真相,足够毁灭她所有的信仰。

"不可能,你不要再骗我了,你说谎!"

果然,邹夏静满脸惊愕,她疯狂地摇头,仿佛要赶紧甩掉这个可怕的念头。

宋熹微仍旧浅浅笑着，继续道："我可能是骗你的吧，不过你应该回去问问你的母亲，亲手害死自己所爱之人的感觉，是不是痛得诛心呢？再替我问一问她，她最爱涂红色指甲油，是不是想掩盖住手上沾染的鲜血。"

"你住口！住口！"邹夏静紧紧捂住耳朵，激烈的反应让她整个人面临崩溃的边缘。

"你有什么不敢听的！这所有的一切，都因为你的母亲！我的悲剧，你的悲剧，我们所有的悲剧，是你最亲爱的妈妈，一手造就的。多可怜的你，居然被骗了这么多年！"

冷静自持的宋熹微也疯狂起来，她肆无忌惮地说完一切，看着邹夏静疯一般地逃离这里。她痛快极了，痛快到眼泪流了一脸，痛快到瘫在椅子上再没有一点儿力气。

有的真相就是这样，说的时候会痛，听也亦然。

起起落落这么一大段时间，她真的累到什么事情都不想再管了。她静静凝视着头顶那盏结了不少蛛丝的小灯，丝毫不知在她看不到的地方，一只手在空中比画，企图替她擦去眼角的泪痕。

邹夏静不知道自己在大马路上狂奔了多久，她从未这么失态过，等她意识到时，不少认出她的人正举着手机不停按下快门。

她茫然看向四周，发现世界居然这么陌生，钢筋水泥浇筑的世界好冰冷，好凄凉。回家，她哆嗦着呢喃，我要回家。

等她跌跌撞撞走进家门的时候，李梅媛在灯火辉煌的大堂里，穿着鲜艳的红裙，兀自踏着舞步。裙角翻飞，她眉梢难得带笑。

"小静回来了,跳舞吗?这是妈妈最喜欢的舞蹈,他跳得很好。"后半句话,她更像是说给自己听的。

邹夏静颤抖着开口:"是真的吗?爸爸是大伯的替代品,是真的吗?"

旋转着的李梅媛对她的话没有太多反应,她悄声接道:"我第一次见到定邦的时候,他就跳着这舞,跳得极好。你爸爸和他明明一母同胞,为什么就是差了那么多呢?"

仿佛一棒子打在头上,邹夏静两耳发出嗡嗡的回响,她用尽力气继续问道:"那大伯的死呢?是不是你,是不是?"

李梅媛这才停下步伐,笑意凄凄地靠近邹夏静:"宋熹微告诉你的?不愧是定邦的女儿啊,真的是很优秀呢。"说到这里,她伸手抚摸上邹夏静的脸庞,道,"要是你是我和他的女儿该有多好,我的人生就不会这么悲惨。"

"疯子!"不知哪里跑来的勇气,邹夏静狠狠推开李梅媛,自己也跌坐在地上。被推到一边的李梅媛张着红唇哈哈大笑,看着自己女儿一脸惊恐,用看疯子的眼神看着自己的时候,她笑得越发恐怖。

她早就疯了,在一次次目睹所爱之人离开的时候,在清楚地知道她爱的人从不爱她的时候。

"不疯魔,不成活。小静,和妈妈走吧,去找他们去。"

她看着女儿退缩至墙角,笑着举起手边的花瓶,狠狠砸了下去。

温热的鲜血顺着邹夏静的额头滑落,李梅媛紧抱着她,冲昏迷的她喃喃:"我们都要解脱了。"

宋熹微双手抱头,缩在墙角。她第一次深切地意识到,一个人失去自由是一种多么可怕的折磨。在这间狭窄的拘留室里,她把栅栏数了一遍又一遍,终于感觉到了恐惧,对失去自由的恐惧。

外边的人同样恐惧,在亲眼看过囚室里几近崩溃的宋熹微之后,赵晨光觉得有一只手紧紧掐着他的心脏,掐得他不能呼吸。

相较于李畅的精心策划,他们临时的努力显得那么微不足道,证据确凿,完美到找不到一丝疏漏。

室内的气氛十分沉闷,每个人都像是一只困兽,横冲直撞就是找不到出口。那种感觉无力极了,可偏偏他们一点儿办法都没有。

陶梦凡把埋于膝盖中的头抬了起来,米柯一惊,紧紧摁住她的肩膀,缓缓摇头。

"柯,我想回家一趟,你陪我。"

她轻声说着,却是用米柯不容拒绝的口吻。

一直到走进房门,两个人之间都是沉默不语。她不说话,米柯也不说话。

她走进厨房,泡了一杯米柯最爱喝的大麦茶,端到他的手上。

茶几上崭新的相册里,还放着两人刚拍的合照,那是上次萧珩拍宣传画册的时候,米柯特地拜托摄影师给他们拍的。她明明是一个疯丫头,在照片里却变成了米柯身边的小女人,其实她觉得很幸福。

"阿微是我在这个世界上最好的朋友,我见不得她受苦。"她终于开了腔。

米柯摁住她的肩膀,强迫她看着自己的眼睛,两个人的眼里都蓄满了泪水,只一眨眼就要落下。

"那我呢?我怎么办?"他问道。

陶梦凡伸手扫了扫他额前的头发,笑着看向挂在墙上的风筝:"那是我奶奶送给我的最后一件礼物,你知道的吧,从小到大,我只和奶奶亲近。有一次这只风筝挂在了很高的树上,很高很高,是熹微爬上去替我拿下来的,她才多大,那么高的树,她玩命一般替我爬了。"

"别说,好姑娘,别说了。"

米柯伸手捂住她的嘴,一碰到她,两滴滚烫的泪珠就掉在了他的手上。

她反握住他的手,拿了下来:"我不能不说。如果在里面的那个人是我,她也会这么做的。"

再不忍听下去,米柯把她紧紧抱在怀里,这或许是他这辈子遇到的最艰难的选择,选哪个他都舍不得。

"我们都爱她,都知道她太不容易。这次,我们不能再丢下她了。"

话音一落,两个人的肩头都被泪水打湿。

拥抱让彼此温暖,有时它诉说爱慕,有时诉说离别。

空旷的街道上,刮起了冷风,它卷走了树上摇摇晃晃挂着的枯叶,也卷走了白天阳光残留的浅浅余温。

突如其来的降温,在简单的囚室尤为明显,原本靠在墙角发呆的宋熹微深切感受到背脊传来的阵阵凉意。

她把大衣反盖在身上,蜷起腿包成一团不再乱动。她很难得有这么长的发呆时间,不知道是不是如《嫌疑人X的献身》里那位数学老师所说的一样,监狱里更适合思考,她就在这每一秒都很漫长的时间里,从过去想到未来。

说不恐惧是假的,她清晰地感觉到了来自内心的畏惧。她会被关多久呢？几年或者十几年？出去之后，还会有人记得她吗？

这些问题在她脑海里绕来绕去，无形之中编织出一条长长的链子，勒得她喘不过气。不久，她忍了很久的眼泪还是掉了下来，她紧抱着自己，小声啜泣。

铁门在静谧的夜晚发出刺耳的声音，她泪眼蒙眬地循声看去，有那么一瞬间以为自己出现了幻觉。

那个身影没有停顿，用一个暖若阳春的拥抱让她意识到他就在这里。见到他的这一刻，所有的委屈都不受控制地冒了出来，她什么都不想思考，只想在这个熟悉的怀抱里找到一直缺乏的安全感。

"不哭了，我在。"

赵晨光蛊惑般地轻哄着她，庆幸她没有推开自己。

"赵晨光，赵晨光，赵晨光……"

"我在，我在，我在……"

宋熹微带着哭腔，一遍遍小声地叫着他的名字。他不厌其烦，一遍一遍轻声应和着她。所有的寒冷似乎因为他的到来都消散开，恐惧也变得微乎其微。

糟糕的情绪随着眼泪一齐从泪腺排出体内，顶着两个红肿的眼睛，宋熹微慢慢平静下来。想到自己刚刚的失态，她别扭地藏住了脸，头埋得很低偏偏鼻子堵了不能呼吸，慢慢地整张脸都涨红起来。

耳边传来赵晨光低沉的笑声，他扶起她的脑袋调侃道："你是打算把自己憋成河豚吗？"

肿肿的眼睛无辜地眨巴几下，这个时候既不能装出那副老成的样子，又切换不到以前没皮没脸的状态，没想好怎么办的她看起来反倒很呆。

赵晨光还是那副笑意盈盈的样子,笑得她越发不好意思,转移话题道:"你怎么进来的?"

"这个啊……"他做高深状,"我砸了大门口的玻璃,被抓进来了。"

他刻意哄她开心,也没发现自己的说法多么幼稚,一点儿都不符合他的日常作风。可效果似乎不错,宋熹微笑了出来。

"真好骗,这你也信。"他说着,伸手轻轻在她鼻头刮了一下。

"你这个傻瓜,你见谁喜欢自己往监狱里钻的。"她的语气乍一听居然有些嗔怪。

赵晨光把她冷冷的身子裹进暖和的大衣里,温温地说道:"我来找我丢了的小鹿。"

宋熹微不自然地咳嗽了几声,笑笑。她差一点儿就融化在了他的温情里,两个想法在脑子里激烈地撞来撞去。一个想法说:接受啊,你明明还很喜欢他;另一个想法说:快醒醒,别沦陷在泡沫的空梦里。

谁都没有开口,她渐渐在互相依偎里陷入梦境。感觉到怀里传来平稳的呼吸声,赵晨光低下头看着她的脸,很久很久。怀里这个丫头真的已经二十八岁了吗?不设防的样子明明和十八岁的时候一样。

他动了动,用有些发麻的手掏出了衬衫口袋里那条被抚摸得格外光滑的麋鹿,小心翼翼地挂回了她的脖子上。

小鹿啊小鹿,原来温和如你,也知道怎么刺痛别人的心。

他差一点儿就丧失了所有的希望,在那漫长的寻找她的过程里。刚开始,他给自己打气,告诉自己他一定可以找到她,一年不够就两年,两年不够就十年。后来,他穿梭在一座座陌生的城池,眼睛看到了整个世界,可唯独映不出她的影子。

她说宋翊铭喝醉酒的样子可蠢了，常常叮嘱他饮酒适量，别丢了男神光环。她永远不会知道，在找她的岁月里，他多少次让自己变成醉酒后的蠢样子。

印象最深刻的那次，是他在澳大利亚故居的树枝上，看到这条项链的时候。邻居说好看的华人女孩儿刚走不久，那应该是八年里他们两个离得最近的一次，他紧握着项链，跑了好几个街区，都没有她。

那是第一次，他觉得自己可能再也找不到她了。他坐在草地上灌了一瓶又一瓶烈酒，头晕到躺在地上的时候，他发现夜空中的每一颗星星，都变成了她笑着的样子。

想她，想念她那声甜甜的"晨光"，想念她每一个孩子气的模样。

怀里的人歪了歪头，嘟囔了一声，找到了最舒服的姿势又沉沉睡去。赵晨光轻轻印上她的嘴唇，仅一触碰就因害怕惊醒她做贼般赶忙退了回来。

他摇着头笑话起自己真没出息，心里满满当当的踏实感却告诉着他，他要的不过这些而已。

时间不知道过去了多久，一声咳嗽声惊醒了两人。囚室的门不知道什么时候被打开，跟在年长警察身边的实习女警面色有些红。

没想到这年头在拘留室都能吃到狗粮，听说那个男人昨晚托了不少关系，就为了进去陪那个女人，真爱啊。

"宋小姐，您可以离开了。"

年长警察酷酷地说出这句话，因着他表情不是很丰富的脸，宋熹微以为他在骗自己。

看着她将信将疑的样子，小女警笑着解释说："真正的嫌疑人已经

被捕,您可以回家了。"

身边的赵晨光长舒一口气,天知道他甚至做好了要陪她一起的准备。可昨天他和宋翊铭两个人都还毫无对策,是怎么出现的新转机呢?

宋熹微心情很好,这种感觉就像是医生宣布完癌症晚期之后又告诉你这是误诊,失而复得的自由让她所有的坏心情都跑得干干净净,连带着步伐都十分轻盈。

赵晨光拉着她的手,两个人相携走出大门。门口停放着熟悉的车,见到他们出来,宋翊铭和萧珩急忙走出车厢。

不过一个眼神的交流,赵晨光就从宋翊铭的眼睛里,看出了端倪。

萧珩把目光从那双交握着的手上移开,上前拥抱宋熹微:"出来就好,喻阿姨可是准备了一缸柚子皮水等你。"

萧珩出现的场合居然没有米柯,宋熹微笑着应了他的话,心里总觉得不大对劲。

"回家吧。"

宋翊铭拍拍妹妹的肩膀,替她拉开了车门。

这段时间,他的所有变化宋熹微都看在眼里,他才是承受了接二连三打击的那个人,还要带着伤痛撑起一切。

回家后,宋熹微痛快地洗过澡,滚进了柔软的被窝里。一百三十多平方米的公寓里,除了她的房间云淡风轻,其他地方都愁云满布。

"小微还不知道这件事情,瞒是肯定瞒不住的,我们要好好想想怎么和她说。"

喻华珊握着杯子的手起了不少皱纹,她突然老了很多。

宋翊铭的大拇指紧摁着太阳穴道:"先瞒吧,我怕妹妹承受不了。"

"唉……"

喻华珊重重叹了口气,几个人又陷入了短暂的沉默。没人知道,隔着一扇门后,宋熹微挂着笑容的脸上,遍布泪痕。

她就知道,哪有什么转机,不过是有人替她走进了黑暗里。难怪米柯没来,他要怎么面对一个毁掉他爱人的人呢?

擦干脸上的泪痕,宋熹微坐在了梳妆台前。她头一次觉得镜子里的脸那么陌生,那是一张没有灵魂的脸,木然,骇人。

她摸了摸自己脖子上的那条麋鹿项链,解下来放进了抽屉里,这些属于宋熹微的人生。手指摸上锁骨间那粒粉色水晶,现在她要以邹慕音的名义,和过去告别。

她不适合被人疼爱,爱她的人都没有太好的运气。

夜幕再度落下的时候,宋熹微避开了所有人,悄悄踏上她的路。

做个了断吧,真的累了。

她走在冷风穿梭的街道,笑意凛然。

邹夏静不知道自己究竟昏迷了多久,等她醒来,无数支白蜡烛摆成几排,鬼魅至极。更鬼魅的,是蜡烛丛中的李梅媛,她哼着华尔兹的曲子,一手拿着高脚杯,一手拎着红裙摆。

"妈?"邹夏静试探性地叫道。

这一回,李梅媛没有像上次那样骇人,她回以温柔一笑:"小静醒了,快看,这个布置你爸爸一定喜欢。"

"爸爸?"邹夏静质疑道。

李梅媛笑着走到她身边,爱抚地摸了摸她的脸:"对呀。你的爸爸,

听好哦,他叫邹定邦。"

邹夏静不可置信地看着陌生的母亲,末了,她用力吼道:"我的爸爸叫邹定国!邹定国!"

像是听到了什么可怕的事情,李梅媛瞪圆了双眼,她声嘶力竭:"不!我爱的是定邦,只有定邦才应该是你的爸爸!定邦!他为什么不爱我!"

邹夏静很想笑,笑到嘴边变成了苦涩:"那宋怀唐呢?他在你心里又是什么,利用的工具吗?"

"怀唐?"李梅媛念着这两个字,目光在水晶灯上打转。

"啊,怀唐啊!我也爱他,只比对定邦的爱少那么一点儿,可惜他也不爱我,呵呵,都不爱我。"李梅媛就像是一个疯子,仰着头随着水晶灯的光晕旋转,一个不稳,重重地摔在地上。

"不是的,爸爸是爱你的,我的爸爸,邹定国他是爱你的。"

邹夏静从没忘过,小时候父亲用多么卑微的姿态讨好着母亲,可惜她都不在意,全不在意。她的心里有别人,所以只看见了别人给予的伤,看不到已拥有的好。

这一刻,邹夏静知道自己错了,一开始就错了。恨错了人,做错了事,差一点儿把自己变成了另一个母亲。

"妈,放下吧,我们都错了啊。"她大哭着抱紧陌生的母亲,乞求道。

李梅媛轻缓地摇着头:"不,我们没有错。是他们错了,他们看不见我的好,是他们错了。只有我可以爱到这个地步,只有我。"

她的声音越来越小,忽然,她坐直身体,紧紧捏着邹夏静的肩膀:"小静!我们去找他们问清楚,你陪妈妈,你陪妈妈!"

她转动着裙摆,红色长裙画出妖娆的弧度,所到之地,蜡烛尽数倒下,有的点燃了窗帘，有的烧着了木椅。

火焰亮过了水晶灯，焦味盖住了红酒香。一片火光里，有邹夏静的惊呼，李梅媛的大笑，宋家华丽的别墅远远看去，更加华丽耀目。

火焰快速包围着两人，这座城堡早就没有其他人，只留下两个可怜的灵魂，在大火中或疯癫或恐惧。

浓烟让大笑着的李梅媛陷入剧烈的咳嗽，邹夏静紧捂着嘴，眼中布满绝望。

"不！不不！小静，你不能跟我走！"李梅媛找回理智，摇晃着身边已经准备赴死的邹夏静。她开始大哭，以一种极为狼狈的姿态，涕泗横流。她好像在忏悔，又好像要以此警告自己。

火舌已经舔到了她的脚踝，她举目四望，终于看到一扇还没完全被火焰吞噬的空窗。

"小静，是妈妈错了，是我错了。你还这么年轻，你要活下去。"

她忍着巨大的疼痛，推着双腿无力的邹夏静。不知道哪里冒出来的力气，她把邹夏静带到了靠窗的地方。

李梅媛看向这个从出生起，就没有仔细呵护过的女儿，她像极了自己，一点儿都不像她父亲。早已泯灭的良知奇迹般苏醒，此时此刻，对夏静，她只有无尽的亏欠。

她小心翼翼地拥抱着邹夏静，用从没有过的温柔，第一次也是最后一次向她的孩子展现母爱。

"静静，人这一辈子，犯错不可怕，怕的是像妈这样，执迷不悟。你好好活下去，找一个爱你的人，安稳地过一辈子。妈对不起你，你好好地，好好地……"

语毕,李梅媛决绝般地投身火墙,火焰席卷着她,堪堪露出一道空隙。她用尽最后一点儿力气,把邹夏静拉到火势还未蔓延的窗前。

周身剧痛,更痛的是耳边女儿撕心裂肺的呼喊。眼看女儿回身,要扑向自己,她想大声说不,却发现高温已经灼毁了喉咙。在烈火吞噬她眼睛的前一秒,她看见了,一道纤细的身影,拉走了她的女儿。

可以了,都结束了。

大火整整烧了一个晚上,昔日的宋家别墅,在这一场大火中变成密布灰烬的废墟。

生活是不可预知的,宋熹微想不到自己抱着玉石俱焚的心态来到这里,目睹的却是李梅媛惨烈的结局;邹夏静想不到自己决心和母亲走向灭亡,却在看见死神的那一刻被宋熹微拉回人间。

生活还是会作弄人的,李梅媛大概到死都不知道,其实邹定邦,从来不会跳舞。

不过这些到现在都已经不重要了,这场长达二十多年的悲剧,在一个普通得不能再普通的冬日,以最惨烈的样子,画上了句点。

在面目全非的废墟面前,邹夏静捡起尘埃中那枚被烧了一半的戒指,对宋熹微说道:"爱真可怕,它可以毁灭所有。"

清晨的微光,披在宋熹微的发梢,给黑发笼上一层薄纱,她伸手抱住面前那个看起来很是瘦弱的肩膀,用她自己都理解不来的感情,安慰着对方。

许久,她才慢慢开口:"爱是无罪的,真正可怕的,是被错误的爱操纵了人生。"

## 尾声
### 是幸福的味道吗
·Yuan Nuan Yi Ren Xin·

柳川机场的清晨,国际线的窗口显得极其忙碌。行李箱的万向轮摩擦着光滑的地板,发出刺溜刺溜的声音,在两道身影间回响。

宋熹微沉默地陪着邹夏静办完了必要的登机手续,离登机还有一段时间,两个人最终在 KFC 找了个靠窗的位置坐下。

喝了口牛奶,润了润嗓子,宋熹微问道:"以后有什么打算?"

"先去外面看看,然后再等他出来。"

说到这里,她嘴角勾着一抹嘲笑,道:"宋熹微,我什么都比不过你,唯一比得上你的是,我比你洒脱。"

宋熹微看着她,也自嘲地说道:"洒脱一点儿也没什么不好,何必总把自己关在某些事里呢。"

邹夏静盯着面前的牛奶,出了神:"小时候,因为这个,我在你面前第一次有了优越感。现在想想,有什么好比的。"

不等宋熹微接话,她又继续说道:"算是你救我的报酬吧,你听好,

我只说一次。你的舅舅来找过你,他们住在国外,具体哪里我记不清了,我只记得,你的舅舅他叫徐景程。"

舅舅?宋熹微念着这个陌生的称谓,有些愣神。她的亲人,不止她知道的这些,原来还有。

等她醒过神来,坐在对面的邹夏静早就提着行李,走出了KFC,宋熹微追到门口,看着邹夏静远去的背影。

接着,那个背影转过身来,看向她,喊道:"宋熹微,在我的世界里,已经没有邹慕音了,所以我们不要再见面了。"

她真诚一笑,宋熹微也笑了,同样喊道:"好,你好好的,我也好好的,再也不见面了。"

邹夏静再不回头,一步一步走得沉稳又坚定。宋熹微心想,她比自己强,起码要坚强得多。这个时候看她,早就摆脱了别人的影响,在今后的人生里,会活出属于自己的模样吧。

宋熹微会心一笑,转身,和她背道而驰。

上一辈的恩怨影响了下一辈很多年,终于随着李梅媛的死去,永远画上了句点。她觉得李梅媛有一个很疯狂的灵魂,她得不到爱的人,就雇一个穷途末路的赌徒撞死了自己心爱的人,不知道看着爱人死在自己眼前,李梅媛究竟有没有一瞬间,心痛过。

或者,她只是爱她自己吧,所以她想不到成全,只懂得毁灭。

飞机的机翼再度划过云端,与此同时,一封薄薄的信笺轻轻躺在了赵晨光的办公桌上。信的内容不长,只有短短几行,赵晨光看过信,慢步走到落地窗前,仰望云端。

一只不知道从哪里跑来的小飞虫,停留在纸上,刚好盖住最后一个句号。

亲爱的赵晨光，谢谢你出现在我的人生里。
很抱歉我的执拗和疯狂，让你错过了她。
你和她太像，都喜欢将话藏在心里，所以才让人有机可乘。
愿你幸福吧。再见。

邹夏静

那些重重压在肩膀上的包袱，一件一件卸下。宋熹微走在空旷的草坪上，环视周围的一切，又感受到世界的辽阔。

人类习惯在心里为自己画地为牢，目光所及之处俱是"难以释怀"，所以心才变得越来越小。

她围好脖子上松垮的丝巾，对着手哈出一口热气，不再留恋四处的景致，她慢慢往家的方向走去。

喻华珊准备了满桌丰盛的菜肴，席间，安静的饭桌上只能偶尔听到筷子轻触碗碟的声音，还有细碎的咀嚼声。

宋熹微抬头看了一眼母亲，母亲朝她点了点头，她又把目光看向宋翊铭，拿出了藏在口袋多时的便签。

"这是柳苏姐姐现在的地址，去找她吧。"

她把便签递到宋翊铭面前，宋翊铭的目光盯着那纸条很久，始终不见接下它的意思。喻华珊替他拿过字条，又郑重地交到了他的手上。

喻华珊起身，从抽屉里拿出自己藏了很久的老照片，是一张结婚照。照片上容貌随着岁月的流逝发生了改变，但是从那熟悉的眉眼中，兄妹

二人还是一眼认出，正是父亲和母亲。

"我和你爸爸的婚姻，是包办的……"

她对着儿女，缓缓诉说着那些她从不愿回忆的事情，语气轻柔，但又极具感情。

在他们正青春的那个时代，改革开放才刚刚开始。新潮的东西一件件让人应接不暇，不仅刷新着人们的生活，还潜移默化地改变了很多人的思想。

那个时候，自由恋爱很是盛行，撇开了传统的旧思想，人们对于婚姻有了更多的自主观念。

喻华珊就是其中之一。

她的家庭富足，父亲那不大不小的生意，虽不大富大贵但足够满足全家的衣食住行。不，还要更好一些，起码她过着吃穿用度都很有档次的生活。

可她不喜欢洋装，那规规矩矩的华丽装束令她觉得十分拘谨，她更喜欢一件简单的衬衫，一条露着脚踝的长裙，再配上白白净净的帆布鞋。她也不喜欢高档的宴会厅，比起把小块小块的牛排喂进嘴里，她更喜欢坐在古街的石条凳上，大口咬着热腾腾的烤玉米。

她是在古街遇到那个男人的，全身呆愣的书生气，偏偏有着一张懂得哄她开心的巧嘴。

她会陷入爱情一点儿都不奇怪，一个正对爱情有着无限憧憬的芳龄少女，遇到年纪相仿又彬彬有礼的潇洒书生，好像一切都是冥冥天意。

他们爱得轰轰烈烈，你侬我侬时也曾一起走完了古街的每一块石板，然后在简陋的小小旅社里，互许终身。

懵懂的喻华珊以为，只要她坚持去爱这个男人，他们就可以长长久久地走下去。

事实上，她错了，错得很离谱。

国家开放门户，带来的不仅仅只有新潮的玩意儿，还有许多全新的商机。一家家企业随着改革开放的浪潮如春笋般兴起，自然而然地威胁到原有企业的市场地位。

很不幸，她父亲的企业就是其中之一。

眼看着一手创办的企业面临倒闭，她的父亲犹豫再三，选择了商业联姻，而那个时候，她正惊喜地发现自己的肚子里，孕育着一个小小生命。

所有的一切美好都被打破了，家里知道了真相，她被禁锢了自由。无论那个男人跪在她家大门前乞求了多久，最后都还是被无情地驱逐。

她决定和他私奔，两个人约定在冬至那天，在古街的第一座石桥边见面，然后一齐逃离这里。

这期间，宋怀唐常来看她。刚开始她很感激这个男人，虽然因为包办婚姻，她对他十分抗拒，但不知道他做了什么努力，居然说服她的父亲留住了她肚子里的孩子。

日子一天天过去，她的肚子越来越大，离约定的时间也越来越近。她费了很大的力气，终于逃离那座叫家的囚牢，满怀担忧和期许，来到了相约的地方。

她在那里从深夜等到黎明，他没有出现，反倒是肚子里的那个小生命，为了急于证明什么一般，着急地想要降临。

喻华珊被这种疼痛折磨得几乎丧失意识，她满腹的疑惑都因此深埋心底。在她觉得自己大概要挺不下去的时候，宋怀唐出现了。

他紧握着她的手，告诉她没关系，不要怕。她心想，要是那个男人在，那该多好。

可那个男人再也没有出现，她的孩子在给她留下一声响亮的啼哭之后，也下落不明。父亲说，他给了那个男人一笔钱，让他带着孩子走了。她心如死灰，日日躺在没有一点儿生机的病房里，告诫自己，再也不要去想那个眼里只有钱的男人。

她妥协了，因为父亲满头的白发，母亲日日红肿的眼睛。她嫁给了承诺不计较所有的宋怀唐，保住了父亲的产业，也保全了自己的名声。

宋怀唐对她很好，几乎到了有求必应的程度。他不是一个浪漫的男人，为了她做出了所有浪漫的事情。可她死去的心，没有因为这样再度复苏，她感激他，感激他陪伴自己度过那么久的煎熬岁月。她更愿意把他当作亲人，也会朝他撒娇，逼着自己用同样的好回报她，但是她坚持认为，那不是爱情。

本来生活就应该这么平平淡淡继续下去，他们有了自己的孩子，宋怀唐在产房高举着儿子，满面春风地笑道："咱们的儿子，华珊，是咱们的儿子。"

她永远记得那个时候宋怀唐的笑容，十足像个得到糖果满足得不行的孩子。那个时候，她确定，这个男人是深爱她的。

可惜真相来得很突然，她无意中得知自己的那个孩子其实并未被她的父亲带走，而是在一家简陋的福利院里，没熬过满月，就变成了星星。

她懊悔，自责。好不容易走出一点点阴霾，又重新埋进了过去。新生儿嗷嗷啼哭，她不敢看也不敢亲近，一看到他，就会让她想起她另一个可怜的孩子。

小小的宋翊铭，因为得不到母亲的垂爱，成日啼哭。宋怀唐手脚笨拙地抱着他，无计可施。

突然有一天，喻华珊打开了一直紧闭的房门，抱起了孩子，温柔地哄他亲他。她变得比以前还要明媚，骗过了周围所有的人，让他们以为她忘掉了过去。

只有宋怀唐知道，她没有忘记。他对此只字不提，用更包容的爱护去照顾自己的妻儿，对喻华珊的一切要求永远都是无条件妥协。

再到宋熹微的加入，儿女双全，他们的感情也越来越好。再没有比这更让宋怀唐满足的事情了，他把爱全给了他们，压根儿不计较自己为此付出过多少。

喻华珊也习惯了这样的日子，被爱护着，珍视着，好像真的就会忘记一切一样。

一直到那个男人再度出现，把过去所有的事情揭开在她的面前。她听到了和过去听到的完全不一样的版本，她质问宋怀唐，企图得到他的否认，然而他沉默了。

喻华珊觉得自己崩溃了，居然和一个欺骗了自己的人生活了那么多年。她不顾一切要跟男人离开，一早就做好了被千夫所指的准备。那个让人厌恶不起来的宋怀唐，却先她一步把另一个女人带回家里，向她提出了离婚。

她和那个男人走了，可是她一点儿都快乐不起来。以前的俊朗书生在生活的打磨中，变成了更陌生的样子，她深陷忙碌而繁重的家务里，所有闲下来的时间，居然都不自觉想起宋怀唐。

直到那个男人，卷走了她的最后一点儿钱，消失得干干净净。她突

然变成了无处可去的可怜人，藏匿在普通的城市里，反思起她任性的人生。她很想见一见宋怀唐，又畏缩得连听到他名字的勇气都没有。她才意识到，在那长久的陪伴里，她早就爱上了他。

她的决定还没有做出，宋怀唐的死讯已经传来，那个时候，他再不属于她，也不属于任何人，这个世界再没有他。

喻华珊知道自己错得离谱，不能挽回无法补救。她唯一能做的，就是在不知还有多久的余生里，思念着宋怀唐，陪伴着他们的孩子。

这个故事很长，喻华珊从午时说到了黄昏，她的儿女就陪坐在她身边，安静地听她叙述了这么久。

"所以啊，翊铭，熹微，"喻华珊紧紧握住两个孩子的手，认真说道，"爱需要深思，但犹豫不得。如果真的放不下，那就去努力挽回。"

宋翊铭的嘴角动了动，他伸开手臂，把母亲和妹妹都揽在怀里，承诺道："我会找回她的。"

"赶紧吧，我还等着和柳苏姐结盟，欺负你呢。"

宋熹微没大没小地掐上哥哥的脸，两个人难得笑出了声。

证明陶梦凡清白这件事，办起来并不容易。宋熹微从没见过那么傻的人，拿着天衣无缝的虚假证据，把自己送进监狱。

她确然可以接触到宋氏的内部消息，可要说她能够窃取那么多核心资料，实在是太看得起她。偏偏，所有的证据又那么严谨，一环扣一环，时间地点，事件经过和作案动机，甚至还有同案犯人的口供，这些都完全没有纰漏。

这大概是李梅媛留下的最后一个阴谋，她看到了宋熹微多重视这段友情，所以她私下找过陶梦凡，诱骗着梦凡去替熹微顶罪。比起看宋熹微受苦，李梅媛更喜欢诛心。

那些资料，是李梅媛唯一一次走进宋熹微办公室的时候放下的，她不惜一切精心编织了一个更大的网，哪怕逃掉所有人，最终宋熹微都躲不过。熹微承认，论阴谋，谁都比不过李梅媛。

好在李梅媛总是忽略一点，不是只有人可以记录罪证，照片可以，监控视频也可以。拿到了证据，把陶梦凡接出来，就只等程序走完。

尽管已经用了最快的速度洗清嫌疑，但还是让陶梦凡在里面度过了近一个月的时间。

她在里面剪了头发，短短的蘑菇头，是她们高中顶了三年的发型。

看到她逐渐走近，宋熹微整个人站在原地克制不住浑身发抖着流泪，好在证明了她的清白，否则宋熹微这辈子都原谅不了自己。

米柯早就冲上去抱着陶梦凡不知道转了几个圈儿，失而复得的喜悦太过浓重，平日里巧舌如簧的他第一次明白什么叫词穷。

"短头发是不是很丑啊？"陶梦凡皱眉问道。

米柯连忙摇头："不丑不丑，超级青春有活力。"

一直到陶梦凡走近，满脸泪痕的宋熹微看着她，轻骂了一句："傻子。"

陶梦凡笑着抱住宋熹微，笑道："虽然躲过了牢狱之灾，可是我好不容易考上的公务员打了水漂，我失业了，你要养我。"

"好，养你一辈子。"宋熹微郑重道。

"不了不了，我养。"

米柯在一旁插话，这些日子他一直躲着宋熹微，这下也终于释怀。

"别客气，一三五熹微养，二四六给你养。"陶梦凡大笑，笑容和

往日一样。

"好，把你养成猪。"宋熹微笑着再度拥抱她。

一切都过去了，是真的全都过去了。

耳边是陶梦凡和米柯的笑声，目光所及之处，重要的人都在。真好。

宋翊铭在周一早会上宣布自己将暂时离职，把偌大的翊铭国际全权托付给宋熹微。不过是要追爱而已，没必要做到抛下公司，宋熹微知道，他们怕她又跑，所以给她一副丢不掉的担子，真幼稚。

她欣然接受，算是给所有人喂了一颗定心丸。她带着所有员工继续无往不利，几乎是把整个人生都投入到对工作的热情中去。

期间，她抽空，带着赵晨光去祭拜了一下救过他一命的叔叔。

两个人自从大火之后，这是第一次见面。下山时两个人一前一后走着，走了很久，宋熹微突然转身，拥抱住他。隔着一个台阶，她只到他的胸前，所以她轻柔的声音没有很清晰地传递到他耳边，他只模糊听得一句"赵晨光，谢谢你"。

宋熹微变回了最开始的宋熹微，作为首席助理的苏琪，不仅陪着她忙碌不停，还要时不时接受来自多方的叮咛。

她觉得那些叮嘱都没什么用，宋熹微无所不能，宋熹微刀枪不入。这个在职场上干脆利落的宋熹微，居然在一年的时间里，让翊铭国际的产值提升了15%。不仅如此，还让自己与此同时体重增加了五斤。

没有人再想到当初她被抓时都曾说过什么奚落的话语，人们开始对她大肆称赞，时不时她就会登上经济版报纸的整面，那位置和以前宋怀唐常驻的一样。

萧珩成了翊铭国际的首席代言人，也从最初的模特转变为影视明星，成为当下影视圈内炙手可热的偶像，时不时和宋熹微为了广告组成荧幕CP，赚足了少女心。

也因此关于他和宋熹微的绯闻一直传个不停，一直到最近电影节的颁奖礼上，媒体试探性地问两个人的关系，他答得爽朗，只一句"我们永远是最好的朋友"就把所有的绯闻扼杀个干净。

米柯和宋熹微的友情因为陶梦凡更加瓷实，时间好像慢慢抚平了每个人心里的伤痕，现在的他不仅是萧珩的大经纪人，还时不时跟着宋熹微跑遍各地，替她建立外交。

曾经就读的母校哈佛商学院邀请宋熹微回校演讲，米柯在前线，把视频发到了萧珩的手机上。

酒会会场衣香鬓影，不缺明星大腕，也不缺社会名流。萧珩找了个安静的角落，看完手机画面里那个神采飞扬的成熟女性，摇晃着喝完手里的香槟，走到了正在交际的赵晨光面前。

"说起来，咱们曾经也算情敌。"

萧珩直白地开口，眼神捕捉到赵晨光表情的变化，又笑着拍了拍他的肩膀。

"我其实不是在咖啡厅认识熹微的，我真正记住她的时候，是在哈佛商学院的第一堂课上。她的自我介绍只有一句话，她说她叫宋熹微，晨光熹微的熹微。"

说完，他又掏出手机，把那段视频摆在赵晨光面前，继续说道："现在看来，她的自我介绍，多年以来从未变过。"

看到赵晨光匆匆离去的背影，萧珩扬起了明朗笑容，满意地打了个

响指,悠悠转回了酒会。

结束了哈佛之行,宋熹微难得有几天不长的假期。米柯带着团队提前回国操持萧珩接下来的行程安排,顺带把苏琪拐去给萧珩做苦力。

风光的小宋总裁,变成了孤家寡人,索性报了个旅游团,跟着一大群美国朋友,到达了音乐之都维也纳。

维也纳随处可闻的音乐声,唤醒了她沉睡多年的音乐细胞,她在美丽的多瑙河畔席地而坐,和流浪的乐手一齐演奏。

一曲作罢,乐手收起吉他,摘下草帽对宋熹微比了个大拇指。宋熹微这才发现,这个乐手居然是一个年轻的华人。

也算是异地遇老乡,两个人聊得投机,一顿饭的工夫就熟络起来。通过交谈,宋熹微得知,这个小伙子叫徐晟祁,是个可以分分钟抛下董事会跑到街边弹琴卖唱的富家公子。

"说真的,女神姐姐,在这维也纳,我徐晟祁也算是路路通,你要是有什么想去的地方,不用跟旅游团,跟我走,包你玩得开心!"

徐晟祁得意地说道,还不等他帅过三秒,一个面色严肃的帅大叔就已经走到了两个人面前。

看见来人,徐晟祁瞬间呆住了,怯声叫了句"爸"。正做好准备迎接父亲的责骂,哪知父亲却审视起正对着自己的宋熹微,该不会是误会了吧,他起身准备解释。

父亲的大手却把他摁回座位,指着宋熹微脖子上那条粉水晶项链,迟疑地问道:"这位小姐,或许,你认识邹慕音?"

异国遇故亲的惊喜来得太突然。

见过未曾谋面的家人,又被祖父母拉着问长问短一直到深夜。

此时无心睡眠的宋熹微站在陌生的阳台上，看着远方逐渐亮起的天际，狠狠掐了一把自己的手，真疼，不像是做梦。

　　一个身影翻上阳台，把宋熹微一惊，却是徐晟祁灿烂的笑容映入眼帘，他说："姐姐，你还真是幸运女神，亏得你我爸才没揍我一顿。"

　　宋熹微漾起幸福的笑容，揪着弟弟的头发，狠狠蹂躏一通。

　　多好啊，现在的她友情长存，亲情永恒，生活终于开始了全新的轨迹。

　　而她的爱情，可能正在路上。

　　她深吸一口清新的空气，把目光再度投向遥远天际，那里天将破晓，正是晨光熹微。

—END—